U1007203

「十三五」国家重点图书出版规划项目

中国近现代稀见史料丛刊【第六辑】

张剑 徐雁平 彭国忠 主编

贺又新张度诗文集

贺又新 张度 著

张克潜 整理

本辑执行主编 彭国忠

凤凰出版社

图书在版编目（CIP）数据

贺又新张度诗文集 / 贺又新，张度著 ；张克潜整理
. -- 南京 ：凤凰出版社，2019.6
（中国近现代稀见史料丛刊．第六辑）
ISBN 978-7-5506-2947-9

Ⅰ．①贺… Ⅱ．①贺… ②张… ③张… Ⅲ．①诗集－中国－当代②散文集－中国－当代 Ⅳ．①I217.1

中国版本图书馆CIP数据核字(2019)第100263号

书　　名	贺又新张度诗文集
著　　者	贺又新　张　度 著　张克潜 整理
责任编辑	张　燕
装帧设计	姜　嵩
出版发行	凤凰出版社(原江苏古籍出版社) 发行部电话025-83223462
出版社地址	南京市中央路165号,邮编:210009
出版社网址	http://www.fhcbs.com
照　　排	南京凯建图文制作有限公司
印　　刷	江苏凤凰通达印刷有限公司 南京市六合区冶山镇,邮编:211523
开　　本	880×1230毫米　1/32
印　　张	9.75
字　　数	253千字
版　　次	2019年6月第1版　2019年6月第1次印刷
标准书号	ISBN 978-7-5506-2947-9
定　　价	55.00元

(本书凡印装错误可向承印厂调换,电话:025-57572508)

袁行霈先生题辞

「音实难知，知实难逢，逢其知音，千载其一乎！」（《文心雕龙·知音》）今读新编稀见史料丛刊，真有治学知音之感也。

傅璇琮谨书

二〇一二年

傅璇琮先生题辞

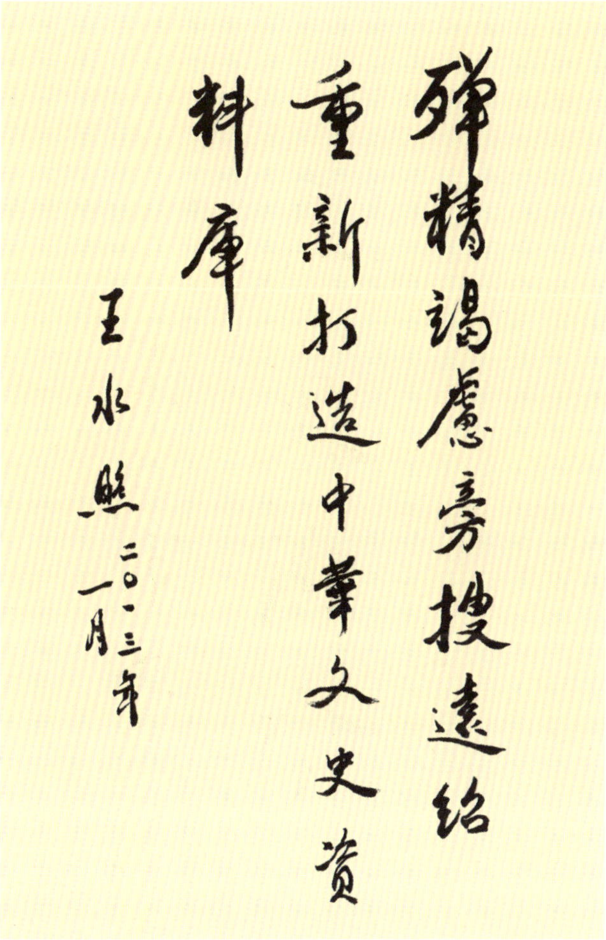

王水照先生题辞

贺又新与张度20世纪80年代在北京合影

贺又新与张度1930年婚后摄于颐和园谐趣园知鱼桥畔

贺又新与张度1930年婚后在中山公园唐花坞合影

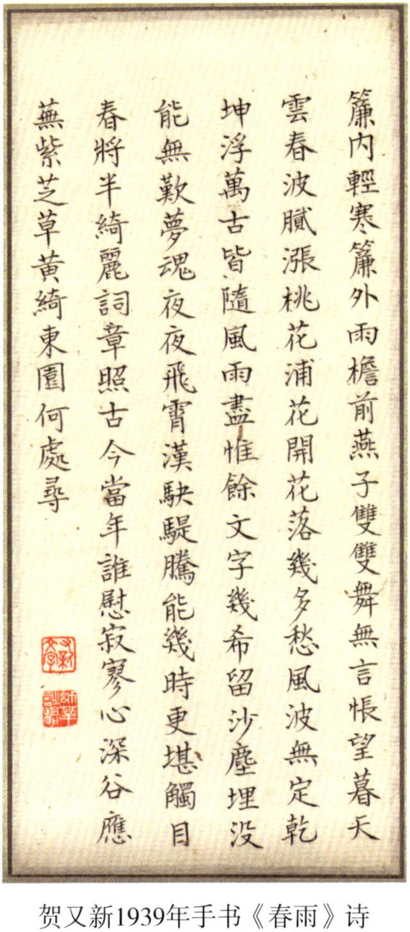

簾内輕寒簾外雨檐前燕子雙雙舞無言悵望暮天
雲春波賦漲桃花浦花開花落幾多愁風波無定乾
坤浮萬古皆隨風雨盡惟餘文字幾希留沙塵埋没
能無歎夢魂夜夜飛霄漢駃騠騰能幾時更堪觸目
春將半綺麗詞章照古今當年誰慰寂寥心深谷應
蕪紫芝草黄綺東園何處尋

贺又新1939年手书《春雨》诗

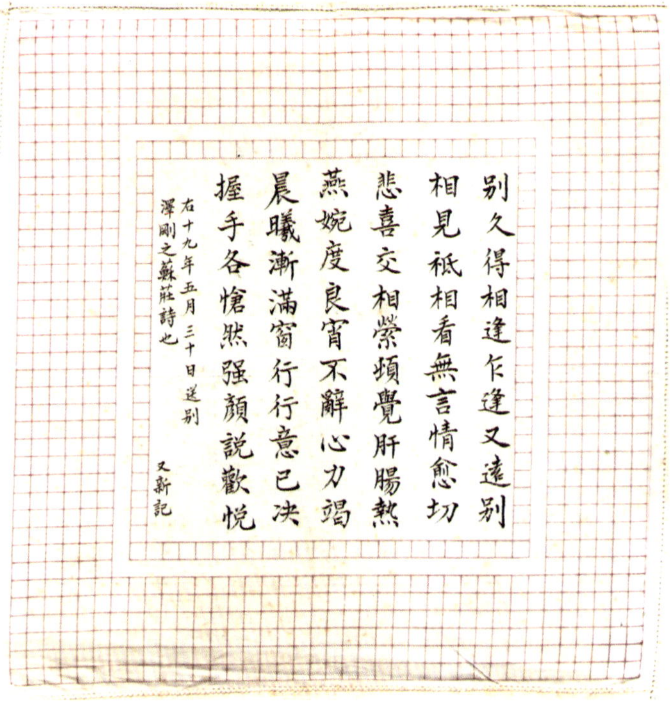

贺又新与张度互赠手书棉织诗帕

《中国近现代稀见史料丛刊》总序

在世界所有的文明中，中华文明也许可说是“唯一从古代存留至今的文明”（罗素《中国问题》）。她绵延不绝、永葆生机的秘诀何在？袁行霈先生做过很好的总结：“和平、和谐、包容、开明、革新、开放，就是回顾中华文明史所得到的主要启示。凡是大体上处于这种状况的时候，文明就繁荣发展，而当与之背离的时候，文明就会减慢发展的速度甚至停滞不前。”（《中华文明的历史启示》，《北京大学学报》2007 年第 1 期）

但我们也要清醒看到，数千年的中华文明带给我们的并不全是积极遗产，其长时段积累而成的生活方式与价值观具有强大的稳定性，使她在应对挑战时所做的必要革新与转变，相比他者往往显得迟缓和沉重。即使是面对佛教这种柔性的文化进入，也是历经数百年之久才使之彻底完成中国化，成为中华文明的一部分；更不用说遭逢“数千年来未有之变局”、“数千年未有之强敌”（李鸿章《筹议海防折》），“数千年未有之巨劫奇变”（陈寅恪《王观堂先生挽词序》）的中国近现代。晚清至今虽历一百六十余年，但是，足以应对当今世界全方位挑战的新型中华文明还没能最终形成，变动和融合仍在进行。1998 年 6 月 17 日，美国三位前总统（布什、卡特、福特）和二十四位前国务卿、前财政部长、前国防部长、前国家安全顾问致信国会称：“中国注定要在 21 世纪中成为一个伟大的经济和政治强国。”（徐中约著《中国近代史》上册第六版英文版序，香港中文大学 2002 年版）即便如此，我们也不能盲目乐观，认为中华文明已经转型成功，相反，中华文明今天面对的挑战更为复杂和严峻。新型的中华文明到底会怎样呈现，又怎样具体表现或作用于政治、经济、文化等层面，人们还在不断探索。这个问题，我们这一代恐怕无法给出答案。但我们坚信，在历史上曾经灿烂辉煌的中华文明必将凤凰浴火，涅槃重生。这既是数千年已经存在的中华文明发展史告诉我们的经验事实，也是所有为中国文化所化之人应有的信念和责任。

不过，对于近现代这一涉及当代中国合法性的重要历史阶段，我们了解得还过于粗线条。她所遗存下来的史料范围广阔，内容复杂，且有数量庞大且富有价值的稀见史料未被发掘和利用，这不仅会影响到我们对这段历史的全面了解和规律性认识，也会影响到今天中国新型文明和现代化建设对它的科学借鉴。有一则印度谚语如是说："骑在树枝上锯树枝的时候，千万不要锯自己骑着的那一根。"那么，就让我们用自己的专业知识与能力，为承载和养育我们的中华文明做一点有益的事情——这是我们编纂这套《中国近现代稀见史料丛刊》的初衷。

书名中的"近现代"，主要指 1840—1949 年这一时段，但上限并非以一标志性的事件一刀切割，可以适当向前延展，然与所指较为宽泛的包含整个清朝的"近代中国"、"晚期中华帝国"又有所区分。将近现代连为一体，并有意淡化起始的界限，是想表达一种历史的整体观。我们观看社会发展变革的波澜，当然要回看波澜如何生，风从何处来；也要看波澜如何扩散，或为涟漪，或为浪涛。个人的生活记录，与大历史相比，更多地显现出生活的连续。变局中的个体，经历的可能是渐变。《丛刊》期望通过整合多种稀见史料，以个体陈述的方式，从生活、文化、风习、人情等多个层面，重现具有连续性的近现代中国社会。

书名中的"稀见"，只是相对而言。因为随着时代与科技的进步，越来越多的珍本秘籍经影印或数字化方式处理后，真身虽仍"稀见"，化身却成为"可见"。但是，高昂的定价、难辨的字迹、未经标点的文本，仍使其处于专业研究的小众阅读状态。况且尚有大量未被影印或数字化的文献，或流传较少，或未被整合，也造成阅读和利用的不便。因此，《丛刊》侧重选择未被纳入电子数据库的文献，尤欢迎整理那些辨识困难、断句费力、裒合不易或是其他具有难度和挑战性的文献，也欢迎整理那些确有价值但被人们习见思维与眼光所遮蔽的文献，在我们看来，这些文献都可属于“稀见”。

书名中的“史料”，不局限于严格意义上的历史学范畴，举凡日记、书信、奏牍、笔记、诗文集、诗话、词话乃至序跋汇编等，只要是某方面能够反映时代政治、经济、文化特色以及人物生平、思想、性情的文献，都在考虑之列。我们的目的，是想以切实的工作，促进处于秘藏、边缘、零散等状态的史料转化为新型的文献，通过一辑、二辑、三辑……这样的累积性整理，自然地呈现出一种规模与气象，与其他已经整理出版的文献相互关联，形成一个丰茂的文献群，从而揭示在宏大的中国近现代叙事背后，还有很多未被打量过的局部、日常与细节；在主流周边或更远处，还有富于变化的细小溪流；甚至在主流中，还有漩涡，在边缘，还有静止之水。近现代中国是大变革、大痛苦的时代，身处变局中的个体接物处事的伸屈、所思所想的起落，藉纸墨得以留存，这是一个时代的个人记录。此中有文学、文化、生活；也时有动乱、战争、革命。我们整理史料，是提供一种俯首细看的方式，或者一种贴近近现代社会和文化的文本。当然，对这些个人印记明显的史料，也要客观地看待其价值，需要与其他史料联系和比照阅读，减少因个人视角、立场或叙述体裁带来的偏差。

知识皆有其价值和魅力，知识分子也应具有价值关怀和理想追求。清人舒位诗云“名士十年无赖贼”（《金谷园故址》），我们警惕袖手空谈，傲慢指点江山；鲁迅先生诗云“我以我血荐轩辕”（《自题小像》），我们愿意埋头苦干，逐步趋近理想。我们没有奢望这套《丛刊》产生宏大的效果，只是盼望所做的一切，能融合于前贤时彦所做的贡献之中，共同为中华文明的成功转型，适当“缩短和减轻分娩的痛苦”（马克思《资本论》第一卷第一版序言）。

《丛刊》的编纂，得到了诸多前辈、时贤和出版社的大力扶植。袁行霈先生、傅璇琮先生、王水照先生题辞勖勉，周勋初先生来信鼓励，凤凰出版社姜小青总编辑赋予信任，刘跃进先生还慷慨同意将其列入"中华文学史史料学会"重大规划项目，学界其他友好也多有不同形式的帮助……这些，都增添了我们做好这套《丛刊》的信心。必须一提的是，《丛刊》原拟主编四人（张剑、张晖、徐雁平、彭国忠），每位主编负责一辑，周而复始，滚动发展，原计划由张晖负责第四辑，但他尚未正式投入工作即于 2013 年 3 月 15 日赍志而殁，令人抱恨终天，我们将以兢兢业业的工作表达对他的怀念。

《丛刊》的基本整理方式为简体横排和标点（鼓励必要的校释），以期更广泛地传播知识、更好地服务社会。希望我们的工作，得到更多朋友的理解和支持。

2013 年 4 月 15 日

总　目

前　言

《贺又新张度诗文集》系先父母张度、贺又新著作集。内容包括两部分：贺又新撰《吟香咏絮之庐诗钞》，张度撰《峨眉山游记》。

贺又新，字幼莘，河北武强人。清光绪三十四年（1908）戊申生于河北故城郑家口。1992年逝世于北京，享年84岁。

张度，字泽刚，北京人，清光绪三十年（1904）甲辰生于北京。2000年逝世于北京，享年96岁。

贺又新是贺涛（1849—1912）孙女。贺氏为科举世家。五世祖贺云举，清嘉庆二十四年（1819）己卯科进士。高祖贺式周，道光十二年（1832）壬辰、二十年（1840）庚子两科副榜。曾祖贺锡璜，同治三年（1864）甲子科举人，任故城训导23年，有惠政，故城人爱之。不忍去，因移家故城郑家口。祖父贺涛，字松坡，古文家，师从莲池书院张裕钊（字廉卿）、吴汝纶（字挚甫）。光绪十二年（1886）丙戌与弟贺沅同为进士。贺涛曾任刑部主事，主信都书院讲席18年，为晚清北方桐城派宗师。贺又新兄妹之业师乃吴汝纶之子吴闿生。吴闿生，字辟疆，号北江，桐城派莲池文系传人，声震北国学坛，为贺涛入室弟子。贺又新之父贺葆良，字懿甫。母常堉瑄，出身饶阳望族，喜文事，教育子女甚严。叔父贺葆真，字性存，桐城派莲池弟子，曾任徐世昌幕宾，著有《贺葆真日记》，收录于《中国近现代稀见史料丛刊》第一辑，凤凰出版社2014年出版。兄贺翊新，字仲弼，吴北江弟子，毕业于北京大学，历任北京大同中学校长、河北省教育厅长、河北省国民参政会议长。抗战期间，在京津从事地下工作，后任台北建国中学校长。兄贺培新，字孔才，桐城派学者，著名文学家、篆刻家，文学师从吴北江，篆刻师从齐白石。著有《贺培新集》，收录于《中国近现代稀见史料丛刊》第三辑，凤凰出版社 2016 年出版。在《齐白石手批师生印集》（北京图书馆出版社 2000 年版）中刊有贺培新治印 380 方，并有白石手书批语，赞誉有加。弟贺德新，天津铁路中学高级教师①。

贺又新 1925 年自郑家口移居北京，1930 年与张度结婚。1937 年七七事变之后，张度随黄河水利委员会内迁入蜀，贺又新避居津门 17 载，1954 年迁回北京。

贺又新自幼在家塾受教于桐城派莲池学人、徐州知名学者徐鸿玑（字仰仪）先生。徐曾赞曰："诸生之中最为沈靓孝友而好学者，则先生之女孙又新也（先生指贺涛）。"又云："受业之十载，以其所得者注于诗词，多清绝雅健，似汉魏人。其兄孔才，又为介于吾师北江先生门下。吾师极称赏之，以为足以光大其先业。"

贺又新早年追随兄长贺培新习诗文，时有唱和。贺培新于 1924 年作诗一首，向吴北江举荐其妹。诗曰："弱妹又新女郎耳，渺然十六一童子。众人所好皆淡置，一言文字若深喜。顾念得此似已难，雅乐岂必无人弹。小子既蒙夫子教，更愿兄妹同追攀。"1925 年，贺又新随家移居北京后，即受教于北江先生，成为先生亲授女弟子。

北江先生对于贺又新诗作极为称赏。1924 年甲子，又新 16 岁，在武强萧张村避难时作《思故乡》及《思兄寄京》二诗，北江先生评云："乱离中常才喜作愁苦语，作者独能从温柔富丽中着手，最见才情，而用意尤为深婉。"

1925 年，又新 17 岁，作《和吴劼君女士用黄山谷次晁补之廖正一韵》诗，北江师阅后批云："气清句稳，下字造句，均不由人，中间复有瑰奇撑挺处，洵伟才也。昔吾师（指贺涛）以高文雄视百代，独不为

---

① 以上贺氏家族史料曾参阅徐世昌撰《贺先生墓表》及《贺葆真日记》前言、《贺培新集》前言，并采纳了中国社会科学院文学研究所王达敏先生提供的资料。

诗,门庭有此,足以补其缺矣。”北江先生又为贺又新诗集赐名《吟香咏絮之庐诗钞》。

贺又新早年与吴北江之女吴君琇及贺培新之女弟子俞大酉结为诗友。三人切磋琢磨,酬唱不绝,称莲池三才女。

贺又新晚年在操持家务、教养子孙之余,诗作不辍。与诗友唱和,老而弥笃,直至临终。平生诗作除散失无存者外,所积诗稿计428题485首。经张度整理,用北江先生所赐《吟香咏絮之庐诗钞》命名。抄录多册,分赐诸子孙。

在漫长的岁月中,历经沧桑,贺又新有些早年诗作或不慎散失,或自行销毁,晚年曾为之惋惜。整理者后经表兄贺仁介绍,结识中国社会科学院文学研究所精研莲池学者群体之王达敏研究员。经王先生戮力搜寻,在《天津民国日报》副刊及贺培新撰《天游室诗》中找到散失的贺又新诗作21首,弥足珍贵,最终辑成《吟香咏絮之庐诗钞》合计448题506首。

张度家族祖居直隶清苑(今河北省保定市)。高祖张维翰,道光进士,曾任四川江津知县,卸任后定居京师。当时京师东城隶属大兴,西城隶属宛平,张氏居东城,故称大兴张氏。曾祖张宝畬,字砚农。祖父张晋麟,字小农。父张埙,字伯英,为莲池书院吴汝纶弟子。后就读于京师大学堂,曾任八旗子弟学校教师、河南巡抚宝棻幕宾,辛亥革命后任河南彰德府(今安阳市)煤厘花税局局长。叔父张谨,字仲苏,吴汝纶弟子。就读于京师大学堂译学馆,被选送赴德国留学,在莱比锡大学攻读法政。回国后任教育部佥事,后担任京师学务局局长,同济大学、河北大学校长。弟张维,字以纲,弟妇陆士嘉,均曾留学德国,获博士学位。张维曾任清华大学教授、副校长,深圳大学校长。陆士嘉曾任清华大学、北京航空学院教授。

张度毕业于天津北洋大学土木工程系,师从茅以升、谭真诸名师,毕生从事建筑及水利事业。七七抗战爆发,张度自河南开封黄河水利委员会任所携带仪器、图纸、资料奔赴大后方。十年间遍历川、滇、云、贵诸省。在偕友登临峨眉山考察之后写成《峨眉山游记》，记载了当年峨眉山的胜境及游览经历。

贺又新、张度于20世纪末先后辞世，所遗文稿甚丰。其诗文记述了世道之治乱盛衰、人事之悲欢聚散，乃至四时寒暑、名园胜境、家庭细琐、儿孙趣事，言近旨远，情真意切。本人不揣冒昧，将先父母遗著加以整理，历经十余载，终于付梓。

在整理过程中，承蒙王达敏先生不辞辛劳，予以协助，提供了许多珍贵资料，在此表示衷心感谢。由于本人学识所限，在整理过程中难免有错误或不妥之处，恳请海内外学人不吝指正。

张宜（字克潜）

2019年3月5日于清华园

吟香咏絮之庐诗钞

目 录

序

吟香咏絮之庐诗钞序

张 度

贤配贺氏又新，字幼莘，系出河北省武强县诗礼名门。1908 年生，少予四龄，年二十有二来归，迄今五十六易寒暑，鸿案相庄，老而弥笃，儿孙满堂，一室融融，至足乐也。夫人幼习经史，性喜诗文，初在故城家塾，受业于徐州徐仰仪先生五载。年 17，迁居京师，执贽于桐城吴北江先生门下，每呈习作，多蒙奖掖，艺乃大进。先生为其诗册题名"吟香咏絮之庐诗钞"，古今体诗兼备，才名渐闻于亲友间。1929 年夏，予既已毕业于天津国立北洋大学，予舅父籍公亮侪，闻又新能诗，与夫人舅父常公兰侪谈及二甥，喜为执柯。缘二公有渭阳之谊，又各盛赏其甥者，问名纳采，遂结成两家秦晋之好。两家家长均以得快婿佳媳为欢。予二人则一见如故，相敬如宾，虽身经乱离，愁怀难遣，而天涯久别，唱和无间，均以夫妇知己，难能可贵，一生幸福，见诸篇章。自结缡以来，予侧身水利事业，多年奔走异乡；幼莘上侍下教，家务井然。1966 年春，予年 62，退休还里；伊亦五十有八。从此芸窗相守，形影不离，又历 20 年整。其间论文弄笔，时有写作。至与诗友唱酬，尤增雅兴。日积月累，箧底藏珍。近日整理旧稿，集成四卷。虽系生活细琐，不登大雅，而每一披览，辄觉心旷神怡，喜慰有加。遂抽纸笔，简述原委如上，兼以用作序言。1986 年丙寅 12 月 1 日。

吟香咏絮诗稿序

徐鸿玑

某来北方，主武强贺先生家，课其诸孙之季而亲交其长。时先生已前卒，因得私淑其学，转授生徒。而诸生之中，最为沈靓孝友而好学者，则先生之女孙又新也。受业之十载，以其所得者注于诗词，多清绝雅健，似汉魏人。其兄孔才，又为介于吾师北江先生门下。吾师极称赏之，以为足以光大其先业。积六七年，得诗三卷，曰吟香咏絮者，请为敦勉之辞，书之卷首。

某读前哲之作，尝怪汉有马班，唐有韩柳，宋有欧王。此数公者，学问文章，皆足以震耀千载，衣被后世。及推论其世次，而其孙曾，乃茫无一人足以继前踪而光大焉。岂其德泽之不足以畴后而绵远欤？抑以达孝继志述事者之无其人耶？忆昔同光之际，国家大难粗平，士大夫各以文学相竞尚。于斯时也，而生之祖独能以文章名天下，上焉争千古之光，与韩柳上下揖让，神游乎其间，以震声闻于北方，而时流莫及焉，何其盛也！生乎其后者，虽欲有所追步，亦綦难矣！而生之生也晚，独不畏其难，以达孝为职志，欲继前人之志，述前人之事，雷怒风发，侈为诗歌，拟以光大其先业者，已得当代大贤之称赏，是已光贤矣！

独某以荆棘之资，鞠育松柏。固后之寻流索源者，势不能不类及矣。而贪天之功，冒为已力之罪，抑亦尚论者之不我免也。既愧大道之茫茫，尤憾愚鲁之犹昔，又何暇不自见而见人，不自责而责人，谆谆焉为生一人自敦勉乎？

北江师云：用意不肤，词亦屈曲毕达。粹然有体之文也。

［**按**］《吟香咏絮诗稿序》作于1928年，载于《泗溪文稿》，油印本，现藏国家图书馆，由贺培新于1949年捐献。徐鸿玑，字仰仪，徐州人，吴北江弟子，为贺又新启蒙师。本文承蒙中国社会科学院文学研究所王达敏研究员录出赐赠。

旧作拾遗序一

贺又新

予性喜文字，稍习音韵，每有所怀，记以篇章，不足以言诗也，日久积成一卷。但幼年习作，散漫无存。近日与泽刚端居有暇，谈诗论文，用以遣日，实人生之一快。道及往事，忆起旧作，敝帚自珍，遂留爪痕。以下5首，系予年16至23岁之作也。序以说明原委。1982年壬戌3月2日。

旧作拾遗序二

贺又新

以上旧作12首，因与吴劼君学姊重聚有感，缅怀幼年生涯，专心习作，忆起旧章，笔力虽弱，而抒发当时情感，似应留存用，以补记一段幼年生活实况。1983年癸亥4月。

[**按**]　1982年至1985年间，贺又新陆续回忆未存稿之旧作，援笔书之，辑成《旧作拾遗》共4卷，合计23题28首。今按年代编入，并加按语。

凡 例

一、《吟香咏絮之庐诗钞》系贺又新撰，贺又新、张度晚年辑录注释。贺又新去世后，张度重加厘订，手抄数帙。本书即以此为本，编次补注。

二、原稿分为 4 卷，其中第 4 卷包括 1957 年至 1992 年间诗作，卷帙过大。兹将原第 4 卷分成 7 卷，合计 10 卷。另辑佚 1 卷，共计 11 卷。

三、目录及本文诗题有异者，以本文为准。本文疑有误者，则参照目录厘定。

四、除编入贺又新、张度诗作外，酌录部分亲友唱和诗作。

五、注释分为贺又新之“自注”，贺又新为他人作“又新注”，张度之“度注”，及整理者所加之“按”。

六、诗作按写作日期排序。晚年回忆之旧作拾遗，亦按写作日期编次。

七、贺又新早年作品，虽经贺又新、张度回忆辑录，仍不免有所遗失。经中国社会科学院文学研究所王达敏研究员戮力搜寻，得诗共 20 题 21 首，一并编入，名为《辑佚》。

卷　一

(1922—1926)

不　寐

中霄不寐听虫鸣，闲步回廊露气清。风卷浮云吐华月，恍然皓色满中庭。

[**自注**]　1922年壬戌，年14岁，在河北省故城县郑家口作。此生平首唱诗也。

[**按**]　据徐世昌撰《贺先生墓表》称：先生讳涛，字松坡。先世自山西洪洞迁武强之段家庄，移居北代，世以文学有声于时。曾祖云举进士，江宁督粮同知。祖式周，四川泸州州判。父锡璜，同治三年(1864)举人，故城训导，有惠政，故城人爱之，不忍去，因移家故城之郑家口居焉。贺涛，字松坡，为贺又新祖父。贺锡璜，字苏生，为贺又新曾祖。贺式周为贺又新之高祖。贺云举为贺又新五世祖，嘉庆进士。

本诗载《旧作拾遗》之三。

大　雨

飘飘雨势抑何雄，黯黮云霓塞太空。涤尽炎气诚一快，其如满耳乱蛙声。

[**自注**]　1922年壬戌，年14岁作。

［**按**］ 本诗载《旧作拾遗》之三。

新 年

生平最爱惟诗酒，每至新年兴倍高。飞盏迢遥堂上乐，挥毫烂漫弟兄劳。天晴云少红阳丽，梅盛香多喜气豪。痛饮酣歌莫辞倦，好乘狂态读离骚。

［**自注**］ 1923 年癸亥，年 15 岁，在河北省故城县郑家口作。

咏 怀

孤坐书堂里，挥毫兴正狂。无端意不适，投笔起彷徨。风暖波生绿，天晴燕绕梁。漫游聊慰意，微咏韵悠扬。涉世如浮海，波涛那可方。登高邈四望，天地良苍苍。欢乐能几时，人事交来戕。眄睐一长啸，俯仰悲衷肠。引壶但斟酌，意兴徒慨慷。堪叹世上人，名利日惶惶。一旦百岁后，毕竟谁能强。古人有至论，足贵亦堪伤。以兹悟生理，贵贱何忧喜。熟读古人书，更要勤执笔。志如百炼钢，摧折莫能止。流光逝不留，少壮宜奋起。欲为千仞山，当从一篑始。人之有生死，造化之所使。不为草木腐，还当求诸已。

［**自注**］ 1923 年癸亥，年 15 岁，作于郑家口。

［**按**］ 本诗载《旧作拾遗》之二。

甲子春节联句

甲子初交大雪飞(迪新)，弟兄欢宴复何归(翊新)。挥毫落纸诗千首(又新)，酒阵重斟八百围(培新)。

［**自注**］ 1924 年甲子春节，予兄弟姐妹 7 人欢宴于故城县郑家口村宅中，瑞雪纷飞，长兄首唱。予年 15 岁又 10 个月。

［**按**］ 贺又新长兄贺迪新，字启之。仲兄贺翊新，字仲弼。叔兄贺培新，字孔才。四弟贺植新，字建之。五弟贺德新，字立之。长姊贺仲新。

本诗载《旧作拾遗》之四。

思故乡

避地遥思郑家口，彻夜彷徨望星斗。惊天翻海益纷然，他乡留滞何时还。望眼欲穿魂欲断，百忧交集悬眉间。颇思浩荡云霄上，锦绣河山任游赏。连天絮雪咏才情，桃花满陌香满城。燕舌呼风泥滑滑，黄蜂彩蝶扑春荣。乱极自治古如此，防制龙蛇育赤子。何时四海一澄清，炮羔佐酒弦歌喜。人生得意最为难，古调凄凉不可弹。屈子沉湘千载恨，忧乎高蹈岂能攀。羲皇邈矣凤麟逝，烈风直欲吹倒昆仑山。

思兄寄京

青青草色遍平原，旖旎繁英映丽天。对此韶光成感喟，光阴荏苒惜华年。看花回忆去年春，花间置酒歌且吟。唱和连篇无尽兴，天伦真乐杳无垠。祇今离乱各西东，中原惨淡听悲鸿。何日方能睹平治，云飞威袭汉王风。空庭日暮渐黄昏，芳花寂寞带啼痕。微物有情还坠泪，欲呼真宰问存仁。

［**自注**］ 以上二诗，系1924年甲子予16岁在武强县萧张村避难时作。北江先生评云："乱离中常才喜作愁苦语，作者独能从温柔富丽中着手，最见才情，而用意尤为深婉。"

［**按**］ 吴北江（1877—1949），讳闿生，字辟疆，号北江，桐城派代表人物，吴汝纶之子。曾任北京大学预科教务长、北京政府教育部次长、奉天萃升书院教授、河北莲池讲学院教授，著有《北江先生诗集》《北江先生文集》《尚书大义》《周易大义》《左传微》《左传文法读本》

《孟子文法读本》《诗义会通》《汉碑文范》《晚清四十家诗钞》《古文范》《古今诗范》《吉金文录》等，曾受业于吴汝纶之弟子、贺又新祖父贺涛。贺又新及诸兄弟皆出北江先生门下。

本诗载《旧作拾遗》之二。

中秋玩月

潮腾云涌掀瀛波，连宵达旦自酣歌。一年明月今宵多，醁醽到手心如何。故押险韵学吟咏，凛凛芒锷翻矛戈。百岁邱墟奚有异，精光吐纳终难磨。瑰文如海莽渊浩，森森万象皆包罗。大含元气细无间，深入海底高嵯峨。浅尝未许得真味，耽之既久非私讹。团团大月照八极，老松郁郁蟠龙鼍。麟皮翠羽荡磨激，琼华玉干森成柯。苍然四望天高炯，流星明灭纷穿梭。岁月迁流如逝水，安有妙策安羲和。羲和驰驱不可御，水下岂待先盈科。皎皎光明如白雪，深宵对影舞婆娑。再倾三杯醉松下，悠哉谁谓吾蹉跎。

［**自注**］ 1924年甲子年，16岁，在郑家口作。

［**按**］ 本诗载《旧作拾遗》之二。

雪中和兄寄京

一得新篇读，夷然百虑开。狎寒松有秀，霜冷菊初栽。浩荡云驰骤，飞扬雪倒回。苍茫迷向背，惆怅意中来。

［**自注**］ 1924年甲子，作于郑家口，年16岁。

［**按**］ 本诗载于《旧作拾遗》之一。

在《贺培新集》(凤凰出版社2016年版)第160页《天游室诗卷第一》中有此诗的唱和诗，录如下：

和妹又新冬日元韵二首　贺培新

万里风烟接，唤天云不开。露寒凋紫叶，风劲扫苍苔。堂上炉烟起，云边海燕回。竹林声淅沥，花雪漫天来。千岭白皑皑，天空图画开。狎寒松有秀，偷暖室留苔。池水留还住，檐流落暂回。幽居太清绝，明月浴初来。

[**按**]　《贺培新集》中另刊有贺培新与妹又新的唱和诗18题21首，但迄今未找到贺又新的原诗或唱和诗。

遣　怀

安得翩然舟一叶，两岸桃花繁似雪。一天星月映波涛，十丈红尘浑隔绝。中堂置酒香风吹，窗前正有花堪折。几日池塘成绿茵，池中鱼逐波纹缬。阵阵和风似玉温，细雨霏霏如珠屑。夏迎炎热冬苦寒，百岁千秋成一瞥。前途莽莽正无边，把酒吟诗自怡悦。

[**按**]　本诗载《旧作拾遗》之二。

故园歌

小园清静门常关，简编堆案高于山。红翠参差满庭院，置身如在画图间。三春对景诗意多，蛱蝶飞舞狂蜂歌。红榴放焰光灼烁，池边垂柳拂清波。天晴日丽更增色，对酒陶然真自得。平生知命不知愁，清风满我诗酒楼。天公寒暑相运周，此地终岁如清秋。新诗哦咏太清绝，窗外落花如飞雪。枝头鸟雀为笙镛，松树拿空自高洁。身居乡镇思京华，永与弟兄作行列。雁行栩栩飞云霄，私心又惜故园别。

[**自注**]　以上二诗，系1924年在故城县郑家口镇家中作，年16岁。时诸兄均在北京，全家即将迁居京师，故园景物依依难舍，作《故园歌》写怀。

[**按**]　本诗载《旧作拾遗》之二。

奉和徐仰仪师用孔融杂诗韵

大道比朝阳，广照神州路。寄托在文词，飘萧似纨素。夫子遵前模，志如金石固。事态千万端，至理无新故。一心治学术，不求谈国祚。斗室教群徒，讲诵朝继暮。千仞振裳衣，邈然骋高步。泪涕洒山川，乾坤焉我厝。博我以宏文，范我以古度。黾勉和高音，彷徨致私慕。

[**自注**] 1925年乙丑，年17岁，作于郑家口。时在家塾从徐仰仪老师受业。

[**按**] 徐仰仪，讳鸿玑，字仰仪，贺又新之启蒙师，徐州知名学者，与王雪樵、韩席筹被誉为徐州国学三大家。1938年，徐州被日军攻陷后，徐仰仪逃往他乡，隐匿不出。著有《泗溪文稿》，油印本，现藏国家图书馆，由贺培新于1949年3月捐献。

本诗载《旧作拾遗》之一。

和吴劼君女士用黄山谷次晁补之廖正一韵

令我敢目不敢口，举踵京华依北斗。锦霞幻彩何粲然，气若长江倒海还。掷地渊渊金玉响，余音自遏云霄间。跻攀分寸不可上，何幸低结成真赏。君家四海扬名声，十年倾慕吴桐城。匠门瑰才浩千万，樗栎许并真光荣。倒海风涛几万里，跌宕酣嬉七十子。宏道纲伦万代功，过眼荣华固非喜。乱世讲道古来难，慨乎诡许点而弹。终然岳立齐仰止，九流百氏俦能攀。所愿依鸾强自历，冀附一芥昆仑山。

[**自注**] 1925年乙丑，作于郑家口。劼君女士为吴北江先生之长女，长予5岁，尚未晤面，通信唱和。

[**按**] 1925年，贺又新17岁，作《和吴劼君女士用黄山谷次晁补之廖正一韵》诗。吴北江阅后批："气清句稳，下字造句，均不由人，

中间复有瑰奇撑挺处，洵伟才也。昔吾师以高文雄视百代，独不为诗，门庭有此，足以补其缺矣。”“吾师”指贺又新祖父贺涛，系吴北江之师。

本诗载《旧作拾遗》之一。

贺培新于1924年作诗一首，向北江先生举荐其妹。1925年，贺又新移居北京后，即师从北江先生。贺培新荐诗载《贺培新集》第165页，凤凰出版社2016年出版，兹录于下：

九叠均呈北江先生为妹请受业　贺培新

小子非敢妄夸口，先生于世诚维斗。汗牛众说已全删，坐觉风雷八代还。群徒年少才力薄，尚能拔置初唐间。春秋讲道高堂上，左马奇文耐深赏。悲歌狭烈话荆卿，凛然胡骑尘满城。京国十年遇不遂，金章紫绶非吾荣。弱妹又新女郎耳，渺然十六一童子。众人所好皆淡置，一言文字若深喜。顾念得此似已难，雅乐岂必无人弹。小子既蒙夫子教，更愿兄妹同追攀。遥拜泥涂冀收授，块然欲起高于山。

月　夜

皎皎冰轮挂碧霄，寒光清冷透疏寮。花浮溪涧流丹紫，鸟宿林中见羽毛。四海昏冥同一照，九衢尘土顿全消。广寒歌舞多仙子，笑我孤吟太寂寥。

[**自注**]　1925年乙丑，年17岁，在北京作。

[**按**]　张度之舅父籍亮侪曾盛赞“花浮溪涧流丹紫，鸟宿林中见羽毛”一联。

秋　感

秋来触目使心伤，风发凄音雨送凉。何事牢愁心内郁，无情岁月暗中忙。江湖清冷沉沙白，树木萧疏落叶黄。愁绝不堪回首望，烟波何处是家乡。

[**自注**] 1925年乙丑,年17岁,在北京作。

秋感　三首

西风瑟瑟飞黄叶,玉露微微湿桂花。婉娈残阳白沙底,水纹荡漾倍光华。

冷落江天雁渡关,风声挟浪欲摇山。穷年悲咤嚣尘里,安得云游化鹤还。

惟有流光去不回,何当快饮破愁开。山河万古浮沤灭,一代兴亡遑论哉。

[**自注**] 1925年乙丑,予年17岁,来京后作。孔才三哥举以问仲兄诗系何人所作,答曰:《晚清四十家诗钞》中诗无疑。一座大笑,均以为深得桐城真传也。北江先生见之,亦赞许不已。

[**按**] 本诗载《旧作拾遗》之三。

雪后同长兄迪新仲兄翊新叔兄培新登北海白塔联句

千山白皑皑,万树开琼花(迪新)。壅培根深奥,覆压枝横斜(培新)。晶莹光万顷,点点翻寒鸦。冻合吟肩耸,苦学温八叉。(翊新)登高极目眺,玉宇净无瑕。谁将曲径扫,蜿蜒如长蛇。(又新)岑岫纷倾倒,颠风散乱葩(培新)。归途相顾笑,未老鬓成华(又新)。

[**自注**] 1925年乙丑,予年17岁,来京后之次年作。北江先生评云:"兴会高华。"长兄年29岁,仲兄27,叔兄长予5龄。

[**按**] 本诗载《旧作拾遗》之三。与贺培新撰《天游室诗》中《雪后登塔同伯兄仲兄翊新妹联句》一诗接近,见《贺培新集》(凤凰出版社2016年版)第185页《天游室诗卷第二》。

游北海

高秋八月西风初，风光晴丽画不如。水静波平鱼可数，远山含霭淡如无。纷纷游艇竞嬉娱，谁欤壮志思凌虚。天昏云黑日将晡，碧空渐见星光疏。波纹潋滟光涵泳，萧飒凄清万籁静。纤云卷尽月华新，波心天上相辉映。萧然自得清幽趣，归来把笔题新句。愧无奇气生蛟龙，梦中犹绕湖边路。

［**自注**］ 1926 年丙寅，年 18 岁，在北京作。

卷 二

(1930—1937)

蜜月中即事

穷经论史度良宵，人世何由感寂寥。红烛影残星斗近，笑看牛女隔河桥。

［**自注**］ 1930年庚午三月，蜜月中作。年22岁，作于北平西城报子街73号西厢。

［**按**］ 1929年，张度自天津北洋大学土木工程系毕业。贺又新、张度于1930年4月21日(农历三月二十三日)成婚。自注中三月指农历。

本诗载《旧作拾遗》之一。

贺又新之二伯父贺葆真，字性存，在日记中有关贺、张二人婚事的记述如下：

《贺葆真日记》(凤凰出版社2014年版)第533页："(三月)二十一日　弟女又新将嫁，媒者以张氏礼来，吾遂以奁实归。吾家嫁女置奁之费，原无成例，今酌定为六百元，吾母又特赐百元，培新又有所资助，余则以所刻所印各书畀之，凡二十四抬。""二十三日　又新归于张氏。侄婿张度，字泽刚，年□□岁，大兴人。其先籍绍兴，后迁居保定，其祖始来大兴。曾祖宝畬，祖晋麟，父埙，母任丘籍氏，亮侪之妹也。其父已故，其叔父仲苏主婚，邢赞庭为媒，胡海门证婚，午后张氏亲迎，行结婚礼于绒线胡同蓉园饭庄。张氏家于报子胡同。仲苏，名谨，前学务局局长，近充保定河北大学校长。泽刚，天津北洋大学毕业，现充华北水利委员会通州分主任。吾未柬邀亲友，而亲友至者亦数十人。”“二十五日　又新偕新婿来，吾家谓之回门。”

张度祖籍直隶省清苑县，即今河北省保定市城西郊四里沟。其高祖张维翰，道光年间进士，官四川江津知县，卸任后定居京师崇文门外上头条62号，后迁居西城报子街73号。当时北平东城隶属大兴，西城隶属宛平，故称张氏为大兴人。

游颐和园

清风激越琴声清，春光潋滟春波明。泛舟直欲凌空行，溪云淡淡倍含情。彩翮翩翾泛霄起，金鳞闪烁潜湖底。荒原旷野何萧寥，点缀全凭山与水。山水之间恣壮游，千秋寄托心悠悠。逝水流云停不住，落花飞絮使人愁。

［**自注**］ 1930年庚午，年22岁，蜜月中作于北平。

［**按**］ 贺又新之兄贺培新，字孔才，时任北平市古物评鉴委员会委员，正在颐和园整理及鉴定文物，特邀请新婚之贺、张伉俪赴颐和园作一日之游。

咏藤萝

藤架淡烟笼，藤花浅淡红。绮窗斜影动，曲径暗香通。淡雅宜临月，娇柔懒舞风。馨香满襟袖，妙绪接鸿蒙。松柏牵枝蔓，人群仰玉容。紫霞天上落，不与众花同。

［**自注**］ 1930年庚午，婚后游中山公园，藤萝盛开，赏玩时作。

［**按**］ 本诗载《旧作拾遗》之三。

写怀寄泽刚

愁绪不可扫,离情犹梦绕。相处才数旬,相期以终老。分离日几何,焉用心如捣。始知恩义深,只足增烦恼。共惜惟寸阴,相知惟寸心。影形虽暂隔,鱼雁自传音。鱼跃沧江水,雁随天上云。神魂与之俱,万里共浮沉。浮沉亦何用,思君情愈重。身居斗室中,心有长风送。飞越万重山,悠悠入清梦。慷慨对君歌,男儿意气多。柔情虽婉转,壮志岂能磨。一生倏如客,百载急于梭。豪杰何异人,岁月无空过。

[**自注**] 1930年庚午春,婚后初别,时泽刚在顺义县苏庄水文站工作。予年22岁,作于北平。

送别泽刚之苏庄

别久得相逢,相逢又远别。相见只相看,无言情愈切。悲喜交相溶,顿觉肝肠热。燕婉度良宵,宁辞心力竭。晨曦渐满窗,行行意已决。握手各怆然,强颜说欢悦。

[**自注**] 1930年庚午夏,婚后别离。泽刚首次回家重聚,留二日仍返苏庄水文站。泽刚年26,予22岁,作于北平。

[**按**] 本诗存有贺又新与张度互赠手书棉织诗帕。其中第二句之“相逢”作“乍逢”,“相溶”作“相萦”,“宁辞”作“不辞”。诗帕后题词:“右十九年五月三十日送别泽刚之苏庄诗也。又新记。”

张度回赠诗帕题词为:“片片离愁谁识得,凭君寄语慰相思。幼妹芳鉴,泽刚寄赠。”

题苏庄潮白河畔摄影　二首

一

溪边落日晚霞红,小树玲珑夕照中。美景当前人欲醉,天涯遥望意何穷。

二

渔舟片片拂清烟，托兴苍茫云海间。摄影只能留胜迹，深情脉脉恨难传。

［**自注**］ 1931年辛未，在北平报子街73号西厢居室中作。时泽刚在河北省顺义县苏庄水文站工作，潮白河入北运河之闸工程处也。

［**按**］ 顺义县，当时隶属河北省，今为北京顺义区。

本诗载《旧作拾遗》之四。

春日寄泽刚

柳色青青万缕长，东风吹绿小池塘。春光澹荡情无限，洄溯伊人总断肠。

［**自注**］ 1931年辛未春日作。见前注。

［**按**］ 本诗载《旧作拾遗》之四。

游长城途经八达岭联句

空翠烟云合(泽刚)，羊肠道路通。石奇蹲虎豹(又新)，松老舞虬龙。溪水流纤碧(泽刚)，山花吐浅红。迷离失村郭(又新)，轮转急如风(泽刚)。

［**自注**］ 1931年辛未春，泽刚休假偕游时作。予年23岁，泽刚长予4岁。

［**按**］ 本诗载《旧作拾遗》之一。《贺培新集》(凤凰出版社2016年版)第218页《天游室诗卷第三》中有此诗的和诗，录如下：

游八达岭和妹均　辛未

天险山回抱，单车凿石通。国门严锁钥，地脉隐蛟龙。霸王余威远，怀柔盖世雄。何当执棰梃，筲海继丰功。

登万里长城联句

携手上长城（又新），崎岖路不平。欢呼偿宿愿（泽刚），努力赴前程。关据千山险（又新），城标万里名。艰难秦役苦（泽刚），跋涉汉兵精。祸患今犹甚（又新），干戈迄未平。低徊缅先烈（泽刚），慷慨叹苍生。渐觉群山小（又新），遥闻塞雁鸣。平原人似蚁（泽刚），高宇鸟如蠓。茅舍炊烟起（又新），寒潭晚照明。归途犹顾眺（泽刚），几日复长征（又新）。

[**自注**]　1931年辛未春，泽刚休假回家，同游万里长城联句。时泽刚27岁，予年二十有三，作于北平。

[**按**]　本诗作于国是日非之际，因有“祸患今犹甚，干戈迄未平。低徊缅先烈，慷慨叹苍生”之句。此次休假后，张度奉调至天津，在华北水利委员会任职。九一八事变爆发，华北水利委员会经费停发，张度转至谭真师开办的荣华公司任工程师，参与杭江铁路即今浙赣铁路桥梁建设及天津法租界中原公司分号建筑工程。

北海踏雪

银花万点拂征袍，结伴登临意气豪。峦顶飞腾疑跨鹤，溪边驰踏欲乘鳌。繁枝覆压垂还起，玉宇凄清静不嚣。瑟瑟西风寒起粟，归来暖阁饮醇醪。

[**自注**]　1932年壬申初春，泽刚在天津工作，休假回家，大雪中结伴登北海公园白塔。予年24岁。

携儿观雪

窗外飘飘雪花舞，窗内呢呢小儿语。携儿观雪倚栏杆，片片琼瑶随意数。儿童欢乐舞且歌，我亦偷闲翻韵谱。岁月匆匆去若驰，人事倏忽谁能知。儿时绕膝慈颜喜，今日提儿学语时。

［**自注**］　1934年甲戌春，长子克潜周岁有余，泽刚在河南省开封黄河水利委员会工作。予年26岁，作于北平。

［**按**］　贺又新长子生于1933年农历正月十三日，名宜，学名克潜。

1933年11月，荣华公司停业，水利专家李仪祉在开封创立黄河水利委员会。经由李书田介绍，张度赴开封黄河水利委员会任测绘组副工程师，在主任挪威人安立森手下工作，直至七七事变爆发。

君琇学姊婚后南归　二首

咏絮才华冰雪姿，高名不数蔡文姬。悬知良夜停红烛，浓淡蛾眉正入时。

晶爽新秋连理茵，江南山色四时新。双飞凤影鸣相和，傥有新篇寄故人。

［**按**］　吴君琇（1911—1997），吴北江第四女，髫龄通经史，尤工诗词。抗战期间任四川大学附中国文教员，1949年后在南京农业大学中国农业遗产研究室从事古农书研究。曾任江南诗词学会副会长、江苏省诗词协会顾问、江苏省文史馆馆员。与夫金孔章合著诗集《琴瑟集》。

本诗载《旧作拾遗》之二，无编年。吴君琇与金孔章1934年夏结缡，同归金陵。此诗应作于1934年秋初。

送 行

破晓闻鸡唱，披衣送远行。晨风吹短鬓，初日照高城。杨柳萦离恨，黄鹂唤别情。芬芳桃李节，一路落繁英。

［**自注**］ 1937年丁丑季春，泽刚自豫回京省亲，小聚一月，重返开封。时予年29岁，泽刚33，长子克潜已4龄，次子克淳才周岁。在北平作。

［**按**］ 1937年5月，张度之弟张维考取官费留学，安立森特许张度回京探视。重返开封后不久，七七事变爆发，不久，北平被日军占领。张度未及与家人告别，受命携图表、资料、仪器从开封直接奔赴抗战大后方。为逃避战乱，贺又新及一众女眷迁至天津英租界伦敦路祝兹里，后迁至福发路。抗战胜利后，改岳阳道宝安里18号，直至1954年回京。贺又新《送行》一诗竟开启了十年之久的"书成杨柳才三月，函启梧桐又九秋"的乱离生涯。

卷 三

(1937—1948)

阵 雨

急风吹雨入窗纱，万点明珠杂落花。惊起楼头新睡足，饱餐风露听鸣蛙。

［**自注**］ 1937年丁丑，年29岁，作于天津英租界祝兹里客舍楼上。时正日寇侵华，卢沟战起，避难迁居津埠。泽刚则随机关自豫入川矣。

［**按**］ 祝兹里，在天津英租界伦敦路，即今成都道路南，系两楼两底带地下室住房。贺又新全家在此居住约两年，度过洪水。后迁居福发路，即今岳阳道宝安里。

本诗载《旧作拾遗》之三。

春雨中感怀

柳丝杏蕊画堂前，细雨敲窗若听弦。万里江湖波有绿，千家山郭翠凝烟。登楼望远萦愁绪，闭户孤吟共谁语。故乡不忍重回头，故人漂泊天一陬。楼阁亭台余瓦砾，马嘶鬼哭声啾啾。竟日帘纤雨未停，白鸥洗羽鹤舒翎。青灯素壁沉沉夜，红雨轻泥铺满庭。

［**自注**］ 1938年戊寅，因日寇侵华，全家避难，客居天津。泽刚

则随黄河水利委员会迁往重庆。时予年30岁。

[**按**] 本诗载《旧作拾遗》之二。

春归故都

霭霭轻烟接云汉，悠悠绿水垂杨岸。妙舞仙姿紫燕飞，百啭珠喉鹦鹉唤。柔丝软系絮飘扬，片片飞花蜂蝶恋。去年离乱别京华，虎口归来兴未赊。身世莫悲蓬梗似，弥天猿鹤化虫沙。英雄百万杳何许，深闺好梦寻无处。繁华事散逐香尘，流水无情自今古。天伦相聚且言欢，清谈犹得诗中趣。绿鬓何忧白发生，消愁要使红颜驻。

[**自注**] 1938年戊寅。去秋，日寇侵占我华北。泽刚自豫入蜀，予避难离北平，客居天津。今春，携淳儿回北平省亲时作。年30岁。

[**按**] 时贺又新与贺培新及众表兄弟姐妹三十余人大家庭居北平厂桥前铁匠营东西两院。

本诗曾刊于《天津民国日报》，内容有差异，见辑佚。

连日大雨

连朝大雨水溅溅，绿树红楼欲化烟。飘渺不知身所在，四方洪水正滔天。

[**自注**] 1938年戊寅8月19日作。时客居天津，年30岁。

[**按**] 本诗似应作于1939年洪水前一日，详见下首《津市大水》。

津市大水

满地放横流，波摇百尺楼。树头翻水鸟，街上渡行舟。得势鱼龙喜，离群人畜愁。无边波浪阔，何处觅高丘。

［**自注**］ 1938年戊寅8月20日作。

［**按**］ 天津洪水始于1939年8月20日，退净于10月初，历时约一个半月。故以上二诗似应作于1939年己卯。

春　雨

帘内轻寒帘外雨，檐前燕子双双舞。无言怅望暮天云，春波腻涨桃花浦。花开花落几多愁，风波无定乾坤浮。万古皆随风雨尽，惟余文字几希留。沙尘埋没能无叹，梦魂夜夜飞霄汉。驮騠腾踔能几时，更堪触目春将半。绮丽词章照古今，当年谁慰寂寥心。深谷应芜紫芝草，黄绮东园何处寻？

［**自注**］ 1939年己卯在天津作，年31岁。

［**按**］ 本诗曾刊于《天津民国日报》，见辑佚。

归津寄兄

红榴似火阶前发，桃李成荫藤满架。小池荷叶自田田，融泻天伦味啖蔗。代谢浮生去若尘，千载悠悠亦如泻。得失名利苦牵萦，一例人生少闲暇。津市街头景更奇，枯树槎枒不知夏。去秋被水树皆枯萎。人声嚣杂车马喧，热汗频挥如雨下。中宵忽见月华新，独坐幽庭美清夜。鹤飞忽尔掠空过，顾影徘徊自悲咤。

［**自注**］ 1939年己卯初夏，归宁北平，返津后作。时年31岁。

［**按**］ 俞大酉《涵沧室诗文》有本诗的和诗，题为《奉和幼莘先生元均》，录如下：

奉和幼莘先生元均　俞大酉

幽庭小立月流华，杨柳依依藤满架。儿时逢此恣欢嘻，风味清腴似啖蔗。

密缠交扣柳藤条，难绾流年去如泻。匆匆于役几经年，草草劳形少闲暇。俯仰身世愁恨添，望断关山魂梦怕。春花零落秋雨飘，瞥尽严冬又炎夏。风流自古浪淘空，遑论千秋万世下。且释愁怀聊自娱，行向中庭徂清夜。危巢更问卵能完，极目梁间独悲咤。

［**按**］ 和诗作于1940年庚辰。和诗中多出“怕”韵二句，可能是原诗回忆稿删改或遗漏。

大 雨

惊心掣电与奔雷，正恐崖崩天柱摧。古木拏空瘦蛟舞，长条委地潜龙回。忽忆去年秋雨里，洪流滚滚从天来。浮尸莫辨人与畜，逃亡但觅丘与台。悲风凄凄云漠漠，乾坤万窍皆含哀。区区生命延一发，那期今日倾樽罍。信知有命天不厄，人厄于我何有哉。不须更问明朝事，长醉高歌归去来。

［**自注**］ 1939年己卯秋，在天津作，时年31岁。

［**按**］ 本诗曾刊于《天津民国日报》，内容有差异。见辑佚。

重 阳

几行归雁动新愁，万点黄花染素秋。得句何须凭酒力，茱萸不插自忘忧。

［**自注**］ 1939年己卯，在天津作。

三月雪

不见落花见飞雪，令人惆怅芳菲节。朔风吹彻玉楼寒，不独萧条行路难。风刀霜剑残百卉，寒烟疠气摧肝肺。君不见，塞北黄云断春色，荒郊刁斗鸣瑟瑟。蚕丛蜀道怯前行，极天惟见峨眉横。津沽昔称佳丽地，三月春风如玉吹。娜婀杨柳万丝垂，桃霞杏锦天葩坠。何意今年苦雪霜，阴风惨淡声悲凉。天公泪涕湿寰土，斜飞万点迷遐荒。

［**自注**］ 1940年庚辰，在天津作，年32岁。

幽庭　二首

红白黄橙瑞色浮，枝条相引万花稠。儿童莺燕鸣歌杂，欢慰高堂杖白头。

帘外荷花帘内香，西墙花影到东墙。幽人手种供谁赏，洽有飞来明月光。

［**自注**］ 1941年辛巳夏，携潜、淳二子归北平省亲。高堂健在，庭花繁茂，写景抒怀。时年33岁。

题书画扇

皎皎一轮月，光辉照九州。嫦娥舒倩影，素女回青眸。丹黄桂香陌，苍翠青山头。蜿蟺蛟龙走，氤氲花气浮。一挥肌肤净，再挥炎暑收。三挥青冥阔，飘然海上鸥。却愿恒炎曦，凉飙终见酬。

［**自注**］ 1941年辛巳，在北平作，年33岁。

［**按**］ 本诗曾刊于《天津民国日报》，题为《题二俞书画扇》。见辑佚。“二俞”为俞大酉、俞大贞姐妹。

故园留别

午夜风吹梦，天明客别家。喧腾连袂履，缭乱整裾纱。异地同明月，芳辰恋物华。回瞻拂城柳，摇曳送征车。

［**自注**］ 1941年辛巳，归省一月，重回天津，启程前作于北平。

［**按**］ 本诗曾刊于《天津民国日报》。见辑佚。

游西海

西山在眼画不如，明霞五色飘空虚。两岸垂杨鸣宿鸟，一弯绿水长新蒲。浮空万点红玛瑙，盖溪十里碧氍毹。荷叶呈珠鱼窜水，乱蛙跳草鸭藏芦。树下苔深人迹少，天边云淡鹤飞孤。同游争说风光好，欲将西海比西湖。江南山水天下无，梦魂不到思有余。锁钥北门关自壮，攀登曩亦劳形躯。天时人事百不遂，冀州横览输飞凫。风旋雷转总莫测，高瞻远瞩心常舒。

［**自注**］ 1942年壬午夏，回北平时作，年34岁。

［**按**］ 本诗曾刊于《天津民国日报》，题为《辛巳夏晨与兄游西海》，内容有差异。见辑佚。

返　津

津沽又见水盈盈，中途景物良娱情。茅舍良田轻润雨，溪云岭树暗藏莺。牧童野叟纷来去，薄雪残冰尚冻凝。耳底犹闻故人语，望中早失京华城。峥嵘楼阁五云里，何处飞来弦管声。凄凉旷野埋战骨，风烟惨淡无人行。荣枯咫尺判霄壤，等闲身世波中萍。乘流而逝得砥止，莫因挫折轻前程。被奇服兮表独立，广漠彷徨恣暇逸。望美人兮天一方，山嵯峨兮海茫茫。

［**自注**］ 1942年壬午，自北平回天津后作。

［**按**］ 本诗曾刊于《天津民国日报》，题为《归津咏怀》，内容有差异。见辑佚。

空谷吟

庭院无人形影独，虽居闹市如空谷。悠悠苍盖乌云低，隐隐微尘幽静屋。空中桃李散丹霞，风里莺声震金玉。去年今日归故园，凄风苦雨人悲哭。慈母逝世。南云北云愁不开，万里江山含惨肃。花灯璨璨饿殍栖，明月荒荒杜鹃宿。凄凉风雨忍重看，午夜惊心寒起粟。风波世路更难凭，珍重分阴惟秉烛。

［**自注**］ 1943年癸未，在天津作。时年35岁。

［**按**］ 贺又新之母常氏于1942年底逝世，贺又新闻讯赴北平奔丧，哀痛逾恒。

忆昆明

昆明湖水日悠悠，中有佳人独倚楼。不得从容共晨夕，故教颠倒度春秋。烟笼弱柳丝丝系，波卷飞花片片浮。万里莺啼春正永，灵犀一点结千愁。

［**自注**］ 1943年癸未，时泽刚在昆明，予居津门，两地以诗代简。予年35岁，泽刚39龄。附泽刚依韵奉和二首：

依韵奉和忆昆明　二首　张度

湘云湘水共悠悠，目断天涯百尺楼。几片芦汀映晚照，一行北雁写清秋。新诗寄意心心印，往事萦怀件件浮。万里家乡渺何处，西风瑟瑟使人愁。

斜晖脉脉水悠悠，送尽归帆懒倚楼。待赏庭花常向日，知还倦鸟早惊秋。评诗煮酒推敲细，览胜寻幽笑语浮。旧影依稀肠断绝，客中闺里正同愁。

［**张度又新同注**］ 1943年癸未秋，泽刚在湖南作。1937年七七事变后，平津沦陷，时泽刚在河南省开封黄河水利委员会工作，随机关南下赴重庆。1939年至1942年在川滇各地作建筑工程。1943年到湘南零陵，接昆明转来家书，附《忆昆明》诗。家书诚抵万金，而丽句清词益增惆怅，北望故乡，不知何日得返里也，秉烛夜吟难计工拙，聊写一时心绪而已。

和写此诗时，泽刚已在湖南零陵冷水滩湘江东岸工作。

奉答泽刚

别梦依依岁月悠，玉人天畔枕江楼。书成杨柳才三月，函启梧桐又九秋。四海为家归思怯，万方多难壮心浮。飞鸿岂为藩篱限，珍重年华莫漫愁。

［**自注**］ 1944年甲申，时泽刚在四川成都，予仍居天津，年36岁。附泽刚依前韵再和：

再和又新 张度

历尽西南客路悠，投荒不死辄登楼。高歌庾岭邀明月，吊古新都赏素秋。世乱幸留清骨在，鬓残何限壮心浮。干戈已罢行归去，报慰闺人释别愁。

［**度注**］ 1944年春，予自湘南到成都，锦城虽好，仍是他乡。接《奉答泽刚》诗，依韵再和，用代书简以告行踪。所谓“历尽西南客路悠，投荒不死辄登楼”者系概括览胜幽怀以及旅途惊险。有小诗纪事，略见一二。选录数首如下：

岁暮滇南道中即事 三首 张度

残年阻雪永宁州，剪烛西窗话旧游。明媚嘉峨飘绿影，凌云登罢上乌尤。

彤云漠漠雨纤纤，树树梨花冰满檐。行计不成天已晚，隔窗默对数峰尖。

征车到处便为家，买醉无由且饮茶。莫谓客中还作客，慰人心意有儿哗。

潇湘汇流处送友人赴成都 三首 张度

芒鞋竹杖事春游，风雨萧萧上渡舟。莫问村醪浓与淡，劝君自献自为酬。

杂花生树暮春时，堤畔行吟楚客思。烟柳迷离魂断处，潇湘江上雨如丝。

宫记青羊溪浣花，清弦渔鼓夕阳斜。萍踪浪迹年来惯，袂屐重联访酒家。

［**度注**］ 枕江楼，在四川成都。庾岭，指大庾岭，为湘粤桂三省交界，五岭之一。

新都县，在成都北三十余里，系明末词人杨慎升庵之故里。城内桂湖公园以丹桂闻名，即升庵之状元府旧址。城外有宝光寺古刹，极雄伟壮丽。

永宁州，即滇黔公路晴隆站。凌云寺和乌尤寺，均在四川嘉定岷江东岸。凌云山上有石刻大佛矗立江边，凌云寺俗称大佛寺。

儿哗，指同车旅客之幼子，才两岁，健壮活泼，白胖喜人，解慰同仁岑寂。青羊宫、浣花溪，均为成都游览胜地。

渔鼓，是成都一种说唱技艺，演员手持渔鼓伴奏节拍，叙说传统故事，绘声绘影，感人深切。某著名老演员技艺尤佳，海报一出，观众争先恐后，座无虚席，大有李龟年说天宝之概。

夏日雨后即景

大雨初晴当盛夏，细绮轻縠飘曲厦。大树婆娑隐湿烟，闲花旖旎垂修架。手植扁豆与丝瓜，黄云紫霞更低亚。儿童笑闹爪打头，小院又惊风露泻。檐溜滴珠若有无，蜻蜓点水飞上下。荷花玉立自亭亭，兰蕙喷香味如麝。天气微凉渐向秋，凄风苦雨几时休。遥知惨淡风云后，红日悬空照九州。

［**自注**］ 1944 年甲申，抗日战争时，在北平孔才兄家中作，年 36 岁。

［**按**］ 贺培新位于西海西河沿之新购住所，命名海西草堂，其藏书室名潭西书屋。

本诗载《旧作拾遗》之二。

夏日回京与嫂侄游北海

欲雨不雨风扬尘，天空水上皆鱼鳞。柳丝垂地燕雀倦，芙蕖斜趁鸳鸯群。游共儿童兴倍好，歌杂悲欢气益振。年年此地能欢聚，忽忆东西南北人。东西南北正无定，且喜今朝形影亲。君不见，万紫千红皆锦绣，东风春暮争纷纷。夏景葱茏枝引蔓，高秋雁阵翩然分。飞雨白日洒伊洛，惊风黄叶飘淮秦。那便深思伤雅兴，但须行乐及芳辰。

［**自注**］ 1945年乙酉夏，自天津回北平，同嫂侄辈多人游北海公园作。时年37岁。

［**按**］ 本诗曾刊于《天津民国日报》，题为《与古函先生彤文二嫂慧君三嫂偕侄辈游北海》。其中“翩”作“翻”。见辑佚。

雪中寄泽刚

百尺楼头千里雪，频年积愤何从说。万方多难苦流离，空谷吟诗甘寂灭。精诚疑引鬼神入，妙想时召灵境出。青娥要共云霞佩，江妃不惜凌波袜。更从尘外结奇缘，烟波浩渺随飘忽。断雁竟成十载别，两地冰心各清绝。烟尘何意隔茫茫，肠断眼穿歌激越。时清倦鸟应知还，莫使人生感不悦。一室婆娑小洞天，何用琼楼与金阙。

［**自注**］ 1946年丙戌春，时泽刚在湖北汉口工作，予仍居天津，年38岁。附泽刚依韵和答诗：

依韵奉和雪中见寄 张度

佳人明慧方冰雪，十年弃置何能说。大智若愚勇若怯，情深反似情绝灭。男儿壮志报国家，轻装一剑辞乡出。踏遍西南万重山，归来鬓霜尘满袜。剩有幽怀寄素心，神魂逐雁先飘忽。悠悠永夜不成眠，玉珰缄扎托奇绝。与君相爱复相知，敢效秦人视吴越。思归倦鸟早知还，得傍君旁始怡悦。共检诗书话古今，不羡神仙金玉阙。

寄泽刚

十年离恨极边城，漫向苍天诉不平。柳色松风悲晓月，梨云杏雨听新莺。莫愁形影分南北，自有精诚共死生。何日一樽相对饮，冰心玉骨鉴波明。

［**自注**］ 1946年丙戌，在天津作，年38岁。

［**按**］ 本诗曾刊于《天津民国日报》，题为《丙戌春寄泽刚》。见辑佚。

忆归途

燕语莺啼报春暖，人在中途隔不远。鸿雁早传云外讯，天涯望断横波眼。茫茫浩海思归切，历历青山客心悦。千古姮娥步软尘，杜鹃不必空啼血。十载光阴一瞬中，故园依旧傍春风。春风庭院花如雪，花放枝头几度红。欣看人寿花常好，天伦真乐斯为宝。心情犹胜少年时，点染春光逞才藻。自从丁丑送君行，离情迢递结层城。杨柳微风醒别梦，梅花晓月数归程。天下纷纷乱未休，不独闺中离别愁。君不见，青春作伴回乡者，悲喜如狂涕泪流。

［**自注**］ 1948年戊子春，泽刚将自汉口北归。予在天津作，时年40岁。

［**按**］ 1948年4月，张度结束华光工程公司工作，自汉口回到天津，在华北水利工程局任工程师兼工程科主任。登程前收到此诗，成为十年乱离的结篇。

卷 四

(1957—1980)

送克潜儿赴成都进修 三首

汽轮铁轨破重峦,不似当年行路难。建设真能夺造化,通南到北极云端。

少壮真应早着鞭,学无止境道无边。精微电子传神妙,世界翻新景物鲜。

连天芳草绿成莎,默忆江南默作歌。祖国风光随处好,深山大泽富藏多。

[**自注**] 1957年丁酉作。克潜儿于1953年毕业于清华大学无线电工程系,被留校任助教,已将四载,现又被派往四川成都电讯工程学院进修。予则自1954年春自天津迁居来京,定居城内。每于周末,克潜来省,重叙1950年以前,伊在南开中学学习时周末回家团聚之欢。今又暂别,感而写诗赠之,兼以鼓励前进云尔。时予年49岁,已十载不执笔矣。

克澄侄十岁生日 二首

十载光阴岁月更,澄清四海罢戎兵。铁枪竹马习骑战,歌舞婆娑颂太平。

翠眉秀目自生成,宛若春云出谷莺。要以虚怀接事物,学习努力展鹏程。

［**自注**］ 1957年丁酉，时克澄侄在城内手帕胡同师大二附小上学，住于西城区赵登禹路47号家中，由予代为抚养。

［**按**］ 本诗载《旧作拾遗》之二。

庭前杏花盛开

一树花如锦，因风送远香。日临霞幻彩，月映玉生光。大地群生动，长空百鸟翔。山河无限好，奋起著华章。

［**自注**］ 1957年丁酉春，在北京西城赵登禹路47号寓中作。时年49岁。

杏花又开　二首

回黄转绿急如风，窗外花枝又吐红。绚彩流霞芳镜里，伴烟和露月明中。

流光逝水任匆匆，欣看园林春色浓。莫叹花开花又落，一年更比一年红。

［**自注**］ 1958年戊戌，在北京作，年50岁。

癸卯秋与泽刚游保定莲池公园赋诗留念

儒宗遗范盛当时，韩柳文章李杜诗。几处楼台空仰止，百年花木尚摛披。澄潭碧水留鸿影，玉露金风助客思。胜地重游知有待，激红荡绿满芳池。

［**自注**］ 1963年癸卯，泽刚在保定河北省水利厅工程局工作。予自京来会，小住一月，同游莲池，昔日书院故址也。予年55岁。

［**按**］ 保定古莲花池，始建于元代，后因地震圮毁。清雍正年间，直隶总督李卫奉诏因其址建莲池书院，成为北方著名学府。晚清

桐城派著名学者武昌张裕钊、桐城吴汝纶相继出任院长。贺又新祖父贺涛曾在书院任教。贺又新及张度家多位长辈曾在莲池书院受教。

文彦文杰二孙

生龙活虎两儿童，笑貌依然乃父风。跳闹不离身左右，欢呼只在耳西东。

[**按**] 1960年，贺又新连得两孙，长孙文彦，次孙文杰。膝下承欢，极尽天伦之乐。

送小孙文杰回天津

小孙健壮又聪明，终日相看笑语盈。咫尺京津犹惜别，梦中还与捉蜻蜓。

[**自注**] 1965年乙巳，文杰孙5岁，予年57岁，作于北京。

送文杰孙回天津

北京风景好，人意重于山。游宴连晨夕，携囊饱载还。

[**自注**] 1970年庚戌暑假，文杰孙才10岁，独自来京消夏，游玩极欢，临归送别时作。予年62岁。

见克明诗不寐

人静月临窗，夜深花着露。见诗如见人，好景常留住。

[**自注**] 1971年辛亥在北京作，年63岁。

小女克明于1968年毕业于北京市女一中初中后，1969年2月赴陕西省延长县刘家河公社插队，1970年9月被选调到汉中彤辉机

械厂做徒工,1971年初到阎良受培训,秋季回北京探亲,相聚一月。时克明年19岁。附克明原作七绝:

辛亥秋探亲后回汉中途次读母亲诗有感　张克明

一轮红日正东升,朗诵华章伴远征。斩浪劈波多壮志,莫因离别倍伤情。

玻璃翠

不用丹青不用诗,家家窗里两三枝。祁寒盛暑花常茂,翡翠芳名天下知。

[**自注**] 1974年甲寅冬作于北京,年66岁。

九九消寒图

图成九九见春光,秉烛吟诗喜夜长。点染阴晴凭彩笔,云边海燕已回翔。

[**自注**] 1974年甲寅冬,小女克明调京有望。作于北京,年66岁。

题西湖摄影

清爽新秋景物宜,湖光山色照芳姿。胸怀旷远云天广,少壮风华正好时。

[**自注**] 1975年乙卯春,为克明去岁游西湖时所摄影片集题句。年67岁。

题克明十龄小照

娇柔莺出谷,茁壮笋抽芽。目转澄潭水,心怀五色霞。

[**自注**] 1976年丙辰元旦，作于北京，予年68岁。附泽刚《题克明小照》：

题克明松间小照 张度

最小偏怜掌上擎，慧心兰质自生成。能工剪纸翻新样，学解吟诗作细声。阶下埋盆幻大海，花间拾翠话闲情。康强喜与松同健，竟夕相看老眼明。

[**又新注**] 泽刚诗作于1958年冬，时在河北省平山县岗南水库工地工作，年54岁。

题文联孙女摄影联句

来京才三岁，回津已七龄(泽刚)。岁岁欢常共，朝朝影随形(又新)。泥人索果饼，跳跃捉蜻蜓(泽刚)。清歌鹂百啭，起舞鹤舒翎(又新)。春游穿花径，能吟五柳青(泽刚)。盛夏蝉震耳，秋虫月下听(又新)。寒窗图九九，雪花飞满庭。爷教七百字，牢牢刻心铭(泽刚)。奶教工刀尺，金针绣茯苓(又新)。光阴无虚度，德智与日增(泽刚)。送别留倩影，玉立自亭亭(又新)。

[**自注**] 1976年丙辰春节，应文联孙女之请，以联句题其前后小照二幅，以记4年相守之乐事。予年68岁，作于北京。

孙女文联于1967年10月19日生于天津，1971年春节送来北京，由祖父母抚养。在京4年有半，1975年夏回津入学，前后小照二幅，留得当时形态，弥足珍贵。题诗纪事，印作鸿爪。

西江月 喜读于美词 二首

淡远直同林下，芳馨胜似花间。清词不必万人传，惟恨相逢太晚。 外子早蒙师教，又结文字因缘。樗栎幸我侧其间，黾勉追攀莫缓。

敢效大江东去，晓风残月难工。黄花人瘦倾私衷，同是断肠深痛。　少壮离情别绪，况当国难民疮。老来无限好风光，万紫千红共赏。

[**自注**]　1977年丁巳3月20日，得识外子之受业老师茅以升唐臣先生之长女茅于美同志，词人也。读其大作，格调高雅，佩慰之余，试填《西江月》词为赠。时予年69岁，作于北京。

附于美同志见赠七律：

敬呈张度贺又新同志　茅于美

莫道相逢太晚生，文章知遇本难寻。清词乍赏苏辛句，蔽帚初呈箧底珍。蔽帚非珍但自珍耳。青史古人恨不识，齐眉酬唱羡多情。春来喜结诗文友，旧境重温味益醇。

颐和园赏玉兰有感兼简于美同志

忆昔当年三月春，蜡烛红纱点缀新。绿窗鹎鹁催天晓，鸟语花香正唤人。郊外偕游健腰脚，青青草色欲迷裙。名园郁郁起楼阁，琼花玉树何缤纷。湖光山色各娟静，此中真乐俦与伦。四十七年前蜜月中首次偕游。十年无计逐飞鸿，乾坤都付渺茫中。浪迹天涯成久客，吟诗空谷梦难通。日寇侵华一别十载。莫追往事叹分离，逸气闲情又一时。喜有高人传芳讯，于美同志以玉兰盛开见告。屐痕未到已神驰。白玉云裳足淡雅，紫衣霞帔更多姿。月比清华冰比洁，光彩夺目真琉璃。浩荡东风春似海，醉人不必酒盈卮。

[**自注**]　1977年丁巳4月，于美同志见访，告以颐和园玉兰盛开，正好游赏。遂与泽刚于月之12日往游，旧地重临，湖山依旧，抚今追昔，感念不已。归而赋诗写怀，年69岁。

奉答于美同志　二首

君诗读罢洗疲劳，怀抱婴儿意兴豪。小女生时已秋粒，外孙雄健忘年高。

无限诗怀散大荒，殷勤益友促成章。秋收更比春播好，能使冬粮积满仓。

［**自注**］ 1977年丁巳6月28日，喜得外孙张霁，朝夕相守，诗事久疏。于美同志函询近作，并以种些晚秋庄稼相勉。遵以来书盛意，奉答绝句二首，不成诗也。

于美同志两女调京诗以贺之　二首

幼年离膝下，各在天一陬。一夕风云合，鸾归洗别愁。

滇南显身手，陕北炼心红。喜见京华月，团圞挂碧空。

［**自注**］ 1977年丁巳10月，作于北京，时年69岁。

书怀简于美同志

涉世如浮海，治学如登山。山高入云际，道险多萦湾。文字臻奇妙，万象俱包函。幼时曾努力，枉费寝与餐。终为才力限，未能畅所言。欣喜有同好，切磋共盘桓。佳章到几案，顿觉心肠宽。清音与高格，吐纳尽云烟。愧我少成绩，老来应补还。况复逢治世，百卉皆开颜。随时爱光景，万仞庶能攀。

［**自注**］ 1978年戊午元月，各大学招考新生，文彦孙应试。家人相见，每谈学习补课事，余闻而默思治学之道，因成此诗。年70岁，作于北京。

七十自述

少小好游戏，也曾诵书史。既无科技才，又乏文章髓。碌碌百无成，朝朝议柴米。不羡郁金堂，不求衣饰美。惟念人为宝，其他都淡视。为国育人才，当从婴儿始。人生在世间，韶光去如驶。贾谊有名言，乘流得坻止。百年如一日，欢娱伴童子。悠悠静琴瑟，唱和如鱼水。子孙已成长，环顾心中喜。又抱小外孙，信步闲庭里。

［**自注**］　1978 年戊午元旦，作于北京西城吟香咏絮之庐。

和克淳儿春节瑞雪

佳节团圆春又回，九天九地舞琼瑰。迷离不见梅花落，淅沥直扑酒盏来。事事安排人愿足，家家欢笑绮筵开。今宵长幼齐携手，明日同登百尺台。

［**自注**］　1978 年戊午春节后十日，作于北京，时年 70 岁。

春日游北海公园

故园如故友，故友几人留。寻诗不辞远，绕海尽一周。西山挂云幕，白塔干斗牛。朱楼栖燕子，碧水荡行舟。山花开烂漫，杨柳弄轻柔。一一皆在目，种种多绸缪。百岁似飞箭，迎春又送秋。沧桑有变化，代谢无时休。春风吹大地，红日照神州。工业创高产，农业夺丰收。诗词入弦管，科技展鸿猷。喜看新世界，扫去旧闲愁。

［**自注**］　1978 年戊午，北京北海公园经关闭八年后，3 月初又重新开放。4 月 4 日与泽刚偕游半日，生逢治世，流连风景，喜而有作。

暮春　三首

雨余阶下苔增润，风到枝头花渐飘。爱惜春光春又暮，倚栏遥望彩云高。

流水浮花送晚春，碧桃带露柳含颦。莫因鹈鴂添惆怅，首夏晴和更可人。

牡丹蓓里藏红粉，芍药芽中蕴紫霞。温暖熏风时抚育，一朝开放胜春花。

［**自注**］ 1978年戊午五一劳动节，正值谷雨节后十日，庭院中花飞叶茂，已是暮春气象。触景生情，联成七绝三首。“倚栏遥望彩云高”一作“倚栏伫听鸟声娇”。

游景山公园赏牡丹　二首

登临一望全城景，楼阁参差翠嶂连。瑞气氤氲花富贵，金轮掌案各争妍。

嫩绿芳姿异样才，杨妃微醉蝶徘徊。晶莹淡泊梨花雪，夺取仙人秀色来。

［**自注**］ 1978年戊午农历三月末，与泽刚登景山远眺，又赏园中牡丹，粉白黛绿红紫青黄，形态幽美，富丽多彩，恰如古人所称牡丹“花之富贵”“国色天香”，因以花之品名缀成七绝二首。牡丹品种甚繁，红色掌花案、白色梨花雪、黄色金轮黄三种为上品，绿色者亦稀有，粉红色者以醉杨妃为常见。

答克淳

故都青嶂雨，沽上锦帆风。多少迢迢梦，缠绵寸寸衷。忆昔怀抱日，正在乱离中。祖母与外祖，衰老心蒙蒙。仆仆京津道，无时不与同。两家祖母皆患风疾，淳儿才周岁，携之往返京津两地省视。艰难度岁月，何日得从容。今朝对淑景，其乐自融融。汝亦习音韵，高歌伴两童。两童渐长大，刻苦把关攻。寒暑同欢聚，诗笺断续通。和诗春起早，晓月尚朦胧。花香兼鸟语，倍觉感情浓。

［**自注**］ 1978年戊午5月4日，克淳寄来贺予70岁生日诗二首，情见乎词，真挚可喜，遂以五古作答。俯仰今昔，意拳拳未能尽怀。1978年5月8日，作于北京。

克淳教读于天津五十三中学，前后寄来七绝一首、五言二首，5月15日又寄来七律二首。一并抄附于下：

读母亲诗 张克淳

读罢佳诗意豁然，音容笑貌跃行间。暑期又得同欢聚，绿树丛中信步闲。

贺母亲七旬寿辰 二首 张克淳

春吹红雨闹，把酒贺七旬。咫尺京津地，依依母子亲。忆昔儿时乐，融融暖我心。年年盼寒暑，岁岁喜新春。

朱德有老母，恳恳且勤勤。吾亦赞吾母，朴朴且淳淳。劳劳计柴米，朗朗赋诗文。不慕功名利，致志抚儿孙。

读母亲答诗喜见愉快心情追思当年愁苦感成二律 张克淳

雁行吹断风连雨，沧海飘摇一叶舟。战乱八年朝拭泪，离忧两度夜常愁。含辛茹苦肠为断，念友思亲鬓已秋。伫盼家人重聚首，几多烦恼付东流。

春风送暖百花荣，芳树枝头莺燕鸣。远望南轮归北岸，又迎西列返京城。祖孙一室熙熙乐，母女联床脉脉情。赏景吟诗诗更好，桃花园里乐升平。

读于美同志结婚三十年《金缕曲》词赋诗致贺

重洋一苇航，宛在水中央。容色菰蒲秀，襟期菡萏香。群科探邃密，高梧宿鸾凰。翩翩双黄鹄，云海恣翱翔。归国船应重，学富五车强。教坛同树帜，译著见光芒。形影如胶漆，琴瑟韵悠扬。卅载齐眉案，海水不可量。平生得佳侣，淑景驻年芳。又结来生约，羡君恩义长。

［**自注**］ 1978年戊午5月末，接于美同志寄来《金缕曲》词，为

纪念其结婚30年而作。情义深长感人,遂即赋诗致贺。时予年70岁,作于北京。

一九七八年暑假记事 二首

子女群孙郑大来,四方齐聚共开怀。好风快雨驱炎暑,游水登山得意回。

笑语欢腾惊四邻,联床夜话倍精神。老年诗意浓于酒,周岁孩提更爱人。

[**自注**] 1978年戊午7月23日,文联孙女自天津来北京消夏。时文清孙已自清华大学进城相候。8月2日,文杰孙亦偕其同学郑大来自津到京。当日,克潜儿正入城讲课。次晨,文彦孙亦自清华来会。8月5日,外甥孙女姜泓自学校放暑假回京,加之伊小弟姜泳及予小女克明带其周岁小儿张霁小名小龙,与予夫妇共12人,祖孙三代,济济一堂,朝夕为欢,各享其乐。诸孙前后两游北海公园,两游颐和园,登山远眺,击水行舟,极尽同游之乐。最后,复周览碧云寺古刹,登香山高峰,几达鬼见愁。文联、姜泳年才10岁,登山游泳,健勇非常,不多让其兄姊。归家后,娓娓述所见,以慰老人。予则抱外孙听妙语,观赏稚态,较之亲身游览,更感畅怀。因写小诗二首,以记一时盛会。时年70岁,作于北京西城区太平桥大街75号寓庐。

"联床夜话"句:长孙文彦为其小妹文联讲述故事,联床夜话,午夜不寐。

西山赏红叶有感

秋光清丽遍天涯,九日登临兴倍佳。子美枫林滴玉露,牧之红叶比春花。诗情画意追先辈,影事前尘忆舅家。年逾古稀心未老,从容步履赏云霞。

[**自注**] 1978年戊午10月14日,泽刚与友人赴香山及碧云寺

看秋山红叶，归后详述所见，因而缅怀往事，感念不已。谈论间，合成七律一首，抒写所怀，亦足以记一时之兴会。予年70，泽刚七十有四。作于北京。

［**度注**］ 1928年秋，距今50年前，舅父亮侪公养疴西山碧云寺，予在附近之卧佛寺作铁路测量实习。每逢周末休假，辄往省视，晨夕随侍散步，远望峰峦叠翠，近看红叶流霞，偶为讲释诗篇，慈祥见于颜色，归途中捡取红叶，更为之书句留念，予珍藏卷中，保存多年。1978年10月15日泽刚记。

新春杂咏　三首

瑞雪舞婆娑，新春喜事多。友谊联日美，四化整山河。人人皆振奋，万物得阳和。立国学为本，英才尽网罗。择优入高校，百学恣研磨。山从一篑始，水下先盈科。

前者有发扬，后继有潜藏。老骥思千里，雏凤凌空翔。时势造英雄，信哉非空弹。老来育幼儿，至诚不畏难。饱食役筋力，胜于服金丹。朝夕对童颜，心怀海样宽。聪明见眉宇，笑闹无时闲。逍遥百虑外，树鸟听关关。

老夫爱文史，益友在我旁。当吾诗笔涩，润色助成章。一室绝尘想，超然入仙乡。淡泊与宁静，赢来福寿长。子舍三峰秀，孙枝五树芳。甥侄和亲友，济济会一堂。佳肴庆佳节，共赏好春光。

［**自注**］ 1979年己未元月28日为农历春节，家人亲友，团聚欢宴，热闹倍于往岁，畅快前所未有。追本求源，盖有四端：第一，国内外形势一派大好。十一届三中全会宣布“文化大革命”结束，今后国家工作重点转入实现四个现代化。而中日和平友好条约之签订、中美关系正常化之实现，以及邓小平同志之访美，均为保卫世界和平做出贡献。第二，国家在教育方面大力选拔培育人才。小女克明、长孙文彦相继考入高校。第三，外甥咸宁亲如家人，去年调京工作，得为

实现四化贡献所长，因得共庆春节，亦多年未有之乐。第四，外孙张霁一岁有半，呀呀学语，渐露聪明，朝夕相守，深慰老怀。以上四事，如得一二已足令人喜慰，又何况四喜并举耶？至于70高龄，尚能提携幼儿，料理家务，聚甥侄友好子女孙儿21人于一堂，联席欢宴，各享其乐，足见心身未老，精神不衰，更是难能可贵，足以自豪。心有所思，笔述三章，未足以尽其意。时年71岁。

偶　成

不羡浮名万古存，闲吟只是写情真。长征步入须实践，抛却诗书抱外孙。

［**自注**］ 1979年己未夏，五一劳动节前三日，自电视中得览成都古迹草堂全貌，并听取介绍，谓杜甫在草堂居住三年，得诗二百余首。私怀景仰不已，遂取出《杜少陵全集》重阅。外孙张霁，年甫二周岁，嬉玩在侧，无法细读，遂又置之箱箧。因思去春兴致良好，诗作较多。今年诗思不畅，仅写《新春杂咏》三首，何其拙也！一念及此，立书偶成二韵，雪泥鸿爪，春梦留痕。时年71岁，作于北京。

己未夏日泽刚同予携孙文彦文清文联及外甥孙姜泳游陶然亭公园

久仰陶然名，果有陶然味。杨柳万丝垂，烟波浩无际。中有四童子，逍遥自得意。摇桨破平湖，吹云似华盖。不晴亦不雨，时有清风至。断续听鸣蝉，蒙茸看碧山。岸边坐二老，欣赏不思还。

［**自注**］ 1979年己未7月21日，文联孙女自津来京。次日携之往游陶然亭公园，孙文彦、文清及外甥孙姜泳同往。天阴不雨，清风徐来，四童登山划船，兴致极好。二老坐岸边，顾之亦乐其乐。归后以五言七韵记之。

己未夏赴天津与五弟同忆故园有感

少小时光去若飞，故园风景尚依稀。萧萧芦苇藏鸥鹭，宅后有芦苇池塘。历乱风帆待客归。宅前为运河，兄长就学县城，寒暑假乘舟返里团聚。莱衣绚烂中堂内，婆娑鹤发见重帏。叔侄兄弟入家塾，朝迎初日夕斜晖。课余吸水灌园圃，除虫松土兼施肥。长松古槐荫庭屋，奇花异草竞芳菲。两树海棠花似锦，累累红枣如珠垂。满架葡萄翡翠羽，玛瑙石榴珊瑚枝。轻烟淡笼村头树，乘兴偕游上翠微。荷风送爽叶承露，蛩鸣篱畔听移时。瑞雪纷飞度佳节，华堂欢宴写新诗。只谓山中无岁月，那知光景暗推移。人生能得几从容，伯劳飞燕各西东。谁在谁亡都不识，何期今日樽酒同。老逢治世多欢快，喜有天涯百岁翁。滋兰九畹羡吾子，《离骚》"余既滋兰之九畹兮"，谓培育人才。我亦含饴弄小童。

[**自注**] 1979年己未8月8日，赴天津小住十日，得与五弟晤叙幼年乐事。俯仰今昔，思绪万端，以诗记之。

同日，泽刚访其同学老友陈君，多年阔别，一朝聚首，心情快慰逾恒。当夜，亦作题赠七绝四首：

赠志坚同志　四首　张　度

津门分袂各西东，五十年间一瞬中。白发相逢仍似昨，依然吐气贯长虹。

桃李春风忆昔年，学黉驰逐着先鞭。雄文笔落惊风雨，侪辈何人似子贤。

国难焦头半壁残，丹心早觉走延安。芒鞋踏遍中原路，历尽艰辛不畏难。

天涯海角响征轮，已仗高才擘划勤。四化当前无限事，好将身手献人民。

咏　雪

岑参对雪咏胡天，坡老尖叉斗半山。大笔淋漓写清景，常留图画照人间。搜肠索句不成章，纷纷大雪任飘扬。城郭山川皆覆盖，登高望远思茫茫。地角天涯裹缣素，婀娜琼花开万树。栏杆九曲昆山玉，广寒不用神仙筑。莫嫌淡泊无颜色，凌寒特立松梅竹。

［**自注**］ 1979年己未12月18日下午，降雪，六出纷飞，天地皆白，临窗遥望，默想成章。时年71岁，作于京寓。

丹杨贝刚同志花烛词　二首

凤凰文彩绚朝阳，贝阙珠宫生宝光。禾黍离离新气象，琴音诗韵更悠扬。

玉树珊瑚连理茵，山川灵秀钟斯人。喜看四化好身手，万里征程日日新。

［**自注**］ 1980年己未1月27日，泽刚中学同学贝璋衡同志之世兄贝刚与乔丹杨女士结婚来告，闻讯甚喜。乔习农业，在中国农业科学研究院工作，天资聪颖，能诗能画。贝刚插队山西，后转入气象工作，精研不息，自学有成，现在中央气象局工作，专业之外，尤精音律。二人者，实后起之秀，国之高才，其结缡也真可称"珠联璧合"矣。作《花烛词》为贺。予年72岁。

新春词柬谢二弟夫妇招宴

华筵迎瑞雪，鹤发乐儿孙。滋兰香九畹，玉树璨成林。多谢主人意，治肴何殷勤。卅人聚一室，盛会俦与伦。举步翩跹舞，欢腾百态新。酒阵未终了，诗魔又入侵。归来写实况，其乐难俱陈。五老神矍铄，南陔共万春。

［**自注**］ 1980年庚申2月18日为农历正月初三，以纲弟士嘉妹设宴招待全家及外甥家，长幼共30人，会于一堂。玉树成行，芝兰竞秀；雁行有序，雏凤声清。真可谓极天伦之乐事，联手足之亲情。

难能可贵，深印心田。归后以五言八韵记之。时予年72岁，作于北京。

金婚词

三月风和煦，含苞花欲吐。香霭半空浮，晴云纤如缕。彤管见炜光，杂佩贻仙侣。海燕宿雕梁，鸳鸯游春渚。驰骤风云变，断雁天一陬。乘桴浮大海，沧波无尽头。百劫历十稔，离愁一旦收。匆匆五十载，契合两心投。晚岁对佳景，诗篇饱唱酬。婆娑成鹤发，窈窕想河洲。但恨学识浅，天地良悠悠。

［**自注**］ 1980年庚申农历三月二十三日，为泽刚与予之金婚纪念日，作《金婚词》。予年72岁，泽刚年76岁。

挽贺健侄

少小同窗下，姑侄如弟兄。君才十倍我，风度天生成。及长入高校，在校有令名。教坛三十载，辛劳众口称。京津隔咫尺，岁岁相逢迎。名园赏风景，佳照留影形。十载崎岖路，鱼雁苦难通。含冤哲人萎，流涕想平生。今日得昭雪，真应感圣明。淑配谢夫人，明达洞世情。五子俱聪慧，清于老凤声。当能继先业，足以慰英灵。

［**自注**］ 1980年庚申，侄妇谢蕴慧以3月22日为贺健侄开追悼会来告，作挽诗寄哀思。时予年72岁。

［**按**］ 贺健，贺又新长兄贺迪新之长子。生于1918年，自辅仁大学毕业后，在辅仁附中任教，1973年逝世。

连接芳林老于美姊及乔丹杨同志诗词喜而有作

花枝碧草正含颦，瑞气氤氲万里春。未到名园餐秀色，先从尺素见奇文。风骚雅颂芳林老，丽句清词于美君。华岳长江何壮阔，丹杨高唱入青云。

［自注］ 1980年庚申4月7日，接泽刚同学王芳林老及茅于美学姊来诗。又前三日接乔丹杨同志诗词，展阅再三，不忍释手，旋成一律奉酬。

于美学姊之长女徐依协同志勤奋治学考取留美深造博得广播表扬闻讯喜慰不已诗以为贺

放眼神州百事新，茫茫学海浩无垠。班昭续史承先业，居里研镭启后尘。欧母育儿勤画荻，谢家有女只能文。高能物理登堂奥，已卜今人胜古人。

［自注］ 1980年庚申5月25日，中央人民广播电台报道中国科学院研究生院研究生徐依协刻苦钻研，学业大进，已考取美国哥伦比亚大学研究生院继续深造，即将赴美云云。徐依协同志系予友茅于美之长女，60年代插队陕西延安燔龙公社数载，身在农村，志在学问。后入陕西西安师范大学学习物理专业，1976年毕业，回京任北京师范学院助教。继又考取中国科学院研究生，专攻高能物理。今又考取留学美国，数年后学成归来，为祖国四化服务，大有建树，可预卜也。广播消息传来，私怀感佩不已。因思治学之道，首当立志，次贵有恒。古人云滴水穿石，铁杵磨针，更有悬梁刺股，挂角负薪，均足以发人深思，引作楷模。所谓环境优劣，影响学习之说，岂能左右有志之士耶？依协志学不辍，足以说明勤奋之功。至于家长之言传身教，亦有一定作用，不可等闲视之也。夜卧不寐，吟成七律一首为贺。予年72岁。

附于美同志词：

临江仙 茅于美

1980年4月初，长女徐依协于去年11月及12月分别投考美国哥伦比亚大学研究生院暨纽约市立大学研究生院，侥幸为两大学物理系先后录取。壮志初伸，作词以鼓励之。上半阙盖自况也。依协将于今秋赴美求学。

忆昔心驰奔祖国，飞蛾扑向光明，卅年果实笑零丁。耕耘颇着力，荒歉愧收成。　　喜汝天庭穷秘奥，巨人肩顶攀登，青云有路志初伸。剧怜妖雾散，奋翼远航行。

鹧鸪天　茅于美

1980年3月中旬，校内住房调整，始得将旧居两处并为一处。自1970年3月被下放到江西干校，至此动乱十年，始得结束。词以志乔迁之喜。

十年颠簸风雨中，早春景色尚迷蒙。经冬麦垄青青绿，初蕊桃花淡淡红。

蓬勃意，与花同，乔迁洽喜乘东风。积尘重压书千卷，此日殷勤乍启封。

庆祝北洋大学母校校庆

我思母校如思亲，母校育我恩无垠。忆昔少壮来问津，匆匆已逾五十春。八十五龄校庆日，欢欣鼓舞回校门。师长同学半耄耋，人人矍铄倍精神。辉煌校舍培多士，发扬光大仗辛勤。济济一堂成盛典，新交旧友笑言频。更喜辈辈英才出，创造发明日日新。扬帆浩海共前进，两岸桃花接锦云。

［**自注**］　1980年庚申7月24日，天津大学李、魏、贾三同志来访泽刚，为北洋大学即天津大学前身85周年纪念向老校友征文，以备在校刊上发表。当夜泽刚立意执笔，予助推敲，顷刻而就。在生活上又增添一段佳话。

谢丰盛医院张大夫

尝药神农上古人，扁鹊华佗天下闻。本草纲目李时珍，专门利人白求恩。学贯中西通今古，深入海底高昆仑。事无巨细待兴举，基本全仗健康身。二竖来侵总难免，只有医术济斯民。丰盛名医人景仰，骨科卓越有张君。我手伤残久不愈，凭君妙手得回春。莫道惨舒无定分，幸中有幸不须论。

［**自注**］ 1980年庚申夏，予坠床伤手，经丰盛医院骨科张家骐大夫经心治疗，喜得痊愈，诗以致谢。

惨舒，张衡《西京赋》：“在阳时舒，在阴时惨。”

庚申秋德新五弟自津来京小住十日同泽刚带外孙张霁游动物园及陶然亭北海中山公园摄影留念

烟波北海翠微连，五龙翘首望漪澜。生气盎然动物园，武兽文禽各万千。中山花坞对水榭，花容月貌斗清妍。陶然亭里乐陶然，迎风碧柳万丝牵。此皆昔日旧游地，今日方欣物候鲜。摄影技师尤巧妙，网罗美景绣湖山。已别余音犹在耳，言谈笑貌沁心田。金风送爽秋光好，更盼重游年复年。

［**自注**］ 1980年庚申9月8日，德新五弟自津来京，下榻予家。小住十二日，因得暇偕游各公园，欢赏叙旧，极尽欢娱。德新长于照像，屐痕到处，辄留合影。兼有小外孙在侧，益增情趣。别后追思，成诗一首。予年72，德新67，张霁3岁又2个月，泽刚76岁。

读北京科技报北京退离休科技工作者协会倡议书后写怀

良马岂云无，伯乐不世有。识贤能聚贤，四海皆吾友。大道引吾身，有如心运肘。奚为固濡滞，自画不前走。老幼岂悬殊，要在志不苟。古榆盘根深，高枝培育厚。倡议老成人，伸出热情手。逸隐入山林，又占风华首。今朝冠国宾，昔时臭老九。蓓蕾勤抚养，莫待花开后。

［**自注**］ 1980年庚申9月，茅以升先生约泽刚参加组织北京退离休科技工作者协会，以发挥集体力量，为祖国四化建设服务。经过一个月的筹备，《北京科技报》于10月31日将该协会倡议书公诸社

会,并发表短评:一个好倡议。内有:新陈代谢,这是自然规律。老同志们离开了科技工作第一线,但他们满腹才学仍要报效祖国。他们既当伯乐,又能让贤,还要继续为祖国四化贡献余力。这种精神多么高尚,这个倡议何等之好啊!予读后深受启发,窃以为人年虽老而志不可衰,因赋诗寄怀。

[**按**] 茅以升首倡成立北京退离休科技工作者协会,约请张度参与筹备并任职。

题动物园柳荫合影

崔颢高歌响入云,凤凰台上费精神。春秋佳日一般好,芳翠园林四季新。世事迁流前后水,重山不阻往来人。同游岂仅三十载,龟鹤高龄未有垠。

[**自注**] 1980年庚申12月初,德新五弟寄来《题动物园柳荫合影》七律一首,写景写情,甚能表达像片未足之意境。予和作一首奉答。

德新原唱　贺德新

欣喜同游动物园,林阴少憩意萧闲。儿童不解其中美,仙鹤能知比圣贤。阵阵蝉声袅人耳,丝丝垂柳拂轻烟。中秋佳节团圆月,定要陪游三十年。

卷 五

(1981—1982)

除夕立春

月隐青山后，春来除夕前。天涯芳草绿，冰下锦鳞鲜。守岁岁不住，迎春春更妍。惠风频送暖，笑对艳阳天。

［**自注**］ 1981 年辛酉 2 月 4 日为农历除夕，适值立春节气，遂用以命题得句。年 73 岁。

于美同志以其近作词调寄何满子见示又喜告其次女娅平自廊坊师范学院毕业调回北京工作诗以贺之

山寺绯桃未满枝，忽传春色到辛夷。常嗟好事多艰阻，天相吉人遂所期。浓郁芬芳佳日酒，陆离光采感人词。少年壮志冲霄汉，正是乘风破浪时。

［**自注**］ 1981 年辛酉 3 月 20 日，于美学姊见访，出示其近作词，调寄《何满子》，写景写情，妙笔生花。又以其次女娅平自廊坊师院调北京、在教育部电视大学工作之讯见告。娅平十年流转，一朝回里。慈母喜悦心情溢于词色，宿愿得偿，曷胜快慰。忆自 1977 年与于美同志诗文订交以来，每一接谈，茅塞顿开，耳目一新。在良友之启发下，使拙作时有增补，笔砚有知，亦当欢庆。茫茫人海，何幸诗友相逢。诗中意有未尽，补以说明。

附茅于美词：

何满子　八一年春节　茅于美

倏觉流光逆转，欢歌叩我心扉。秋夜沉沉人寂寞，何来斗室春晖。蝴蝶庄生梦醒，风筝云际飘移。　　伫立小楼一角，望中云树凄迷。红叶窗前添绮丽，彩霞零落纷披。不道斜阳夕照，作成如许光辉。

克淳来书以不得晨昏侍守为憾诗以慰之

书中如有憾，不得侍晨昏。又谈父母念，更倍儿思亲。轨道通南北，大河有征轮。时势不允许，相守遂无因。此皆至诚语，能不感我心。人生各有分，焉能一例论。五世同堂好，往往起纠纷。偶然不恰意，相视如越秦。凡物得其所，展翅任屈伸。人远心在迩，一聚胜千金。每至寒暑假，长幼尽欢欣。奋斗永不懈，所恃健康身。公私多贡献，互慰贵精神。

［**自注**］ 1981年辛酉4月13日，接克淳来书，以京津两地不得与父母朝夕相守为憾，孝思见于纸上。当夜不寐，以五古一首说理慰之达观。

仲春携张霁外孙游北海公园婿宁怿见访不遇

本想去游船，风起有波浪。吹花花不落，原因在初放。姹紫与嫣红，仲春最舒畅。小龙得其所，体育逞健壮。滑梯又转椅，秋千任摇荡。谁知家中客，不免增惆怅。尘劳空鞅掌，中宵劳梦想。凡事无大小，此类常往往。

［**自注**］ 1981年辛酉4月18日为农历三月十四日，晨起同泽刚携外孙小龙往游北海公园。自北门入园，沿海东岸徐行，经儿童体育场以达琼岛，绕漪澜堂一周而止。归后知婿宁怿来访，不遇而去。夜以诗记之。

暮春携外孙张霁畅游中山景山两公园及故宫御花园看牡丹

劝君有兴且高歌，百岁虽长能几何。只因琐事缠身故，不得从容快意多。驾言出游心潮涌，外孙欢乐笑生涡。牡丹朵朵大如斗，天香国色皆包罗。彩蝶狂蜂添热闹，画家涂抹增妍婀。三园畅游春正美，青枝古柏牵藤萝。在眼西山宜远眺，携儿健步登嵯峨。云霞幻彩飘罗绮，归来诗韵细研磨。

［**自注**］ 1981年辛酉4月27日为五一节前四日，晨起，忽忆历年此际中山公园牡丹盛开，遂约五妹与泽刚携外孙小龙往游。天晴气爽，名花盛开，赏心悦目，致足乐也。因兴致极好，继又经故宫前后三大殿以达御花园。最后坐景山牡丹花圃前，饱餐秀色而归。未暇休息，写成此诗纪游。

读茅于美同志灵犀词却寄

人世长江涌浪涛，悲欢离合寄挥毫。始知至性得天厚，才见灵犀词藻高。细水涓涓成大泽，清芬缕缕入云霄。夜珠前后相辉映，勤奋平生耐苦劳。

［**自注**］ 1981年辛酉4月22日，接于美学姊函，附寄《瑞鹧鸪》词，说明将其词稿二百余首编成《灵犀词稿》一卷。因忆八年前曾拜读其幼作《夜珠词》，系36年前，伊25岁左右之作也。钦佩之余，赋诗却寄。

初夏同泽刚携外孙游动物园

春光瞬息过，夏景又融融。禽兽千姿异，园林一色同。鸥来波绉绿，蜂去瓣留红。更喜外孙长，童车已不容。

［**自注**］ 1981 年辛酉 5 月 12 日，入夏已一周，阳和天气，日暖风和。晨应外孙之请往游动物园。入园租童车，甫至熊猫馆，外孙以人肥车小局促不舒而下，遂还车，缓步访遍全园。至下午四时抵家。外孙健壮，尤令人喜。先得末联，继又补成五律。

同泽刚带外孙游劳动人民文化宫

参天尽古柏，穿林觅灰鹤。鹤杳人不知，松子襟前落。来者如萌芽，往者如解箨。园中植名花，玫瑰与芍药。新辟游艺室，游人更踊跃。一片新气象，万事皆振作。宽阔体育场，足使儿童乐。

［**自注**］ 1981 年辛酉 5 月 19 日，同泽刚带小龙游劳动人民文化宫，坐柏树林中，看小外孙在儿童体育场登滑梯、坐压板，尽兴玩耍。回忆 40 年前初游此园，旧名太庙，系与兄长同来吊古。当时蓄灰鹤一双供观赏，今则鹤已无存，兄长作古，园亦改观，成为人民乐园。感而赋诗。

［**按**］ 兄长指贺培新。

宁怿参加考试得首选前周来时伊自不言予亦未问倾接克明函喜得佳讯又深感皆太缄默也

言少不达意，言多罔费词。应谈而不谈，令人徒构思。应问而不问，空自生狐疑。两者皆差缪，未足为良规。发缄得佳讯，已觉欢慰迟。寄言至亲者，不必过矜持。

［**自注**］ 1981 年辛酉 6 月 23 日上午，接克明函，得佳讯，午未休息，写成此诗。

题画诗二首

牡丹孔雀

牡丹称花王，孔雀舒翎尾。妙笔下丹青，更有仙姿美。

山　水

画出好林峦，令人真向往。疑是入山中，不愿落尘网。

［**自注**］ 1981年辛酉6月29日，泽刚好友和春芳、黄渟钧夫妇以国画二幅嘱题字，盛意难却，勉成小诗二首。

题克群侄女长城画卷

城下重重树，山间片片云。清风频扇暑，不觉有炎氛。

［**自注**］ 1981年辛酉7月6日黄昏，侄女克群携其初学之国画长城横幅来请题字，应之，作五绝一首以示奖励。次晨书以付之。

孙女文联以画片寄祝小外孙张霁四岁生日并请予赋诗纪事但以暑热久未成篇倾文联以暑假结业再次考列第一名来函相告喜而当夜成章

第一与第二，所差只毫厘。毫厘缪千里，勤奋贵及时。我有好孙女，自幼爱学习。入学评三好，大队树红旗。又有小外孙，活泼富天资。表姊爱表弟，寄画又题词。促予写诗句，心余落笔迟。蹉跎日已久，助兴又魁首。但愿小外孙，追随步尘后。

［**自注**］ 1981年辛酉7月17日，接文联孙女在初中一年级年终考试捷报，喜而不寐，默想成章。

暑假纪事

长城与明陵，畅游时极目。北海窜游鱼，中庭修树木。鱼自悠然逝，树为虫所毒。不砍虫扰人，砍恐伤房屋。何惜费周详，但为人造福。朽木既铲除，新枝更葱绿。

［**自注**］ 1981年辛酉7月，克淳、克明兄妹乘暑假之暇携子女畅游长城及明陵，继又游北海公园，归后未息，急为庭前病树剪枝修整，举家欢快，以诗记之。

中秋忆弟

去岁中秋曾送别，今宵又见月华圆。幼时父母分瓜果，老至儿孙乐酒筵。仙桂香风飘万户，蟾宫皓色照千山。重阳佳节名园里，待赏黄花九月天。

［**自注**］ 1981年辛酉9月12日为农历中秋节，回想去秋五弟来京小住，以中秋节临，辞归津门，至今已是一年。近又函约重阳再聚，不胜翘盼。今日一边为儿女备餐，一边回忆幼时与五弟随侍双亲中秋赏月之乐，因而缀成此律。

国庆写怀

国庆年年度，年年兴不同。神奇蛟远海，娜婀凤翔空。凡事在其内，凡物在其中。建国卅二载，变化真无穷。有变则有进，四化攀高峰。五彩缤纷日，万姓皆欢腾。亲者日益亲，故友喜重逢。或在天之涯，或居山之崇。鱼雁时来往，其乐也融融。鹏风九万里，鸟道岂难通。

［**自注**］ 1981年辛酉9月29日国庆佳节前夕，缅怀昔日，瞻望前程，诗以写怀留念。

辛酉秋十月十日同泽刚游北海公园归后知德新五弟自津来访坐候半日他往隔日陪之再去北海看画展画展又不开放遂同访表兄八十老翁精神健壮为慰晚诸侄来会置酒联欢喜慰不已不觉中回想到六十年前往事矣

迢迢来相访，闭门人不来。北海观画展，画展又不开。多年不见者，乍见倍开怀。动静有顺逆，岂非天运哉。群侄喜相聚，置酒此徘徊。顿忆儿时乐，往事肠九回。甲子初交日，大雪正纷飞。吟唱华灯下，兄弟竞毫挥。转瞬六十载，相依复相违。今日非昔日，前景正光辉。

［**自注**］ 60年前新年，予兄弟姊妹七人欢宴唱和，长兄迪新有“甲子初交大雪飞”之句。1981年辛酉10月10日，德新五弟来京相访，留四日，偕游欢宴，畅叙别情，极尽手足之亲。别后追记一二，以记盛会。时予年73岁。

梦咏烤鸭

烤鸭香正浓，旨酒醉山翁。回首前尘事，逍遥绿水中。

［**自注**］ 1981年辛酉10月，泽刚与退协同志以筹备告成恰满周年，筹委五人举酒相庆以自慰劳。28日，泽刚灯下作函，予卧梦与之对话：君食烤鸭，何不记之以诗，予可代笔，得绝句二韵。醒而述之，相与大笑。次晨，泽刚亦赋得七律一首如下：

呈退协筹委诸同志　张度

风雨同舟已一年，白头何幸接高贤。凤雏早展凌霄翼，骥老长鸣共仔肩。节到三秋应举酒，时当四化敢偷闲。好将技艺供生产，寄语诸公快着鞭。

［**按**］ 退协，即退离休科技工作者协会，为茅以升先生首倡，张度曾参与筹备并任职。

喜中国女排获世界冠军

举目银屏看赛球，拦传接扣叹无俦。强攻巧吊赢七国，不得金杯誓不休。

［**自注**］ 1981 年辛酉 11 月 16 日，中国女子排球队在第三届世界杯排球赛决赛中以三比二的比分战胜日本女子排球队，以七战七胜的好成绩取得冠军，在国际大球比赛中第一次取得冠军称号，为祖国争得荣誉。予诗虽拙，亦可以说明对女排球艺精湛之敬佩也。

北海赏菊

生长深山忆旧时，天葩冷艳傍东篱。那期盛世培青萃，喜见繁花上玉墀。隐士欢欣出涧谷，仙人飘渺弃罗帷。凤凰展翅翩跹舞，意兴飞扬笔砚随。

［**自注**］ 1981 年辛酉 11 月 21 日，同泽刚赴北海公园赏菊展。园中以菊花扎成凤凰，百鸟环朝，形态逼真。归后，余兴仍浓，诗以纪兴。年 73 岁，作于北京西城太平桥大街 75 号寓中吟香咏絮之庐。

题荣宝斋诗画挂历

正惜天寒百卉残，篇篇诗画送清妍。梅花对雪彤彤艳，荷叶呈珠点点圆。黄菊飘香轻着露，芭蕉含翠淡浮烟。一朝十二都翻遍，又把今年作去年。

［**自注**］ 1981 年辛酉 12 月 28 日，北京退离休科技工作者协会为酬劳筹委诸同志，送荣宝斋 1982 年挂历一份，古今名画，琳琅满目。阅后助起诗兴，得七律一首，以殿一年写作。

上元节日为文彦孙寻找研究生试题翻箱倒柜极尽艰难忽自角落摸出欢欣无比

倾筐倒箧吾何吝，越海翻山不畏难。忽自乱中摸索到，娟娟明月向人圆。

［**自注**］ 1982年壬戌春节前，咸宁甥送来研究生试题一卷，请转交文彦孙参考。泽刚为之经心收藏，反致遍寻不得。正感束手无策，予忽自书袋中发现，遂使愁烦立解，破颜为欢。引起诗兴，口占一绝。1982年2月9日。

于忠同志雪中见访

飘飘天正雪，寂寂人愁绝。启扉来至友，私怀转清彻。相看话久别，往事徐徐说。人事有参差，解释费唇舌。水到渠自成，劳劳沥心血。内子备粗粝，腐儒陪俊杰。粗粝当珍羞，反使客心悦。银幕宽人意，运筹师前哲。行动戒轻浮，得失要总结。明辨赖三思，勤奋是真诀。

［**自注**］ 1982年壬戌2月18日，晨起大雪。有倾，于忠同志来访，协商调解退协人事，遂留共午餐。下午同到政协礼堂观看电影《西安事变》。晚间泽刚为予详述该片内容，深受教育，以为事无巨细，切不可掉以轻心，鲁莽从事。不觉中，以对话合成五言古诗一首。

写怀赠泽刚

仗剑倚崆峒，扬帆浮大海。山色四时佳，水流无日怠。转绿与回黄，自随时节改。波涛任激荡，扁舟仍欸乃。人生亦如是，顺流得自在。长年处闺中，终身不追悔。不为外物牵，始得弄文采。惶惶争名利，反而疲且骀。何如乐逍遥，联词竞珠琲。

［**自注**］ 1982年壬戌2月21日晨作。近日以外孙回家，重入幼儿园，因得暇与泽刚说诗论文，以温旧艺，遂以诗述怀，即以为赠。前写泽刚，后半自述，未尽其意。

泽刚外出下汽车时不慎摔伤左腰在家养疴诗以慰之

幽居无事不出门，茗香诗意皆清新。槛外清风满楼阁，花间朝露湿衫裾。人间自有神仙境，何用桃源去问津。既恐春来染疾病，又恐车祸出频频。不慎摔伤莫追悔，严师益友教淳淳。养疴不必苦愁思，早复平时康健身。高朋笑语诚一快，濠梁庄惠吐情真。胁下暂收奋飞翼，仍有壮志凌青云。

［**自注**］ 1982年壬戌2月22日，泽刚摔伤左腰，在家养疴，朝夕相守，得机谈论诗文，以解烦闷。因事缀写成诗，非为虚弄笔墨也。时年74岁。

花　朝

迎来春色是花朝，才放辛夷又小桃。草色青青初润雨，柳丝冉冉欲舒条。白鸥浩荡游春渚，紫燕呢喃觅故巢。为谢花神苏百卉，莫将好景等闲抛。

［**自注**］ 1982年壬戌3月7日为农历2月12日，是百花生日，即诗家所谓花朝也。

泽刚养疴痊愈

吾自爱吾庐，闲云任卷舒。飞花扑户入，好鸟过庭呼。老觉神尤旺，春来病已苏。濠梁庄惠乐，非我亦非鱼。

［**自注**］ 1982年壬戌2月22日，泽刚伤腰，居家静养。一月以来，生活闲适，日以棋画自遣。予则朝夕伴守，偶谈诗文。前曾有句

“人间自有神仙乐”，诚非虚语。泽刚达观，自乐其乐。予亦从而乐其乐。

题先兄书临怀素自叙帖

诗思频萦梦，持毫莫暂违。愁倾杯酒尽，难得片帆归。豪气人如在，仙踪事已非。大才书大草，泪眼看龙飞。

［**自注**］ 1982年壬戌3月16日，振波同志送来孔才兄书临怀素自叙帖。书如其人，才气飞扬。缅怀昔日，愁绪万千，恨不能使年光倒流也。

前诗意有未尽再成七律一首

功名富贵皆尘土，人事烦劳任一抛。独有高才大于斗，不须论事细如毛。龙藏大泽云腾彩，豹隐深岩雾作涛。万里沧浪容濯足，割鸡焉用试牛刀。

［**自注**］ 1982年壬戌3月25日，夜不寐，再成七律，以补所怀，仍不足形容于万一。

春游紫竹院

已是园林花似锦，为何偃蹇不出门。一则退协多要事，二则精心护外孙。人言玉兰正开放，榆梅黄寿吐清芬。咫尺名园去不得，通幽曲径梦中寻。今日偷闲弃百忙，百闻不如一见详。未出十日物已变，尽是丁香与海棠。海棠丁香何绚烂，仕女如云蜂蝶乱。再过兼旬放牡丹，莫待声声鹦鹉唤。

［**自注**］ 1982年壬戌4月初，邻人以玉兰花开见告。一周后始得暇游紫竹院公园，则玉兰已谢，代之以海棠、丁香矣。

壬戌春同泽刚携外孙游天坛文化宫中山公园

巍峨宽广是天坛，殿阁亭台尽方圆。回音壁里听儿语，皇穹宇上望西山。文化宫中皆古柏，碧绿一色接青天。中山公园倍浓丽，樱花桃李锦霞鲜。去岁携孙游三园，疑是流年又倒还。明媚春光诚可爱，心中最喜对童颜。

［**自注**］ 1982 年壬戌 4 月 15 日，应小龙外孙之请，与泽刚携之往游天坛公园。因伊系初游，对园内各大建筑极感兴趣，归途又顺便到天安门两侧之园内赏花观景。

题洛阳牡丹画册

牡丹美誉冠千载，今日荣名世界传。四海五洲齐景仰，重洋远渡拜天仙。

［**自注**］ 1982 年壬戌 4 月 27 日，赵一峰同志自洛阳回京来访，畅述洛阳牡丹盛开，中外游客极众，住满旅舍。同时又惠赠牡丹画册，姿态幽美，色彩鲜艳，不愧“花王”称号。观赏久之，不忍释手，因而题以一绝。

中山公园牡丹

岂独艳色夺人目，更有奇香充满园。富贵花开正佳节，牵衣连袂万人欢。

［**自注**］ 1982 年壬戌 4 月 29 日，游中山公园，观赏盛开牡丹时作。

筑材舅母八旬寿诗

百卉飘香景物新，祥云萦绕庆良辰。教如孟母徽音远，节比娥皇大义伸。莱采承欢进芳酒，长几罗列赏奇珍。亲朋子媳年将耄，共倚苍松寿万春。

[**自注**] 1982年壬戌5月7日（农历四月十四），为筑材舅母八旬大庆，表弟孝广、孝宏、孝诚提前于5月2日举觞为慈母祝寿。予躬逢其盛，谨赋七律一首致贺。

[**按**] 筑材，张度二舅父籍亮侪夫人邓育峨字筑材，贵州人。

奉和筑材舅母见赠及咏水仙诗

八十高龄意志坚，词如河汉涌清泉。庭园唱合杏花咏，北海编成瑞雪篇。莫惜流年供百变，好将诗句细磨研。百花争艳缭人目，清绝谁能比水仙。

[**自注**] 1982年壬戌5月10日，接舅母赐赠及咏水仙诗，立和七律一首。第二联盖记1958年和1932年两次唱和事也。

筑材舅母诗作联翩而至自述坎坷诗以慰之

诗文熟透笔如流，子孙贤孝更无俦。百般坎坷莫伤感，三生有幸识故侯。故侯明哲世少有，道德文章兼策谋。莲池书院逞才藻，富士山头恣壮游。革命前驱救国难，大好河山眼底收。普降甘霖惠亲友，雍容风雅自千秋。君得真传又长寿，何须往事多绸缪。预祝期颐善调养，高瞻远瞩兴悠悠。

[**自注**] 1982年壬戌5月18日，夜读苏诗《游庐山》有“人人识故侯”句，遂得本诗“故侯”一联，继而成篇。仰慕之怀，倾吐为快。

[**按**] 诗中概述了邓筑材之夫、张度二舅父籍忠寅（1877—1930）之一生。籍忠寅，字亮侪，河北任丘人。曾就读莲池书院，师从吴挚甫先生，极受赞赏。光绪癸卯举人，后留学日本，历任中华民国参众两院议员，参与创立共和党。袁世凯谋帝制，籍忠寅避走云南，

参与蔡锷出师护国。

题董振波兄山水横幅

董君知我爱山林，为我画作山林宅。今见此画思故园，念及胞兄心恻恻。胞兄与君为至友，独在君家留笔墨。口讲指画如目前，谁知一诀云霄隔。往者悠悠不可追，幸有风流濠上客。山川秀色入画图，淡雅宜人见高格。烟波浩渺是仙乡，慨然惠赠真难得。愧余伉俪百无成，只有衷心永铭刻。

［**自注**］ 1982 年壬戌 5 月 20 日，同乡董振波君以其所作山水横幅见赠，并嘱题句留念。披览之余，心驰往事，感慨系之矣。予不文，未能以笔墨形容画中意境之旷远超逸于万一也。

［**按**］ 贺又新胞兄贺培新，文学家、文物家、书法篆刻家。贺培新，字孔才，号天游，又名贺泳，生于 1903 年。自幼从祖父贺涛习古文，后师从桐城吴闿生、书法家秦树声、书画篆刻家齐白石等。贺培新曾任北京大学造型美术研究会导师，中国大学秘书长、国文系教授，北平市古物评鉴委员会委员，国史馆纂修，河北省通志馆协修等。1949 年，将自乾隆、嘉庆以来贺家所收藏之文物五千余件捐赠历史博物馆，古籍 12768 册捐赠北京图书馆。1949 年 5 月，参加南下工作团，任武汉大学接管组办公室主任等。1950 年 12 月回京任文化部文物局办公室主任。

本诗题于董振波山水横幅上。

读芳林老《南游诗稿》

念九诗篇尽写真，读来细细倍传神。崎岖步踏杜陵路，慷慨悲歌鲁迅辰。旧苑莲池怀故老，金山古卫吊烧痕。诗翁处处留题咏，云海苍茫寄此身。

[**自注**] 1982年壬戌5月24日,泽刚携来其学友王芳林锦堂君之《南游诗稿》,杖履到处,吟咏寄怀。拜读一通,钦佩不已。得七律一首。

赞退协治理污染小组 二首

骥老不伏枥,飞腾志可嘉。咨询克艰巨,谈笑是生涯。

工业开发好,难遮污染瑕。科学能治理,除害仗专家。

[**自注**] 1982年壬戌5月,退协化工组八同志组成为北京制革厂治理废水小组,任务艰巨,是全国尚未解决之大难课题。小组有女同志7人,盛夏奔劳,不辞辛苦,其志可嘉,其勇可钦。小诗赞佩,未尽其意,与泽刚合作者。

自 咏

着意寻佳句,逍遥远市哗。闲揩清静乐,笑看海棠花。

[**自注**] 1982年壬戌6月2日,泽刚赴清华大学访亲,留宿。予独处闲适,作成此诗。四日,泽刚归来,立作《赠内》如下:

赠内 张度

裁诗显功力,论事见忠诚。简易兼超旷,陶然物外情。

余吟诗自寻乐趣虽十载分离亦未过于伤感

常存知己在天涯,十载分离兴未赊。雁起鱼浮传妙景,黄回绿转睹芳华。儿婚女嫁早成长,秋获冬藏日有加。莫笑灯前添白发,吟诗苦学温八叉。

[**自注**] 1982年壬戌6月12日夜,以诗为题,灯下话旧,心情闲适,信手成章,只为用叉字韵,非敢自炫敏捷也。年74岁。

题董振波山水

春山滴翠柳摇青，人在屋中睡未醒。唤起登临一极目，几多画意与诗情。

［**自注**］　1982年壬戌6月14日，德新五弟自津来京，晚访同乡董君，承惠赠其山水条幅并嘱题句，应之。次晨成此诗，中间二句所写人物系乌有先生亡是公也。

陪振波同志和德新泽刚游陶然亭公园　二首

闲坐亭心若小舟，蝉声震耳柳丝柔。碧茵匝地天连水，行到深林疑是秋。

画笔写实臻奇妙，技师摄影亦千秋。风轻云淡如人意，逸致闲情胜水鸥。

［**自注**］　1982年壬戌6月15日，约董君来舍叙旧，盖与五弟阔别已30年矣。午餐畅饮后略息，偕游陶然亭公园，坐江亭上说诗论史，兴致飞逸。下望垂柳经风摇曳多姿，蒹光波影，湖水粼粼，心情闲适，悠然意远。归后立成二绝，纪实留痕。

谢贺旬夫妇驾车约游颐和园

人以情为重，谢君助此游。车行似流水，胜驾百斛舟。

［**自注**］　1982年壬戌6月16日，德新弟之婿陈献华自驾汽车接游颐和园，同行六人，老人三、青年二、幼儿一，畅游各乐其乐。盖五弟与予同游此园是57年前之事也。德新为予夫妇在谐趣园中知鱼桥畔摄影留念，益觉不虚此行。陈婿驾驶技术高超，车行平稳神速。予自幼不习乘车，每感头晕，此次乘车则毫不眩晕，有如御风而行，欣快无比。在车上运用所怀构思成章，不足称诗，只是写怀而已。

泽刚亦赋七言绝句一首。

题知鱼桥畔合影　张度

樗材何幸倚云栽，池上观鱼正茂才。五十二年流水去，双鸿照影又重来。

［**度注**］ 1930年春，蜜月中曾同游谐趣园，在知鱼桥畔留影。52年后又于原处照相，人虽老矣，而神采依然，喜慰有加，赋诗题影。

为退协筹办会刊而作

投钓未为晚，东山起莫迟。百科传后代，四化要良师。

［**自注**］ 1982年壬戌6月21日，泽刚参加之北京退离休科技工作者协会拟创办会刊。予闻讯极为赞成，赋小诗为贺。

奉答于忠同志

九万鹏风奋翅飞，高山耸立自崔巍。先生下笔如开弩，令我闻笳欲解围。

［**自注**］ 1982年壬戌6月23日，于忠同志见访，以“此身合是诗人未，端赖张家嫂夫人”之句见示。予愧不敢当，以七绝奉答致谢。日来诗兴极佳，连作不辍，聊博一笑。

夏　日

得意骄阳燃万绿，无边瀚海接苍穹。几番火线惊霹雳，一泻银河起蛰龙。似锦云霞才变黑，如棋星斗又排空。欲消炎夏惟良夜，水样清光送爽风。

［**自注**］ 1982年壬戌7月初前后，云起云落，阵雨时行，变幻在于顷刻。夜间月照纱窗，凉风习习，即景成篇。

夏日游北海公园静心斋

叠石为山夹曲径，幽庭蓄水出芙蓉。殿中陈列连城宝，壁上双悬上苑风。素屋书声传雅颂，回廊琴韵响丁东。茅柴亦自能高咏，画栋雕梁枉费工。

[**自注**] 1982年壬戌7月16日晨，与泽刚游北海静心斋，园中之园也。周览斋、屋、轩、坞、廊、馆、亭、楼，碧水红莲、假山叠翠、回廊环抱、画栋雕梁，兼之松柏挺立、杨柳轻柔，令人起幽奥迂回之感。室内陈设古雅，壁上书画精湛，真可谓集艺术之大成，赏心悦目，神志一新。抱素书屋三楹为乾隆皇帝和其后历代皇太子读书之所，尤为雅静。韵琴斋独处一隅，实见匠心。归后印象长存不忘，写景成诗，用以记游踪。7月17日午夜记。

七月廿五日雨中纪事

欢呼跳跃乐无垠，细雨蒙蒙不见人。追至佛门三大殿，才有四位小天神。

[**自注**] 1982年壬戌暑假期中，诸孙来家消夏。7月25日，天阴微雨，文清、文联、姜泳、张霁四孙玩耍间忽然不见，予立即撑伞直追，至妙应寺白塔大殿中始寻见。归途口占一绝，顿忘疲劳。

题文联画三幅　三首

竹畔熊猫

亭亭独立向秋风，叶自清香心自空。娇懒熊猫餐饱后，潇湘馆里睡朦胧。

莲下金鱼

翠盖摇新秋，菡萏香云浮。逍遥鱼戏水，出没河之洲。

山 水

山中居隐士，屋后立青松。举目苍穹上，无云微有风。

[**自注**] 1982年壬戌夏，孙女文联来京过暑假，7月29日灯下作画，惟妙惟肖。予喜而为之各题一绝，以鼓励之。

祖孙诗画

盛夏喜长昼，逍遥庭院中。丹青孙女手，诗意老儒风。浓淡兼疏密，清新与浑雄。祖孙开口笑，余韵绕长空。

[**自注**] 1982年壬戌8月7日，接克淳函，述及文联回津后述说与祖母作画题诗之乐，即以其意纪之以诗，为今夏最值得高兴之事，前所未有者也。克淳原作如下：

文联与祖母作画题诗 张克淳

炎炎消夏日，花影满中庭。画绘青山远，诗题旭日升。先吟妙应寺，后写沁泉亭。祖母和孙女，相看百趣生。

题谐趣园林荫合影 二首

闲坐林荫忆昔年，髫龄随母畅游还。古稀伉俪皆娟好，佳照尤能返玉颜。

老健相逢上翠微，园中谐趣久相违。风光正与人同好，细雨霏霏却暑威。

[**自注**] 1982年壬戌8月12日黄昏，贺伦侄来京参观，送来前在谐趣园五弟为予夫妇所摄合影之放大像片，附五弟题诗七绝一首。两作均极佳妙，阅后喜慰不已，夜半成七绝二首。同时泽刚继其前作《题知鱼桥畔合影》，又口占一绝，以完成前诗未尽之意：

题知鱼桥畔合影第二首 张度

花间伴坐此徘徊，身健心闲真快哉。历尽沧桑浑无事，源头活水浴形骸。

为文联改写盆景诗

奇石突兀如画峰，盈盈碧水更玲珑。峥嵘疑入庐山里，皎洁真成桂月宫。望塔凌云思飘杳，观鱼掉尾意从容。莫嫌斗室池盆小，泽畔行吟在此中。

[**自注**] 1982年壬戌8月18日，接文联函，附盆景诗七律一首，为之改正如上。

为文联孙女改诗

改诗应使玉无瑕，一字不安睡未佳。昼写每嫌晷刻短，夜吟忽觉月光斜。

[**自注**] 1982年壬戌8月18日，为前改之诗第六句从“游水”二字改为“掉尾”，以免重用水字，确实用了一番推敲也。时年74岁，诗兴极佳。8月21日夜记。

观电视湘剧李白戏权贵有感

事无巨细皆入诗，春满芳园花满枝。电视剧中观李白，醉态佯狂实可悲。屈子离骚千载恨，贾生鹏赋遣愁思。恃才泄愤戏权贵，明月清风伴酒卮。世间那解其中苦，但赏高人豪迈词。

[**自注**] 1982年壬戌8月22日夜，自电视中观湘剧《李白戏权贵》，为之感慨不已。才高见忌，自古皆然，勋业文章，世少兼得，见仁见智，何舍何从，正不必强求也。小诗未尽所怀，聊述一二而已。

题山水画二首

山山随意写，树树任毫挥。碧水观鱼跃，晴空羡鸟飞。
青山翠微远，芳树百花稠。佳景四时好，春游直到秋。

[**自注**] 1982年壬戌8月28日，春方同志送来李念怡女士所绘山水横幅，请为之题字。次晨作五绝二首书之，应酬之作也。

题华岳落雁峰松间小照

落雁峰头上，凭虚望远空。终南烟雨里，渭水有无中。壮志疏河道，高歌响碧穹。苍苍老松色，特立树雄风。

[**自注**] 1982年壬戌9月4日，泽刚整理旧时摄影，捡出登华山时松间小照一幅，系1936年春4月自拍者。泽刚喜而题字，予为之补写末联，原为“有雄风”，因重用“有”字，泽刚改为“树雄风”，予深赞同。

偶　成

旧诗已弃新连篇，兴会淋漓未减前。小技雕虫游戏耳，不须发表万人传。

[**自注**] 1982年壬戌9月13日，与友人闲叙后作。

题芥子园画谱

梅兰竹菊兼山水，花卉翎毛与草虫。更着诗词添秀丽，往来纸上有清风。

[**自注**] 1982年壬戌9月末，秋光正好，闲居有暇，遂以画谱消遣。予虽不习绘事，而诗情画意不禁油然兴起，仿佛鱼虫花鸟均跃然纸上矣。

读李杜诗集

鹏风九万逍遥游，工部青莲一樣愁。杜甫骑驴三十载，李白飘泊四十秋。文字光芒臻奇美，吐气真成大海水。蛟螭舞浪龙腾云，百态千形尺幅里。豪情壮志不得伸，黎元莫救枉怀仁。谪仙举酒对明月，漫游四海辞宫阙。拾遗还家咏北征，妻儿粉黛一时呈。茫茫天地将安归，悲喜交集啼笑非。人生有命岂能争，仙圣蹉跎老一生。幸得徘徊山水里，绝古亘今谁能比。

［**自注**］ 1982 年壬戌 9 月 30 日，泽刚自其学友陈志坚处携来《李太白全集》。阅读不忍释卷，以至午夜。复取出《杜少陵全集》，重温多篇，深感曲高和寡，才高见忌，自古皆然。正以不用于朝始得徜徉山水间，饱箸篇章，流芳千古，岂不快哉！一时有感而作，非敢妄议大贤。

庆祝国庆中秋

桂花迎丽景，广厦聚英豪。盛会连佳节，金风涌玉涛。人民喜政策，大业展宏韬。国庆华灯耀，中秋明月高。

［**自注**］ 1982 年壬戌 10 月 1 日为国庆 33 周年，适逢中秋，节期前曾召开十二次全国代表大会，喜事连翩，激发诗怀。

重　阳

中秋过后又重阳，无雨无风无感伤。远水已输鸥北往，长空更羡雁南翔。悦心景色惟枫叶，扑面清香有菊黄。大好秋容应快赏，新凉天气胜春光。

［**自注**］ 1982 年壬戌 10 月 25 日为农历九月九日重阳节，应时而作。因泽刚学友赵一峰同志将避寒洛阳，遂以其事足成颈联。

壬戌秋北海赏菊

高节东篱陶令风，少陵惆怅对芳丛。易安人比黄花瘦，朱总诗歌菊酒红。蝶怨蜂愁俱往矣，蕊寒香冷至今同。能工巧匠勤维护，淡雅清幽玉殿中。

［**自注**］ 1982年壬戌11月16日，同泽刚至北海公园赏菊。壁上高悬朱德同志《傲霜》绝句："奇花独立树枝头，玉骨冰肌眼底收。且盼和平同处日，愿将菊酒解前仇。"归而得一律。

七　绝

丹心万古不能磨，协会周年建树多。白首并肩齐黾勉，好为四化壮山河。

［**自注**］ 1982年壬戌11月17日，应赵一峰同志委托，为庆祝北京退离休科技工作者协会成立一周年代作绝句一首，用以书一横幅奉献协会留念。

德新五弟七十寿诗

欣看七十容颜好，玉树芝兰各静娟。预祝期颐勤锻练，兴来游览倦时眠。

［**自注**］ 1982年壬戌11月23日，偶思五弟明年将满七旬，若以虚岁计，则今岁已是整寿。以容颜舒展、体力康强论，伊之百龄长寿可以预卜，随即写出此诗。

文联孙女参加天津市和平区作文比赛取得第一名

我之孙女张文联，自幼学习不畏难。学龄之前能写画，认识方字满一千。身体面貌皆健美，优姿舞蹈画堂前。入学以后称三好，多少佳讯来连连。今日芳龄将十五，升入中学又三年。作文比赛全区首，为校争光美名传。日积月累结硕果，我闻此讯喜不眠。写诗表扬非虚誉，嘉奖得来岂偶然。

［**自注**］ 1982年壬戌11月30日作。

预祝泽刚八旬寿诗

南山松柏天增寿，东海虬龙气吐虹。疏导河流九转绿，精研科技一心红。壮游泰岱思工部，老写诗篇学放翁。王母笑彭年太小，八旬应与幼儿同。

［**自注**］ 1982年壬戌12月2日夜，与泽刚闲话灯下，均以为双双得享大年，纯因淡泊宁静，再过二年即是80整寿。康强闲适，童心未改，不忧米盐，何其幸也。随手拈来，写成一律。

题李太白像

几代英雄逐逝波，天生仙骨亦消磨。志包天地寰中小，眼望烟霞物外多。涉海掉船寻贺老，迷花醉月对嫦娥。嚣尘率土堪斜眄，长佩高冠自岌峨。

［**自注**］ 1982年壬戌12月5日作。贺老即贺知章。

以纲弟士嘉妹七旬寿诗

壮年携手渡重洋，踏遍全球学益彰。寿考康强勤著述，满园桃李郁芬芳。

［**自注**］ 1982年壬戌12月15日作。明年3月8日为士嘉弟妹72岁生日，7月2日农历5月22日为以纲二弟70寿辰。作双寿诗祝贺，以表敬意。

和文彦孙

明月静娟娟，照人喜不眠。我孙有文彦，能不乐陶然。

[**自注**] 1982年壬戌12月30日，接文彦孙函，附诗一首，题为《校园月下漫步》，写情写景，颇见慧心。伊正预备参加研究生考试，仍以小诗寄兴，悠闲可喜，予立寄和。今年予共得古今体诗六十首，确是诗作丰收之年。而首尾二章均为文彦而作，尤为巧合。

附文彦诗如下：

校园月下漫步 张文彦

明月林间悬，松影点点圆。曲径通何处，莫问更向前。或作“只是悄无言”。

本诗集实收录1982年古今体诗54首，自注中所言60首或为成数，或有未存稿作品。

卷　六

（1983—1984）

八三年一月九日泽刚约请姜国栋于忠董振波三同志在家小酌于老即席填词余成七律纪事

谁云寒景太萧条，座上嘉宾破寂寥。谈笑声中诗笔落，冬暄照处雪冰消。摇窗竹影餐粗粝，静几梅香佐酒肴。科技四贤相聚首，通今博古令名高。

［**自注**］　1983 年壬戌元月 10 日亦即农历十一月二十七日作。于忠同志词如下：

正宫　蟾宫曲　小宴　于忠号芝翁

元旦甫过八三，飒飒寒风，滚滚炉边。今日里四贤毕至，谈旧说新，神志怡然。这里举玉樽开怀畅飲，那里举双箸汽锅寻肝。请君评跋，可胜饭店，赛过河南。

壬戌腊日

节在严寒冻已消，这般天气有唐朝。杜公萱草侵残雪，韩偓梅花上玉条。天降寒温一流转，地无南北四时调。滇南瑞雪纷纷落，冀北春风处处飘。

［**自注**］　1983 年 1 月 21 日为农历壬戌腊月初八即历书所谓腊日。今岁气温反常，晴和温暖，恰如杜诗《腊日》所咏“腊日常年暖尚

遥，今年腊日冻全消。侵陵雪色还萱草，漏泄春光有柳条。纵酒欲谋良夜醉，还家初散紫宸朝。口脂面药随恩泽，翠管银罂下九霄”；复忆晚唐诗人韩偓《冬至夜作》诗“中霄忽见动葭灰，料得南枝有早梅”之句。结合天气报告近日云南昆明连降大雪，为多年所罕见，亦天气返常现象，遂缀成七律一首。

癸亥春节即景

春节之乐乐无垠，热闹真如十万军。屏幕龙狮姿态好，灯前儿女笑颜频。十全十美庆佳节，一度一年会故人。赏对猜谜新气象，连天爆竹倍增神。

［**自注**］ 1983 年 2 月 13 日为农历癸亥春节，亲朋云集，儿孙满堂。昼则饮宴联欢，夜则坐观电视，饱赏各地乡会，龙腾狮舞、妙曲清歌，以及文艺晚会。对对联、猜谜语，因而代替了往年之博奕联欢，雅兴深致，采入诗篇。

庆祝妇女节拥护新宪法

妇女半边天，乾坤担在肩。知识不自秘，永为后代传。全民遵宪法，四化力争先。携手团结紧，培育青少年。柔弱婴儿体，抚养要周全。计划生育好，国富又民安。累累结硕果，顺理成自然。光明望远景，楼外有青山。

［**自注**］ 1983 年癸亥 2 月 19 日，应士嘉妹之嘱代作一章，以供民盟中央妇女工作委员会刊物《妇女通讯》征文之用。

前作经士嘉润正后较佳

妇女半边天，乾坤分在肩。全民崇宪法，四化共争先。党群团结紧，培育青少年。吾侪习知识，应为后代传。欲得新苗壮，传授要周全。生育遵计划，国富又民安。万紫千红出，齐颂国策欢。九天瞻远景，天外更有天。

［**自注**］ 陆士嘉同志任北京航空学院教授，曾在德国哥廷根大学获博士学位，流体力学专家。

上元节

倚遍栏杆看月圆，上元佳景好于年。尤堪喜处儿童乐，手打花灯绕砌前。

［**自注**］ 1983年癸亥2月27日为农历正月十五日，作诗应时纪快，为小外孙张霁写实也。

上元凌晨与泽刚赴中关村访婿宁怿女克明及外孙张霁盘桓竟日

未明人即起，明月伴征途。点点华灯耀，行行树影疏。楼台看不见，人面总模糊。行行二十里，已至海淀区。远望有窗亮，知是睡起初。入门迎笑脸，外孙辄牵裾。雅室育兰蕙，高架列群书。闲叙家常语，相伴绮筵舒。天伦有至乐，此语真不虚。驰驱逐华境，悠哉乐有余。

［**自注**］ 1983年2月27日为癸亥上元节。晨4时即起，5时乘首班汽车赴中关村婿家，6年来初次访问也。6时许抵达，小外孙已笑迎室外矣。盘桓竟日，话家常、劝饮宴、讲故事、拼玩具，极尽天伦之乐。黄昏归来，余味无穷。

观电视冰上技艺集体舞蹈

晶莹一片碧琉璃，矫健游龙威武狮。仙子化人肌理妙，红梅白雪玉丰姿。

［**自注**］ 1983年癸亥3月12日，自电视中得观哈尔滨市举行之第五届全国冬季运动会开幕式实况录像，龙狮起舞，仙女咏梅，冰上技艺，美妙绝伦。联想日前所见文彦孙花样滑冰照相，顿觉异曲同工，赞叹不已。

阅读写知识刊载之文联灯下一文及家长来信

祖孙三代比三苏，文字光芒插画图。顿觉蜜丸甜肺腑，五十万份缀琼琚。

［**自注**］ 1983年癸亥3月20日，接克淳函及《读写知识报》载有文联之《灯下》一文附天安门夜景及老人伏案图画二幅。函称该报系全国发行超过50万份之小报，得在其上发表文章并非容易。淳儿年来信中每述及文联孙女学习好成绩，辄戏谓献上蜜丸，足见其为文联之日见成长喜慰心怀。予则除分享其乐外，又增添诗兴不浅，幸何如之？回忆昔年教文联识方字情景，益觉小孙女之可爱矣。

偶　成

壮岁离家汗漫游，飘飘卅载度春秋。沧桑历尽轻名利，不羡封侯伴莫愁。

［**自注**］ 1983年癸亥4月1日，泽刚与董振波兄偕游颐和园，承以齐白石老人题其所绘之“仕女图”七绝一首见告。诗为：“年年春去愿春留，春去无声只合愁。夫婿封侯倘无分，闺中少妇岂忘羞。”归而转以见示，并以“不羡封侯伴莫愁”戏以自况。予以为七字颇饶诗意，立即补足三句写成七绝一首，戏作本不足留墨，但意义真实，又不忍弃之矣。

喜闻文彦孙考取研究生

众口传呼欢笑声，文彦考取研究生。我闻此言欲起舞，有孙如此真光荣。自幼聪明又勤奋，岂是一朝一夕成。知汝有时忘餐寝，灯下读书到鸡鸣。大学入门已非易，更上高峰智倍增。万里长征第一步，尚需黾勉戒骄矜。若论孙辈汝最长，有弟有妹循典型。今朝重染生花笔，写祝孙儿锦绣程。

［**自注**］　1983年癸亥4月6日，接文彦孙4月4日晚来函，内称：水电部电力科学研究院高压所今年招收的研究生名额为6名，报考者有三十多人，总分上分数线300分者有3人。我考得315分，又是报考同一导师的4人中分数最高者云云。阅后十分喜慰，立即写诗祝贺。

怀念困斋舅父

愧报殷殷属望心，孤雏抚育沐恩深。系丝咏絮终生伴，枕膝传经座右箴。世路崎岖增智慧，壮游南北豁胸襟。无争早得山林趣，啸傲烟霞寄此身。

［**自注**］　1983年癸亥4月12日，与泽刚偕访吴劼君女士。劼君为桐城吴北江先生之长女，吴汝纶太老师之孙女也。承其惠赠泽刚舅父籍忠寅亮侪公之《困斋诗文集》一部，予夫妇感谢之至，缘所存者，久已失去，多年来遍求不得者。归后拜读，仿佛又回到五十年前矣。谈论往事，感念不已，遂与泽刚合作述怀一二。

［**按**］　张度之二舅父籍忠寅，字亮侪，文集名困斋。

喜重见吴劼君同志

忽漫相逢意豁然，便从白发忆红颜。与君订交六十载从十五岁至七十五岁，竟成阔别五十年。事故多端难聚合，飘萍断梗各风烟。直皖战争又直奉，逃荒避难无时安。抗日胜利喜解放，“文化革命”起波澜。拨去阴霾见红日，崎岖往事积如山。欲诉衷情从何说，追随吟唱写华笺。羡君玉体犹安泰，谈吐风度尚依然。但愿联翩常来往，多弄笔墨继先贤。老来更要争分秒，万里长征宇宙宽。

［**自注**］ 1983年癸亥4月14日夜半作，为追记12日访劼君同志感怀也。参阅前章怀念困斋舅父一诗之注释。

［**按**］ 贺又新与吴劼君重聚后回忆辑录旧作12首，结成《旧作拾遗》之二并跋如下："以上旧作十二首，因与吴劼君学姊重聚有感，缅怀幼年生涯专心习作，忆起旧章，笔力虽弱，而抒发当时情感，似应留存，用以补记一段幼年生活实况。"

读吴劼君旧作

读君诗罢想当年，至情至性溢行间。上侍高堂聆教诲，下携弟妹乐阶前。廿岁离亲叹幽独，不遇知音似飘絮。知君五内真忧怨，遂写凄凉忆亲句。双亲慈爱不忍看，劝君开怀扫愁绪。老来自是无拘束，兔毫抄写先人著。书法整洁仿真卿，更有佳篇胜珠玉。素女二十五弦瑟，屈原二十五篇骚。谢家佳话传千古，辉煌绪史有班昭。文姬大文惊魏武，黄花人瘦易安高。君年耄耋有同胞，相依相伴乐逍遥。窗明几净琴书友，无边大业正滔滔。

［**自注**］ 1983年癸亥4月26日，接劼君学姊函寄示其旧作6首，《和君琇四妹九日见怀》诗中有"挑灯欲写怀人句，不叶新声却问谁"之句；又《和君琇四妹秋夜见怀元韵》有"此身柔絮飘无主，深宵自把长更数"之句，深怜其婚后遇人不淑、琴瑟失调之苦。日前接谈又喜见其老年以诗书自娱，胸襟开阔之情，不禁引起佩慰之感，得七古一首。

初夏即景

人看花半开，我看花正盛。万朵牡丹花，引人真入胜。藤萝架架满，松柏枝枝重。春光去不留，又有熏风送。生无高远志，那有凌云诗。无忧又无怨，那有骚人词。平淡无奇句，聊以自解颐。游园兴倍浓，归去亦从容。日长帘不卷，高卧睡朦胧。庭花亦烂漫，庭树亦葱茏。院幽容燕雀，窗绿避蚊虫。谈笑对儿童，相将伴老翁。莫愁双鬓白，自有丹心红。

［**自注**］ 1983 年癸亥 5 月 9 日，读泽刚友人所作《蝶恋花》词，有“寄语泽刚老大哥，何若凌云共诗赋”之句。因而作《初夏即景》一首以“生无高远志，那有凌云诗”戏答。5 月 11 日夜作。

读芳林老癸亥杂咏

屈原咏罢又昭君，诸葛庐诗字字新。葛洲长坝三千米，锥心刻骨写情真。又颂关陵长坂坡，三游祠里乐如何。十里街前花茂盛，四合院内人好和。五讲四美新风尚，善言百拜未为多。王维渭水春天树，子美挥毫白玉珂。贾至凤凰池上客，李白宫殿醉颜酡。羡君足迹遍南北，独对苍天放浩歌。

［**自注**］ 1983 年癸亥 5 月 21 日，王芳林同志来访泽刚，出示其近作《南游诗》及《京华杂咏》若干首，淋漓满纸，极为钦佩，即以其篇章题目缀成七古一首。

德新五弟如约来京小聚与董振波乡兄夫妇和其幼子同游动物园摄影留念

率子偕妻意兴长，谈及当年梁惠王。麋鹿在园王立沼，孟子理论允而臧。四千余年文明国，马列传来道益昌。“解放”之后多建设，北京园囿似苏杭。父子齐名工绘画，夫人教读有良方。技师摄影留鸿爪，词客题诗喜欲狂。吾侪各有千秋志，同工异曲共翱翔。

［**自注**］ 1983 年癸亥 6 月 6 日，与五弟、泽刚及董振波夫妇偕

其第三子游动物园，摄影留念。予作七古一首。

端阳有感

屈原人共仰，吊唁有多方。江上竞龙船，胸前挂锦囊。家家插蒲艾，户户弄雄黄。万事皆抛却，惟余角黍香。

[**自注**] 1983年癸亥6月15日为农历五月初五即端阳节，依俗包制粽子以飨儿孙，兼送五弟带津分尝，边制作边思角黍起源及屈原故事，旋得五律一首。

奉慰一峰志超同志

何须小事苦熬煎，已是三生美满缘。黾勉同心不宜怒，言归于好最为先。

[**自注**] 1983年癸亥6月16日夜，一峰同志来访泽刚，谈及与其夫人小有误会。予侧聆泽刚劝慰语，深以为是。遂写小诗呈一峰，以劝慰之。

维弟潜儿及文联孙女各有佳讯来告喜赋二绝　二首

国家建设仗英才，远瞩高瞻真大哉。喜有吾家科技手，祖孙三代好音来。

马援虽老尚南征，壮岁发明誉满城。最是文联孙女好，鳌头常占不骄矜。

[**自注**] 1983年癸亥7月8日，连接三人佳讯，令人喜慰不已。泽刚作绝句，予为之提供“最是文联孙女好”一句。

维弟将有南方建校重任；潜儿领导制成声学显微镜；文联孙女初中毕业考试胜利。

文联赞兄歌

坡公天马凌空行，小妹何能比长兄。团委之中任组织，排球队里作标兵。车间工作一帆顺，厂内人称百事精。树立新功露芒角，投身四化见工程。

［**自注**］ 1983年癸亥7月8日夜作。次孙文杰德智体全面发展，最得予之钟爱，与其小妹文联齐头并进，难分轩轾也。

赞中国女排胜利

胜负之局未可知，雄心取胜岂能移。时机紧握强攻守，谁弱谁强不用疑。

［**自注**］ 1983年癸亥7月6日和8日在香港举行的世界超级女排锦标赛，我新组成之队伍以三比二同样比分连胜美、日两队。与日本女排之战，日队先胜两局，第四局战至十三平后，我队队员在形势危急时临危不惧，毫不手软，连得二分，拉成各胜二局，又为第五局创造气势，极为可喜。总观三队技术，各有短长，我队取胜，纯是以思想意志高出一筹之故也。

赠刘子荣同志

立身处世重行言，技巧精能追鲁班。自古人称仁者寿，康强之乐胜神仙。

［**自注**］ 1983年癸亥7月12日作。子荣同志业木工，以76高龄康强无比，1957年反右时以直言“教授就应以教好书为主要任务”而获咎，近得平反，且补发多年工资达7000元之巨。见访时详述经过，遂赠以诗。

送克群侄女赴西德留学

现代科学大进军,古来才女只能文。精研深造留德国,无限光荣属克群。

[**自注**] 1983年癸亥7月13日作。克群侄女于1942年除夕生于德国,4岁时回国,呀呀说德语,极为可爱。嗣后在清华园读小学、中学,以至1966年毕业于清华大学建筑系,在石油战线工作,屈指又17年矣。今得西德助学金,前往深造,机会难得,顷来辞行话别,喜其学业前途光明,鼓励之余,送之以诗,写上花笺,留作纪念。

盛夏同泽刚携外孙游陶然亭公园

不住蝉声震耳聋,遨游盛夏伴儿童。满湖绿水如汤沸,一抹斜阳似火红。密树浓荫多烫地,亭心池畔少微风。归来车上人如鲫,久旱能不怨懒龙。

[**自注**] 1983年癸亥7月18日,应外孙张霁之请,与泽刚携之同游陶然亭公园。气温高达36度,炎热袭人,归记所经。

喜贺伦侄考取研究生

滴水长流巨石穿,勤学苦练不知难。莫因一时论成败,独占鳌头有后先。幼小已攻母地史,长来能步父科研。文章海内推曾祖,喜有重孙慰九泉。

[**自注**] 1983年癸亥7月20日,接克淳函,得悉贺伦侄已考取天津大学电子系研究生,喜慰不已。德新弟夫妇多年来望子上进之心事如愿以偿,其欢慰可想。予得分享其乐,亦十分畅快。当夜写诗为贺。

癸亥六月德新五弟第四年如约自津来京同游北海静心斋并为予夫妇留影

楼阁参差浓翠间，静心斋内别有天。朵朵睡莲浮水面，娟娟粉蝶醉花前。美景当前人亦醉，盛暑不暑如参禅。谁谓人生聚合难，年年相见笑开颜。妙手留得人山影，高悬当作画图看。任他沧海与桑田，此景对人无变迁。

［**自注**］ 1983年癸亥5月27日，德新弟自津来会。6月2日，偕游北海静心斋，为予夫妇摄合影数张，背景极亭台楼阁之胜，放大后装镜悬诸壁上，题之以诗。7月25日作。

题北海公园留影　四首

泛　舟

小舟摇荡水中央，两个儿童一壮郎。几片乌云遮烈日，微风吹拂似秋凉。

五龙亭畔二老

背后柔丝眼底荷，香风淑气往来过。暑天惟有游园好，仕女纷纷赛绮罗。

赴九龙壁道上二老

带孙偕子觅蓬莱，无限烟霞入雅怀。步下香阶逐年少，不知已入镜头来。

琼岛春阴克淳小照

壮士由来意气多，推杯倚剑上嵯峨。将军大树齐云表，琼岛春阴高几何。

［**自注**］ 1983年癸亥8月13日，予夫妇偕克淳儿、文联孙女、姜泳外甥孙游北海公园。泽刚与文联摄影多幅，取景既佳，洗印尤美，大可留念。予为之题诗四首，用作补充说明。8月19日作。

忆少年

十五学诗兼读史，手足七人如翼比。每逢佳节聚高堂，弟兄欢宴慈颜喜。六十年间半死生，黯然销魂别而已。死者相逢惟梦中，有兄迢迢几万里。有弟有弟尚非遥，京津虽隔如咫尺。一夕凉飙冷梦魂，未及聚首忽惊起。树影花阴满画壁，月明如水闲庭里。生平真如两代人，新人新事正无垠。子孙绕膝多欢慰，二老相扶只养神。重阳在迩又登临，快赏黄花万点金。

［**自注**］ 1983年癸亥9月上旬，梦中约兄弟七人合影，未及聚齐即醒，只见树影花阴，明月满庭。醒后抚今追昔，立成一诗。

题予与三岁淳儿在中山公园芍药池边小照

四十年前芍药池，风华正茂似朝曦。莫看三岁儿童小，培养良才在此时。

［**自注**］ 1983年癸亥秋9月19日，接克淳寄来重印之旧照，系贺健侄于1939年所摄，并请予题句其上。对影抚今，伊已47岁，做人民教师31年有半，勤奋教读，令人喜慰，诗称良才，非过誉也。当日晚作。

癸亥中秋同泽刚赏月

一年十二转圆缺，最圆惟有中秋月。照得千山凝雪霜，又如泼水入宫阙。瑶台玉殿梧桐影，桂树琼枝更皎洁。携手同看不肯眠，欲邀嫦娥共娱悦。君不见，东坡仙人美清夜，形影独嬉风露下。穿花踏月不辞劳，写出名篇胜鲍谢。

［**自注**］ 1983年癸亥秋9月21日为农历八月十五中秋节，夜与泽刚赏月时作。予年75岁，泽刚七十有九。“东坡仙人”句系指苏

诗《定惠院寓居月夜偶出》及《次韵前篇》二首。

德新五弟转来其挚友李田同志函欲师予学诗愧不敢当写绝句二首奉答

承蒙赞许太光荣，幼岁学诗本未成。而今那敢称师弟，只有欣然作弟兄。

教学多年已老成，喜从舍弟识高明。开函拜读见风采，觉有渊渊金玉声。

[**自注**]　1983年癸亥9月24日，接五弟函，当以小诗作答。

秋夜读芳林同志近作

读君七言律，对对皆晶莹。读君五言绝，句句皆瑶琼。不下七十首，一气即呵成。岂仅才力大，切磋见工能。诵读至深夜，檐际飘流萤。秋风声萧萧，秋意浑无形。不须叹寥落，四海皆弟兄。何况对诗友，喜色一时呈。窃慕李太白，长醉不用醒。不问炊米断，进酒无时停。吐纳亘光芒，挥洒如流星。望远意苍茫，惜无李白狂。亭台纷错落，山岳势巍昂。辜负风光好，无言对大荒。

[**自注**]　1983年癸亥10月8日作。

咏落叶

纷纷落叶随风舞，乱打柴扉如骤雨。不似飞花香可爱，更无飞絮轻盈态。萧萧瑟瑟使人悲，启我心情助我思。莫谓荣枯各异地，要看天赋傲霜姿。驱车试上西山去，红叶鲜妍最好时。

[**自注**]　1983年癸亥10月19日，坐观院中，落叶纷飞，深秋萧瑟，复忆起西山之枫林红透，游赏正时，作七古。附泽刚近作：

癸亥秋津门访辫鄂兄话旧 张度

握手论交今白头，何期相对一樽留。沧桑历尽云烟过，晤叙怀开笑语浮。每忆放牛坪上会，难忘繁塔院中游。滋兰九畹同培育，不用劳劳说旧愁。

谢赵一峰同志赠杖 二首 张度

三年肝胆紧跟随，四化兴华志不移。慎保康强承慰勉，锡筇祝我到期颐。

峨眉秀色旧曾游，竹杖方藤熟与俦。持赠不辞千里远，攀登从此莫须愁。

忆菊 二首

菊花正是盛开时，不去名园也赋诗。冷艳寒葩迎素月，朝来又与紫霞期。

连朝秋雨又秋风，败叶枯枝到处同。高洁东篱独挺秀，幽香一缕入云中。

[**自注**] 1983年癸亥10月27日，与泽刚一室对叙，话及历年赏菊之乐，欣然神驰不已，作《忆菊》诗。

为文彦孙改诗

一年一度仲夏天，同游郊外意悠然。最欣兄妹开颜处，留得诗词彩笔间。步上高峰天地阔，穿行曲径鸟花闲。西山虽好仍嫌小，何日登临五岳巅。

[**自注**] 1983年癸亥11月13日晚，为文彦孙改正七律一首，用以示范作诗格律，并函复详释诗中之平仄、韵脚、对仗以及立意、比兴诸要点。

谢辫鄂同志篆书墨宝

八十一龄写篆书，珠圆玉润胜琼琚。欣然接受长揖拜，摹拟不成赞有余。

［**自注**］　1983年癸亥11月25日，接辫鄂同志篆书泽刚所作津门话旧七律一首，予代作七绝致谢。

岁暮即景

居家多琐事，遇目自成赏。虽在一室中，坐驰万里想。胸怀忽开阔，神游天地广。银屏看山川，邈然即神往。银屏观戏剧，有时增惆怅。岁暮未云暮，尽是阳和象。今岁入冬来，天气皆晴朗。不见湖上冰，禾苗雨露养。明日即冬至，严威将安放。地底阳气升，渐觉春波长。

［**自注**］　1983年癸亥12月21日冬至前作。“升”字一作“生”。

夜　吟

晚年无所恋，所恋惟诗书。吾与张夫子，秉烛相规模。夜吟花影移，朝咏迎晨曦。芸窗寄啸傲，薄俗愧攀羁。平凡气自壮，何必扶摇上。燕雀藩柴藏，鸾凤云天翔。藩柴固云卑，日暮归雕梁。云天信浩大，中路之何方。

［**自注**］　1983年癸亥12月22日冬至日作。

退协甲子迎春会

人生如过客，难得寿而康。有此一寸热，能发万丈光。老骥思千里，壮志怀四方。喜看新气象，迎春会一堂。

［**自注**］　1984年甲子1月24日，北京退离休科技工作者协会举行迎春联欢茶话会。节目中有诗会，预请诸老准备诗词以增余兴。正谈论间，接到于忠同志寄来伊之《卜算子》词，捷足先登。泽刚不甘落后，立即命笔，予助推敲，以四韵五古一首交卷。

一冬无雪立春后十日初见

麦陇青青乐万家,丰年瑞雪最堪夸。夜来皓色疑明月,晨起开门赏雪花。

［**自注**］ 1984年甲子2月11日作。

买　书

秦皇万里城,未及书城大。万卷不为多,买书遑论价。

［**自注**］ 1984年甲子2月11日,与泽刚谈买书不惜囊空,得一绝。

和赵一峰老退协迎春会献词

赵老心不老,拈须得珠宝。过奖不敢当,百拜尤为少。道人通大道,攀山越江河。生逢新世界,春风暖心窝。学识既高深,经历更繁多。写诗能全面,谈吐皆楷模。自况护花泥,更比蛹为蛾。百科留种籽,幼苗森成柯。济济迎春会,群贤献颂歌。首唱惊四座,高冠自岌峨。

拜读焦昆同志三山纪行

写得是真山,吟得是真水。凡事须实践,始得真善美。写真不能俗,东坡犹反复。三次写庐山,才知真面目。谪仙天姥游,好句梦中留。奇险不可读,读罢天为愁。杜公众山小,胸怀何浩渺。骑驴孟浩然,吟诗雪满山。高风自千古,妙谛谁能攀。君今气雄壮,当仁应不让。一写三十首,句句皆豪放。愧居斗室中,欲学难酬唱。

［**自注**］ 1984年甲子2月22日,泽刚养疴,一峰同志来慰,出示其甥《三山纪行诗》一卷,写其游井冈山、庐山、黄山之观感,复出示

其在退协迎春会上之献词，诗词精美，令人读不释手。赵老虽系近交，其为人真挚纯朴，可敬可亲。次晨作五古奉答。

感谢张家骐大夫治臂伤

二月二日人满室，正是春节第一日。不慎失足左臂伤，惊惶失措不可说。救死扶伤今华佗，放弃假日来施设。照相包扎不停止，接连诊视无休歇。近已一月解包扎，欣然一笑百忧失。深佩神功感热忱，惠予医治情倍切。一心一意为人民，精研妙术真无匹。岂独微躯得安泰，世上疮痍尽解脱。

［**自注**］ 1984年甲子2月2日正当农历春节，泽刚不慎伤臂，经丰盛医院骨科张大夫精心诊治，一月后解除包扎，伤愈大半，神功妙手，热忱扶伤，令人感佩不已。3月6日夜，与泽刚谈月来五次治疗经过，益觉医术之可贵，无以为谢，赋诗铭感，以志不忘。

春　寒

几日晴和几日阴，春光半使嫩寒侵。清明难撤红炉火，瑞霭初来青树林。阵阵风吹梁上燕，轻轻波涨水中禽。彩云淡荡迷人目，烟雨稀疏未作霖。

［**自注**］ 1984年甲子4月8日，夜不寐。室内仍生炉火，窗外沉阴欲雨，春寒未已，春意渐舒，遂吟成一律。

谷　雨

细雨洒新陂，园林景物滋。远瞻疑是雾，近望正如丝。谷雨将临夏，春耕最及时。声声布谷鸟，催放百花枝。

［**自注**］ 1984年甲子4月20日谷雨节作。

读蔚文松寿学长大作

莫道春归春又还，江南春色跃华笺。海棠花上斑斑雨，杨柳枝头片片烟。鹈鸩声回有戴胜，牡丹开罢又红莲。四时佳景同歌唱，岭上松涛万壑传。

［自注］ 1984年甲子5月11日作。蔚文、松寿两同志均为泽刚北洋大学之同学，现已退休成都，诗词述怀，佳作时惠，函索拙作，以诗奉酬。

初夏同泽刚游景山公园

梦想春游春已违，榆钱落尽槐花飞。牡丹剩有几十朵，栏中芍药大而肥。忆自春节伤臂后，釜游瓮坐空歔欷。今朝始展飞腾翼，顿觉天地增光辉。前车后戒倍谨慎，上下车时相扶持。步履仍健神依旧，作书以慰诸孙儿。仍要节劳多颐养，暑期同游神已驰。

［自注］ 1984年甲子5月15日，与泽刚游景山、北海两公园，赏花观水，心旷神怡，为泽刚病愈后第一次出游也。归后立成七古一首纪实，随函克淳儿告慰，并约暑假同游各公园。

敬谢辫鄂兄惠赠华佗药枕

我受药枕如神针，从此不忧二竖侵。能清头脑得佳句，夜来好梦也能寻。放翁以菊作枕囊，我有仙药播芬芳。香透帘栊来彩蝶，又从窗隙入蜂房。使君赠我意深厚，为购此枕全家忙。心旷神怡眼明亮，顿觉万物生光芒。敛衽再拜百年赐，愿随松柏寿而康。

［自注］ 1984年甲子，王华棠兄遣其子庭楷于5月28日送来自邯郸购得之华佗药枕为赠，用以治疗予之高血压宿疾。枕散药香，盛情可感，枕眠一夕，神志霍然。晨起写七古一首致谢。

去岁游园今年抱恙有感简振波兄兼寄德新五弟

去岁在端阳，吟诗兴正狂。董君约吾辈，健翮恣翱翔。名园佳丽地，曲径与回廊。青天飞燕子，绿水戏鸳鸯。亭心聊小憩，徐行话短长。佳照留形影，盛馔充腹肠。红枣裹青棕，绿瓜调糊浆。用西葫芦礤丝调成糊浆烙食。盘桓十余日，欢乐不可详。冬日闻弟病，外子又臂伤。何意君不适，旬日未起床。我久患高压，行动亦不良。天道真难测，通塞非寻常。疾病偶然事，慎勿感悲怆。一旦同康复，欢呼聚一堂。

［**自注**］ 1984年甲子6月4日，振波兄之次子来访，谈悉其父患小解不畅症，卧床一旬尚未痊复。因思去年此际游宴正欢，今虽不适，仍期早日康复，再图良会。遂赋诗写怀，代简致慰。

附泽刚近作亦系慰问友人疾病也：

姜老病于老忙闻讯写怀兼简于老　张度

技艺红心集一身，添砖四化倍辛勤。三年奔走劳皮骨，未料高年暗损神。天公何苦困斯人，天意无常何足论。我在病中闻病讯，一时难禁百忧焚。复忆常言仁者寿，吉人天相自回春。安心调养同康复，相对一樽笑语频。君我姜公号三老，优游不忘济时艰。一军攻守能回转，两翼仍当逐马尘。

于老以姜公病痊喜而赋诗写怀奉和二绝却寄　张度

闻君坐起杖能行，悲喜交集泪欲倾。我已不堪君更苦，停云落月梦魂萦。
于老痴心感上天，天遂人愿喜疴痊。磻溪钓叟应得意，转危为安驻鹤年。
附德新五弟诗一首：

自咏　贺德新

凌晨人即起，十里伴朝阳。午睡何能少，三餐有定量。栽花引诗兴，倚树看棋忙。彩电通今古，深更好梦香。

蔚文见和莫道春归春又还依韵奉答兼呈志坚春方芳林学长

西沽伴读不能还，芳老殷勤送锦笺。在迩佳朋似鱼水，天涯知己隔云烟。春风桃李无愁绪，夜雨江湖有讯传。愧我樗材强索句，羡君杰作比青莲。

［**自注**］ 1984年甲子6月14日，芳林兄送来复制之蔚文学长自成都寄来诗作六页，其中见和二律极见高才与盛意，遂即依韵奉答兼呈在京三学长。

附蔚文学长见和七律二首、词一首。七律第二首“愁肠欲断”如改为“柔肠欲断”似较佳。

依韵和泽刚兄又新嫂赠诗莫道春归春又还 高书楼

玉骢一去十年还，晨夕相思两地笺。秋尽悲风情似梦，夜阑听雨事如烟。双全福寿同仙侣，已证贞坚比雪莲。酬唱清闲如许乐，常期朔雁玉音传。

依韵和十年两地诗昆明湖水日悠悠 高书楼

为国南征岁月悠，腥风血雨压岑楼。愁肠欲断红颜改，壮志未酬绿鬓秋。华屋喜归灵鹊噪，杯盘笑语眼波浮。养怡会享期颐寿，盛世负暄何事愁。

清平乐 庆贺泽刚兄八旬大庆 高书楼

九如天保，不用寻瑶草。鹤骨松姿翁不老，潇洒养怡安好。 华堂喜气融融，奉卮兰玉情浓。老伴吟诗添兴，寿星微醉颜红。

读芳林蔚文寿松三老诗时正苦旱

久旱人间思沛泽，久居南国思京城。满怀诗绪念诗友，鱼浮雁起助诗情。去冬无雪枝干燥，夏又苦热市嚣腾。何当倾盆三昼夜，笔端换取雷霆声。

［自注］ 1984年甲子7月10日作。蔚文、寿松二老均已退休，定居成都，时有诗词寄芳林兄转在京诸友。芳老诗作既富，近又不时赐临畅叙，为生活增添多少佳话。

酬答丹杨

学诗如参禅，身忙心自闲。盛夏不觉暑，冰雪凉肺肝。读君清新句，洽似饮清泉。百科纷烂熳，余事习文翰。治家亦紧要，教子何能倦。万事争分秒，至老不涣散。羡君正壮年，立志冲霄汉。

［自注］ 1984年甲子7月12日，贝刚、乔丹杨夫妇来访，有见赠二绝句。次晨以诗酬答。

德新五弟来京小聚半日

相聚只半日，相隔已一载。征鸿自惜别，欲去犹回睐。院中留小照，亦能尽形态。万言缩尺幅，九州如庭内。

［自注］ 1984年甲子7月22日，德新五弟携其女贺甸及外孙来京见访，相见极欢，照合影、进酒宴，以尽卅年一年一度聚会之约。下午4时辞去，送别门前，依依不舍，频频回顾，挥手不已。次晨以诗纪实。

甲子暑假家宴

今朝设宴在堂前，树木葱茏正暑天。绿酒清茶鸭味美，花香鸟语鹤延年。泰山鸟卵谁坚脆，沧海桑田几变迁。惟有养颐能耄耋，儿孙绕膝乐陶然。

［自注］ 1984年甲子8月5日，次媳史润华偕次孙文杰自津来京，孙女文联已来北京度夏，盛会难得，况值泽刚八旬整寿之年，遂由克明、宁怿夫妇排队历二小时自全聚德烤鸭店购来烤鸭二只，共赏珍

馐。同席除上述五人外，适文彦孙来，再加小龙外孙、五妹及予夫妇共十人之数，遂以诗纪欢会。

小 宴

时晴时雨阳光微，湿云霭霭蜻蜓飞。雨后阶前开小宴，鲫鱼泼泼盈尺肥。长子初从访美回，孙女又要与我违。人生欢会最为贵，能不举酒对朝晖。况值国庆卅五岁，又祝祖父到期颐。秋光旷朗鹏程远，六出花飞待早归。

［**自注**］ 1984年甲子8月15日，家宴，缘克潜儿访美初归，文联孙女来京消暑，不日回津，遂购鲫鱼、鲜虾欢聚一餐。今年适逢国庆卅五周年大典，泽刚年整八旬，益增佳兴。

拜读芳林兄游庐山诗二十三首

人言上青天，我笑不可仰。今君居高峰，何异在天上。天将云开合，人与云来往。云雾缭绕中，飘渺仙人样。近视则为雾，远观则为云。仰可摘星月，俯视沧波纹。凉爽入肾脾，清新见雅词。既入仙人洞，又游岳母祠。我如临其境，为读庐山诗。

［**自注**］ 1984年甲子8月24日，芳林老游庐山归后，携其庐山行诗篇见访，畅说庐山泉瀑云雾奇观，令人神驰不已，遂以其语点缀成章。

题院中留影

院中景物无奇殊，生平惟爱陶公庐。花草向人既娟美，老树蔽日犹扶疏。君来仓促正盛暑，未及吟眺山与湖。幸有健躯面容好，所留倩影泰而舒。侄女孙女伴在侧，今我不乐复如何。

［**自注**］ 1984年甲子8月29日，接德新五弟于7月22日来京

时在予院中所摄合影三幅，其中以予与贺旬侄女及文联孙女三人之合影为尤佳。当夜题诗记当时情况，兼以写怀。

赞中国女排三连冠军

高超球艺不寻常，体育能强国自强。矫矫女排三连冠，千秋史册记芬芳。

［**自注**］　1984年甲子，中国女排于8月7日在第二十三届奥运会上决赛中以三比〇战胜美国队，夺得奥运会冠军，并赢得了世界女排大赛三连冠的荣誉，在世界排坛史上写下了光辉的一页。九月八日作赞歌纪念。

观电视宇航员登上月球　二首

嫦娥何事羡人间，人慕嫦娥亦惘然。登上月球全识破，月中无此美婵娟。

月里吴刚伐桂树，迷人神话数千年。科学实验明真理，凡事由人不在天。

［**自注**］　1984年甲子9月8日作。附泽刚近作一首：

自咏　张度

弱冠登龙入北洋，良师益友沐芬芳。壮游十载芙蓉国，退隐长年薜荔乡。院里杂花迎雅客，座中知友话词章。太平盛世尧天日，一枕黄粱好梦香。

次韵奉和泽刚八十述怀兼颂国庆卅五周年大庆　三首

句不成章枉费工，七十有六伴诗翁。琴棋书画终何用，柴米油盐实见功。辘辘饥肠饭始饱，纷纷俗事梦无穷。一炉红火自温暖，不畏严冬凛冽风。

辉煌节日耍狮龙，严肃军容壮士风。妙舞清歌何婉转，行云流水不凡庸。滴滴雨露滋桃李，阵阵风涛起柏松。海角天涯怀好友，何时相对一樽同。

莫叹蹉跎老一生，推敲诗句到深更。女牛相会杂瑶佩，梁孟同餐有菜羹。不仅佳朋供笑语，更期盛世订台盟。大同世界人同庆，祖国河山无限情。

［**自注**］ 1984年甲子9月17日，泽刚晨起作八十述怀七律三首，感情真挚，出自肺腑，经历丰富，功过难分，其胸怀坦荡、生活简易，赢来老健清闲，孙贤子孝，手足之亲更非一般可比。予与之一生伴守，意合心投，互勉互慰，久而弥切，非一二诗篇可尽言也。下午奉和，顷刻成章。

附泽刚原作：

八十述怀　三首　张度

吾生何拙亦何工，八十高龄一老翁。未废诗书承祖训，喜看科技立新功。一庭花木开常茂，几架琴书兴不穷。莫忆飘蓬离乱苦，得失荣辱马牛风。

萱堂望子早成龙，有弟真能继父风。甥婿子侄齐并进，妻媳孙女岂凡庸。满门清秀新桃李，一干风烟挺柏松。时有鱼书来至友，天涯吟唱苦甘同。

骥老伏居百趣生，童心自笑永难更。喜同幼子拈蝴蝶，能助老妻调菜羹。无虑无忧闲度日，一心一意盼台盟。壮游不足诚遗憾，未到庐山总系情。

［**度注**］ “喜同幼子拈蝴蝶”句，“喜同”二字如改为“每同”似较佳。

庆祝国庆三十五周年　二首

辉煌国庆万民欢，赢得全球刮目看。经武拒敌能抗霸，创新增产有何难。花团锦簇如桃李，瑞霭祥云起羽翰。祖国风光无限好，港台归后众心安。

天安门上笑颜开，流水行云队队来。缟袂霞裳何婉娈，游龙彩凤共徘徊。八年建设多成果，四化经营有妙才。远望前程真似锦，不辞衰老又登台。

[**自注**] 1984年甲子9月28日，予与泽刚合作。

赞文杰文联兄妹学习精神

共产党领导，学习解放军。学习女排手，杰联努力人。天将降大任，必先苦其身。左传有高议，一鼓而作气。再衰三而竭，作战焉能利。女排重拼搏，学习贵立志。能作持久战，专心展才智。一跃登高峰，顶天而立地。

[**自注**] 1984年甲子10月2日，接文杰孙、文联孙女报告学习情况，考试成绩优良，喜而以诗赞许，兼示鼓励。

自　嘲

世人竞巧妙，大智恒若愚。生长入田野，青霭连平芜。溪边浣纱女，林里采桑姑。松杪挂明月，微风吹菰蒲。迢迢运河水，青青一草庐。优游对仙境，得句交珊瑚。幼时在故土，长而京都居。京都佳丽地，仕女争华腴。寒窗诵书史，自觉形容枯。老来更无状，布衣身手粗。敝屋百年物，安居伴老夫。步行能十里，登高不用扶。子孙常绕膝，不乐复何如。

[**自注**] 1984年甲子10月7日作。

北海菊展即景

今日隐逸不寂寞，不在东篱在高阁。岂仅辉煌白玉堂，千枝万朵筑成墙。温暖犹能来蛱蝶，繁多更可御风霜。鸟声清脆人欢笑，菊花丛里度重阳。翠竹青松作比邻，冰为肌骨玉为魂。百花争艳皆零落，独有幽香高入云。

［自注］ 1984年甲子10月12日夜作。日来接蔚文同志自成都来函论诗词、说游赏，语多精辟，引起诗兴，作成本章。“独有幽香高入云”一作“独具高标倍有神”。泽刚亦写成《忆北洋母校》七律四首如下：

忆北洋母校 四首 张度

负笈当年来北洋，钟声洪亮韵悠扬。楼前翠柏栽成字，院里白杨引路长。片片风帆轻渡水，依依垂柳绿成行。清幽一带桃源境，庠序生涯翰墨场。

国弱民穷久坐懵，昌言报国众心同。最应求是凭实事，更要工程始见功。借鉴精心治西语，苦攻不惜作书虫。学风简朴青衿好，学就屠龙国士风。

每忆先师刘校长，经营艰苦永难忘。只缘清望在朝野，能聘鸿儒聚一堂。各领一科传妙技，共看满院出新篁。北洋高誉驰中外，全仗师门教有方。

西沽好景春三月，堤上桃花又吐红。修禊无妨完课业，赏心有助性灵通。晨习夜读终年事，堤畔田头每日同。几载生涯尽如此，至今回味乐无穷。

游中山公园即景

中山园里泛云霞，淡雅名花最可夸。黄叶争如寿丹美，空枝有似玉钩斜。菊花香里心花发，鸟语声中人语哗。百事不如游览好，更须高咏度年华。

［自注］ 1984年甲子10月30日，游中山公园看菊展，归后完成。

泽刚八旬生日同学郝丰庵王锦堂陈志坚杨玉珍和春芳黄廷钧夫妇及二弟张维来贺并以合作之寿联为贶遂留共饮宴欢叙

增辉蓬室有七星，博学多闻各有成。璧合珠联高挂起，淡茶粗粝一时呈。壮年何幸同窗友,晚岁相依似弟兄。兴致淋漓皆健好,群飞鸿雁总合鸣。

[**自注**] 1984年甲子11月13日,为泽刚八旬寿辰,同学友好,联袂来贺,厚赠寿联,奖饰倍承,遂留共一席,畅饮欢叙。次晨,予以诗纪盛。

附寿联如下:

忆曩时,北洋同窗,桃堤信步。江河万里,大展宏图。曾将最好年华,致力祖国建设。

看今日,棠棣并茂,兰桂盈庭。白首双星,结成诗友。堪羡一门英俊,均为社会栋梁。

同学弟郝丰庵王锦堂和春芳杨玉珍陈志坚敬贺

甲子至日前夕读蔚文学兄七老祝寿诗原韵奉答

天寒地冻雪零星,访友游园两不成。俯视兽炉红炭炽,仰看鸳瓦白霜呈。难同杯酒隔山岳,时有鱼书亦弟兄。竹影梅香无尽兴,冰天喜见雁来鸣。

[**自注**] 1984年甲子12月21日,接蔚文学兄自成都寄来《七老祝寿》七律一首,系依韵和又新"增辉蓬室有七星"之作,结句有"锦笺时盼雁来鸣"。索和之意,当夜奉答。

附《七老祝寿》如下:

七老祝寿　高书楼字

寿康福嘏祝三星,七老称觞胜概成。畅饮开怀欢宴聚,腾蛟起凤妙联呈。盛情投辖贤梁孟,旧雨同窗好弟兄。问候吾疏殊歉疚,锦笺时盼雁来鸣。

岁暮即景

小雪霏霏挂树梢,并无大雪似鹅毛。纷纷冻雀啄霜地,点点寒鸦起碧霄。冬至阳生春有讯,回黄转绿夏匪遥。江南烟景疏疏雨,谁料蓉城瑞雪飘。

[**自注**] 1984年甲子12月27日,接蔚文学兄函,附《至日喜雪》诗,系至日成都降雪而作。予坐窗前,闲观庭院景物,缀成即景。

卷　七

（1985—1986）

奉酬芳林兄用祝泽刚寿诗原韵

揽辔沙场快着鞭，鲁阳返日驻流年。四方踏遍身弥健，三百诗成砚未穿。著述勤劳能任重，纺织建设有人肩。不辞万里游香港，潇洒生涯乐自然。

［**自注**］1985年甲子1月14日夜，与泽刚检阅芳林兄祝泽刚寿诗，引起诗兴，依韵奉酬，原诗附下：

为泽刚兄祝寿　王锦堂

龄高侪辈着先鞭，行见古稀过十年。白首双星诗作伴，盈庭兰桂砚磨穿。百年解甲归田野，万里鹏程息仔肩。旨酒佳肴腾笑语，与君一醉一陶然。

振波兄惠赠仙桃祝寿图

壁上生辉春意浓，鲜桃结实抗严冬。凭君妙笔一挥手，王母桃花千遍红。

［**自注**］1985年甲子1月30日晚，克明送来裱好之仙桃祝寿图，系乡兄董君振波为祝贺泽刚八旬寿辰之笔，悬之壁上，欣赏不已，立成绝句一首留念。

泽刚近日为退协将开迎春会写成七律，附录于下：

退协乙丑迎春会 张度

退协成立四周星，教学咨询各有成。携手迎春开盛会，畅怀歌咏一时呈。谁言骥老甘伏櫪，自有雄心驻晚晴。锦绣城乡添异彩，行看新秀起雷鸣。

二月十七日，泽刚又作七律一首，以及高蔚文原诗及王芳林和作，附录于下：

奉和蔚文兄锦城居 张度

高人逸兴赏云霞，文采风流众口夸。丽句新词追雅颂，明珠仙露自清华。酒垆从古留人醉，棋畔于今引客哗。南国豪情何浩阔，酬和才就月光斜。

锦城居 高书楼

闲居晚岁爱烟霞，矍铄精神亦自夸。夏挹�凉衣染绿，冬寻梅蕊雪横斜。曙曦锻炼林园静，老友棋枰笑语哗。击壤康衢歌盛世，政新百业尽繁华。

奉和蔚文兄锦城居 王锦堂

十里江城醉晚霞，怡红悦绿景堪夸。堂前佳木松筠茂，膝下兰孙笑语哗。午夜残灯人寂静，暗香疏影梅横斜。忘情天地两间外，诗酒余年度日华。

乙丑初春奉酬蔚文兄成都

牛年多雪兆年丰，大地春回起蛰龙。浩荡沙场凭马力，青葱麦陇仗牛功。江南二月春来早，冀北新正冻未溶。举目长空一瞭望，锦城正喜有诗翁。

［**自注**］ 1985年乙丑3月3日，接蔚文兄函，附《乙丑春节感怀》七律一首，有“风云气象入牛年”之句，立即奉酬如上。

上元偶成

欢腾一片乐无涯，暖至寒消览物华。鞭炮声声震寰宇，花灯灿灿夺云霞。晶莹月色如铺雪，历乱星辰似散沙。青女素娥不寂寞，人间天上尽喧哗。

［**自注**］ 1985年乙丑3月7日为农历正月十六日，即上元节之次晨，泽刚作赠蔚文一诗，予同时作成此律。原作第三四句为“鞭炮辟拍震寰宇，花灯灿烂夺云霞”，“辟拍”等字似口语，不宜入诗，改写为“声声”；又“灿烂”改为“灿灿”，“娟娟”改为“晶莹”，“历历”改为“历乱”，似较佳。

泽刚诗附录如下：

赠蔚文　张度

劝君何必叹蹉跎，试整清弦为子歌。志士乘时当脱颖，雄才得展赖执戈。生逢盛世真荣幸，学用结合贡献多。眼底芝兰已培育，不愁老迈鬓丝皤。

［**度注**］ 蔚文来诗有“碌碌平生徒自讼，匆匆颜鬓已蹉跎”一联，写在其生日自寿七律中，未免过谦。予赠诗慰之，以广其意。

读蔚文兄乙丑上元游草堂赏梅展调寄玉楼春

开缄如见咏梅人，写得梅花字字新。一片繁华香似海，千姿绰约玉为魂。　　好花信美因人胜，丽句初裁向月论。仙侣同游上元节，草堂占尽锦江春。

［**自注**］ 1985年乙丑3月13日作。蔚文兄词及泽刚寄蔚文用予诗原韵七律一首附录如下：

玉楼春　乙丑年上元节看草堂梅展

高书楼

阳中将见群芳茁，先喜冲寒春使节。千株盛放锦江头，占断风光舒锦烨。十分清瘦偏宜月，一片冷香疑是雪。晴波漾照暖云红，游客流连幽赏悦。

寄蔚文兄用又新读梅展词原韵 张度

芙蓉城里息肩人，潇洒生涯岁月新。涛井依然供染翰，草堂何以慰诗魂。君平识卓真堪赏，诸葛功高那更论。胜地旧游萦梦处，喜看咏上玉楼春。

首都杂咏 四首

颐和园里踏青游，山色湖光一望收。木笔紫霞兼白玉，柳丝带雨又临流。雕梁画栋巢双燕，碧水微波起白鸥。更仿西湖六桥影，满园春色泛轻舟。

北门锁钥护燕京，嘉峪榆关万里程。早拒天骄显神武，今传海外播高名。强随稚子莫惭老，不惜微躯作远征。眼底人群如蚁聚，萦青缭白画中行。

过街桥上沐东风，人似游鱼车似龙。嫩叶新芽呈翡翠，轻烟淡霭罩蒙笼。惜无村落田园景，又少江南锦绣峰。还是安居首都好，老来不再叹飘蓬。

高楼林立皇宫外，广场光明树色青。紫阁朱楼何错落，远山雪岭自峥嵘。古城旧迹仍堪赏，电子功能百业兴。新事新人今胜昔，全凭改革与发明。

［**自注**］ 1985年乙丑3月22日，予二人合作。前二首以泽刚笔意较多，后二首由予执笔，一气呵成。

和蔚文兄早春之作

春满芳园花满枝，匆匆又到仲春时。高山流水传心意，细雨和风启梦思。池水波平沉碧绮，云霞幻彩照新诗。消愁笔墨欢颜驻，莫任韶光过眼驰。

［**自注**］ 1985年乙丑3月25日，接蔚文见答七律，有“酬唱嘤鸣真惬意”之句，引起诗兴，写此。

附蔚文兄原作：

奉答泽刚兄又新嫂诗依原韵 高书楼

心仪文采两诗人，健笔凌云句丽新。酬唱嘤鸣真惬意，吟风弄月欲销魂。梅英傲雪姿堪赏，柳絮沾泥质莫论。三月京华光景美，畅游归醉玉楼春。

寄蔚文 二首

一 张度

连朝唱和已神驰，万水千山阻会期。倘有经过空想像，欲追屐履更参池。俞钟佳话山泉友，李杜风谊百代师。南郭吹竽实愧汗，愿陪酬唱到期颐。

二 贺又新

莫向蟾宫折桂枝，要从人海觅相知。篇章自可消愁虑，神契何防阻会期。流水行云心自在，跃鱼飞雁影参池。绿杨红杏春光好，正是幽人歌咏时。

［**自注**］ 1985年乙丑3月31日，春光渐好，几净窗明，一室对坐，闲话诗文，道及成都诗友，颇以未能晤面为憾。虽然千里鱼雁，酬唱为欢，亦足以引为暮年乐事，又感欣幸不已。各赋一律，以记一时兴会。

附高蔚文书楼学长步韵泽刚3月31日寄蔚文七律一首，题作《钦迟》：

钦迟 高书楼

钦迟文采每神驰，拜访崇轩会有期。杰作频颁亲俊雅，清扬缅想梦参池。摛词真率能生感，出语自然是可师。满目青山明夕照，唱酬为乐到期颐。

赞蔚文兄贺新郎词

几净窗明意兴遥，闪空雁影又飘飘。九天珠玉人间落，一旦尘劳物外抛。爱国热忱充肺腑，颂扬大笔起波涛。行空天马非凡响，短翮何能逐凤毛。

［**自注**］ 1985年乙丑4月17日作。

奉芳林兄函有弟自今年开始已达八十岁心情殊觉不快之语赋诗致慰

道人通大道，贵在养吾真。人生各有分，焉能一例论。快慰能延年，忧虑最伤神。君已八旬寿，有此健康身。为国贡献多，绕膝有儿孙。诗作成三百，遨游极八垠。山水自怡悦，友朋亦五伦。得闲辄来往，何必叹苦辛。兴会要高华，诗成气自振。

［**自注**］ 1985年乙丑4月18日作。

喜叔宽表弟见访

幼时随母到饶阳，车马悠悠道路长。上拜高堂外祖母，下寻竹马小儿郎。百年尘世如春梦，三月花开叙一堂。谁谓韶光容易过，身经人海几沧桑。

［**自注**］ 1985年乙丑5月2日，叔宽六表弟偕其夫人步女士来访，畅叙饮宴为欢，极尽亲切之情。道及幼年往事，抚今追昔，感念万端。而彼此均以年近八旬，身心健好，多年阔别，忽得尽一日之欢聚，确是人生快事。叔宽请予赋诗，应之得一律。五六句一作"百年尘世难呼酒，三月春光叙一堂"。

初夏街头车祸频传不敢出游

暑气微微遍九州，暖风吹拂兴偏幽。鸟吟远树断还续，云向深山去复留。闪闪金鳞浮水面，娟娟粉蝶醉枝头。牡丹已放倾城色，难到名园梦也愁。

[**自注**] 1985年乙丑5月9日作。

乙丑夏日泽刚住北医一院治疾

一生本无恙，老来有微疴。住院如在家，悠闲养太和。陆游有名言，不为病所磨。严师兼益友，促使读书多。过目即成诵，挥笔如飞梭。胸怀自坦荡，不畏小风波。栖阴宜逭暑，信步任婆娑。

[**自注**] 1985年乙丑6月16日，克明陪予到北医所属北京市肿瘤防治研究所慰问泽刚，偕坐小花圃间，畅叙久之，归后作。

乙丑夏泽刚做手术后以诗纪事见寄作古风一首奉答

带病度长夏，可悯亦可钦。大灾不为苦，长寿自无垠。医师功力大，子孙维护勤。千难与万险，保此健康身。左氏作春秋，司马著史记。身残志愈坚，大业不能弃。有文支柱天地间，恍人有脊屋有椽。我立此语非突然，眼下现有数千年。愿君珍重生花笔，写此美丽好河山。我虽有眼疾，心手尚能保。待到中秋时，庾楼赏月好。

[**自注**] 1985年乙丑8月1日作。附泽刚纪事诗及词四阙：

乙丑夏住北医做手术后纪事　张度

自许健康身，未料癌症侵。初闻肝胆碎，继思神志新。万幸发现早，就医及良辰。放疗首见功，病灶已成擒。刀圭华佗手，照料胜亲人。大难能不死，后福仍可钦。所长祝我寿，欣感难具陈。

[**度注**] 7月9日做手术。北京市肿瘤防治研究所徐光炜所长为予动手术之第四日，来特护病房检查病房时，告克潜儿说手术进行顺利，以前所做放疗十五次起了治疗作用，切片检查结果没有扩散，又向予笑云“你的命运好，活90岁不成问题”云云。

临江仙 四阙 病榻寄内 张度

一

奕叶名门瑰宝，一花独秀堂前。吴门女弟早称贤。诗成学子建，挥毫欧柳兼。　记得龙亭初见，巧装绣履罗衫。盈盈秋水淡春山。彩云才一瞬，倩影印心田。幼攻经史，吴门延誉。龙亭一见，雀屏中选。

二

忆昔华堂交拜，少年风度翩翩。温柔美丽众宾传。乘龙伴咏絮，心心相印欢。　颐和名园偕赏，柔情软语缠绵。知鱼桥畔默相看。至今谐趣路，常来梦寐间。燕尔新婚，情投意合。名园清赏，谐趣留痕。

三

三百诗篇万古留，淑女任好逑。旗鼓相当鸾凤偶。婉娈仍静好，贤孝在心头。　仕女班头称魁首，文章词赋全收。簪花彩笔写离愁。贞坚慰相思，恩爱永无休。闺房记乐，鸾凤和鸣。十载参商，鱼书寄恨。

四

一自身残春意懒，酒情诗兴阑珊。窗前明月几时圆。咫尺人千里，芳心两地煎。　五十年来如一梦，悲欢离合维艰。而今病榻不成眠。魂销虽已惯，相思苦不堪。风云不测，两地熬煎。病床长夜，相思不堪。

［**度注**］ 1985年8月5日作于北京市肿瘤防治研究所三楼外科病房348室第36号病床。

奉答泽刚述怀诗

窗外潺潺几日雨，繁花纷乱杨枝舞。秋风有力自解严，湿云万里散南浦。无限欢欣无限情，万缕千丝快一吐。沉疴久病已痊清，连绵阴雨见初晴。金风送爽田园好，归享天伦丽日明。

［**自注**］ 1985年乙丑8月21日作。时家中于“文革”被抢占之住房正在退还，房客迁居，院中杂乱之至。

附泽刚《述怀》诗二首及《病愈将出院》五古一首。

述怀 二首 张度

适性心平静，息肩以保身。田园归去好，忘机作闲人。

万事不关心，无为为养神。神魂有寄托，亲人情更亲。

病愈将出院 张度

祸福能转化，通塞未可期。病来如骤雨，阴霾何凄凄。天命早有定，良医手术奇。静养以痊复，此语诚不欺。轻舟出幽谷，岸柳总依依。庭园兰桂茂，居室书画齐。无忧更无虑，雍容得忘机。重读诗三百，谈笑伴老妻。

[**度注**] 1985年8月23日作。同月27日出院回家。

[**自注**] 以上诗七首、词四章为泽刚卧病住院期间二人所作。计自五月廿一日至八月廿七日，共住院九十九日，为期三月有余，为近年来最长之别离也。泽刚虽在病中，而胸怀坦然无虑。予则初以为只是小恙，及经过大手术后始知其详。诗词所记，真能道出当时情景与思想耳。

寿芳林学兄八旬大庆

胸中奇气本峥嵘，彩笔清词三百成。岂独高才及八斗，更能健步历千城。壮年建设多成就，老至含饴养性情。好友登堂称寿考，春回大地正阳生。

[**自注**] 1985年乙丑10月30日，为祝贺芳林兄11月26日八旬寿辰而作。第三句一作“岂独高名扬四海”。

寒夜与泽刚闲话

寒夜不知寒，红炉炭屡添。寄情尘世外，叙语绮窗前。病后神弥健，诗成兴未阑。清风与明月，不醉亦陶然。

［**自注**］ 1985 年乙丑 12 月 12 日作。

拜读蔚文兄浙游诗

阿育塔高才二尺,天童山寺以人名。壮游不独鸿图展,相伴兼亲手足情。佛顶山轮何浩渺,海湾群岛亦珑玲。拥炉快赏高吟好,丘壑烟霞梦也成。

［**自注**］ 1985 年乙丑 12 月 15 日,接蔚文兄寄来之浙游诗多首,纪述其与家人亲友畅游宁波及普陀山之胜,因即以其句写成一律,兼叙所感。

接文联贺年片却寄

片中喜有桃源行,牧牛童子正吹笙。文联篆刻功能好,写出新年快乐情。

［**自注**］ 1985 年乙丑 12 月 21 日为冬至节之前夕,接文联孙女寄来贺年片二张,均为清朝名画家之扇面。一为吴毂祥之《桃源图》,另一幅为杨晋之《牧牛图》,两片首尾均印有文联自治之印章,上者为阴文“少年”二字,下者为其阳文名章。画与印章均甚精美,予展阅再三,喜不释手,立成七绝一首作答。同时泽刚填词一首调寄《临江仙》,附录于下:

临江仙　乙丑冬至答文联贺年片　张度

开缄彩画贺新春,篆刻指爪传神。桃花源里寄闲身。吹笛能养性,逍遥远市尘。京津咫尺去来频,祖孙情意最亲。当年竹马妙无伦。而今显高手,行成折桂人。

岁暮偶成

一朝复一夕,平淡过生涯。力小仍提水,诗荒枉费茶。疏椂邀日月，帘幕避风沙。眼底无穷事，心闲手自叉。

［**自注**］ 1986年乙丑1月14日作。

奉酬蔚文兄游普陀诸寺

迢迢千里常相忆，几度诗来助兴高。病骨尚应争石瘦，雄心那复比君豪。快游山寺多佳句，遍访亲朋尽酒醪。难得同窗有同好，更须文字接风骚。

［**自注**］ 1986年乙丑1月14日下午，接蔚文兄自杭州寄来其近作游普陀胜地诸寺诗词，写景述怀，雅人深致。当夜一再读赏之际，合成七律一首奉酬。

丙寅新春

牛年诗作多，虎年吟未了。神州震虎威，万象皆春晓。云霞缬奇葩，遍地拾瑶草。举家庆新春，莱彩娱二老。外孙来绕膝，作业争分秒。孙女屡夺魁，技艺逞才藻。文彦我长孙，英语如簧巧。新婚即远游，精研展怀抱。文杰与广玲，将结百年好。文清去武汉，求学在远道。儿女各矫健，家宝更国宝。悠悠寄闲身，亲朋俱寿考。王老促吟诗，高老惠词稿。众友皆嘤鸣，莫叹知音少。

［**自注**］ 1986年丙寅2月15日为农历正月初七日，上午，陈志坚、王芳林、郝丰庵三学兄来访贺年。谈话间道及诗词，芳林勉予不废写作，高蔚文近日亦有诗词见寄。晚间与泽刚合成五古一首，予作首尾六韵，泽刚以中间六韵纪实，以留鸿爪。2月25日修订补充四句，改写一韵。“精研展怀抱”以下接“文杰与广玲，将结百年好。文清去武汉，求学在远道”；原“亲朋情谊好”改为“亲朋俱寿考”。附蔚文词三首，调寄《生查子》：

生查子　次两老丙寅新春诗十二韵　三首　高书楼

一

迎春旧岁除，惬意牛年了。虎啸震长空，万里江山晓。　　东风浩荡吹，雨露沾芳草。击壤乐丰年，春色人难老。

二

政和百业兴，大计争分秒。改革万重花，人杰恢才藻。　　创优效倍增，借助他山巧。开放展雄谟，经纬舒襟抱。

三

腾飞国步新，德赛俱瑰宝。处处静尘氛，双建文明好。　　熙天烂漫春，韶景千诗稿。盛世膺高寿，莫道余春少。

奉和蔚文兄丙寅春节杭州赏迎春牡丹花展

春寒料峭牡丹开，不待熏风自剪裁。艳艳红梅成伴侣，娟娟明月作妆台。残冰薄雪犹凝固，粉蝶黄蜂尚未来。偶傍先春夺天巧，羞同凡卉一时栽。

[**自注**]　1986年丙寅3月2日，接蔚文自杭寄来诗词彩照，元日牡丹开放，培育之妙巧夺天工，为前人所不知。诗作尤佳，引起诗兴，晚间得一律奉和。附蔚文原唱：

丙寅正月元宵看迎春牡丹花展　高书楼

魏紫姚黄四月芳，未须春动到钱塘。寒凝芍药难从侍，妍斗梅花可并王。笑靥微酡洵国色，沁脾馥郁誉天香。雍容华贵娇无那，倚槛太真巧样妆。

奉和早春湖景

故都景物虽然好，不及西湖秀色多。桃蕊仙姿如姑射，玉兰雅态似姮娥。绿波摇桨知津乐，柳岸行吟作楚歌。读罢君诗用君句，推敲不待及时和。

[**自注**] 1986年丙寅3月13日，接蔚文寄来《早春湖景》诗，当夜立即奉和。“雅态”改“雅韵”似较佳。

[**按**] 姑射，山名，在山西临汾西，后指神仙或形容貌美。姮娥：即月宫嫦娥。

[**自注**] 附蔚文兄原唱：

早春湖景　高书楼

风和日丽近花朝，春到湖边景渐饶。桃蕊呈妍红濯锦，玉兰怒放素裁绡。娥黄垂柳丝轻袅，波渌画船桨慢摇。物候清明时更好，山清水秀足逍遥。

酬答蔚文杭州联句　二首

抒情写景自怡然，正是江南二月天。(又新)怅望六桥堤上柳，梦魂不到意绵绵。(泽刚)

佳句回环似绿漪，共看明月莫参差。(泽刚)光辉浩色悬千载，虎跳龙腾度四时。(又新)

[**自注**] 1986年丙寅3月23日，接蔚文次韵见酬三首，次夕灯下说西湖胜概，用原韵联句得七绝二首，以作酬答。蔚文律绝三首附下：

次韵奉酬　三首　高书楼

一

人人都说江南好，春到人间景色多。涵煦东风何拂拂，靓妆西子最娥娥。怡情山水幽如画，软语吴侬婉似歌。莺巧花妍生意满，物新人健共春和。

二

桃红柳绿自欣然，莺燕春风二月天。湖上晨烟飞野马，行茵软藉碧芊绵。

三

波渌风微起绿漪，莺飞蝶舞影参差。六桥花柳撩人醉，正是春容最好时。

喜先兄孔才之友刘体仁先生见访

七十余年一瞬间，幼时欢笑在堂前。莱衣绚烂慈颜喜，庭院清幽花鸟闲。学诗识字随兄长，名师指教更尊严。家塾中聘请铜山徐仰仪先生教读。兄长京华入高校，寒暑假时回家园。叙语联吟绮窗里，冬夏闲情年复年。十七岁时来京国，吴师门下同跻攀。先兄高才世少见，诗文篆刻人称贤。自从结缡少见面，只有书信来联翩。世事百变人莫测，谈及以往心悲酸。故友相逢真快事，倾筐倒箧难尽言。只盼暇时多来往，恍如兄长又回还。

［**自注**］ 1986年丙寅4月20日，体仁先生见访。次晨吟成七古一首。

题董振波山水画

为要我题诗，画画留余地。欲惬君之意，只得吟长句。君本先兄友，退协才见君。性喜诗书画，下笔能传神。书法宗欧柳，作画师唐寅。一幅挂壁上，山峦起烟云。小桥流水外，斜阳古渡滨。有花亦有树，有鸟亦有人。恍若临仙境，欲往难问津。

［**自注**］ 1986年丙寅4月22日，同乡老友董振波号江洲来访，见赠山水中堂一幅，上留空白，备题诗句。29日作诗交卷。“一幅挂壁上”改“悬壁上”似较佳。

泽刚作绝句如下：

江洲[州]司马青衫湿，今见风流老画师。同与江洲[州]结善果，低回向往画中诗。

题黄河董工摄影集

禹绩茫茫始江汉，黄河出自昆仑畔。蜿蜒数省到海滨，滚滚波涛流不断。千秋浩荡为壮观，万顷田园赖浇灌。有时泛滥成巨灾，广大人民遭涂炭。人定胜天塞洪流，施工制止蛟龙窜。秸杆虽轻能进占，柳条绳索为屏翰。指挥若定霍嫖姚，摄影留痕董工赞。

［**自注**］ 1986年丙寅5月27日作。

［**按**］ 董工摄影集：1935年夏，黄河在山东省鄄城县南岸之董庄决口，旋即进行堵口复堤工程。1986年3月完工，两坝合龙。父亲躬临其事，摄影纪实，共得照片百幅，并加说明，成为水利工程重要历史资料。霍嫖姚：霍去病，曾受封嫖姚校尉。

［**自注**］ 近月来泽刚作诗词及寿联附下：

怀念耕砚师　张度

今生幸作北洋人，展阅《北洋人》更亲。耕砚吾师师兼友，重洋远隔岁寒身。六十年前作比邻，栖身丁舍共晨昏。梦回午夜帘隙望，独伴油灯检典坟。伯乐能空冀北群，提携后进见诚真。先生妙写招贤榜，多少英才入幕宾。北洋桃李满园春，又见开明大学新。教学一生酬夙愿，中西学海广无垠。

［**按**］ 耕砚师：李书田，字耕砚，教育家、水利学家。1900年生于河北昌黎，1917年入北洋预科，1923年毕业于北洋大学土木工程系，随后赴美留学，1926年获博士学位，1927年回国任北洋大学教授，兼顺直水利委员会(后改为华北水利委员会)秘书长，协助李仪祉主持日常工作，抗战前后任北洋大学工学院院长。晚年定居美国，1972年创办世界开明大学和李氏科学技术学院，曾三度获得博士学位。1988年逝世。李书田先生既是父亲的同窗，也是父亲的师长。

第二句中的“北洋人”指北洋校友会的刊物。丁舍：北洋大学的一座学生宿舍。典坟，三坟五典的省称，泛指各种古籍。此处指经典学术著作。三坟五典，传说中上古的典籍，早已亡佚。

临江仙 依韵奉和耕砚师 二首 张度

一

加南寄寓吾师好，科工并育天涯。桑榆晚放满天霞。教学酬夙愿，何必叹悲笳。　半世纪来萦旧梦，北洋丁舍为家。羡君鹏翼展才华。三进博士冠，令我折腰嗟。

二

难得余生无事忙，当年受业难忘。浮生若梦几沧桑。八旬翁不老，足以解忧伤。　教我治黄情意厚，河图典籍初创。塞决抢险不张皇。和章哂下里，门下忝称良。

志坚仁兄八旬大庆 张度

志在报国彭同寿，坚持复校泽流长。

叔捷先师百年诞辰 张度

六十年前出门下，翰林美誉最称豪。畴人传上添名姓，雨化春风科技高。早年昆仲凌云榜，雏凤声清踵世科。家祭百年成盛典，忝随贤季献讴歌。

喜德新弟同春妹来京小住

物新人健共春和，乐事频从眼底过。最喜双星临舍下，欢腾更比往年多。

［**自注**］ 1986年丙寅7月7日，德新五弟夫妇自蓟县其女儿贺旬处来，聚，留九日。朝夕相守，道古说今，招朋叙旧，饮宴为欢，为近年相见最畅怀之举。15日将行，依依难舍，赋诗留念。

读泽刚峨眉纪游

昔年游峨眉，风雨正飘摇。河中鱼蚌跳，大陆市尘嚣。骨肉逃无地，悲怀沸似潮。此时忆峨眉，明媚山河娇。同游皆年少，意气凌云霄。翩翩如蛱蝶，穿花又过桥。山花皆玛瑙，山石皆琼瑶。至今萦梦处，有似风还巢。

［**自注**］ 1986年丙寅7月23日夜作。“皆年少”改“尽年少”较佳，因下面有两处用“皆”字者。

竹君君琇两学姊自沪宁两地来京互访话旧久别重逢喜而有作

耄耋之年发未白，回忆幼时犹如昨。迢迢千里忽相逢，喜悦心情如雀跃。数十年中百劫身，百劫之间有著作。髫龄家居郑家口，始得华章见高格。二八年华来京城，更得欣然亲芳泽。来往联翩无间隔，容貌丰腴脂粉薄。伯劳飞雁各西东，遥望苍天云漠漠。风云聚合已逢时，济济一堂如珠络。养怡之福能永年，寿至期颐仍矍铄。

［**自注**］ 1986年丙寅8月14日，桐城吴劼君大姊、君琇四妹见访，久别重逢，话旧叙今。次晨回拜，更得晤二姊竹君。缘二姐、四妹久居沪宁，专程来京手足欢会。予幼列吴门女弟子之末行，辱承青睐，多亲雅教，哪知岁月不居，暌违南北，业已五十余载。每忆旧游，神驰难已，未料暮年聚首，承示宏篇。孺慕之怀，喜慰万千，遂以诗纪盛。

和芝翁词依刘禹锡忆江南曲牌为句

夏去也，秋景更清新。丝瓜已上鸳鸯瓦，扁豆能盘青树林。牵牛亦效颦。秋几许，犹有秋老虎。骄阳似火汗如雨，罗衫湿透扇频舞，提水灌园圃。

［**自注**］ 1986年丙寅8月22日，接友人惠赠刘禹锡及其作品并附词一阕调寄《忆江南》，约游西山赏红叶，遂写庭园景色奉和。泽刚同时亦得二阕，与芝翁原唱一并附抄如下：

读刘词忆江南依调邀游 于忠

闲过也，如是年复年。秋风叶红西山下，开樽邀君碧云前。把酒谢青天。

读芝翁词依调奉和二阕 张度

函来也，忆旧若为情。漫步画廊能共赏，开樽蓬舍试调羹。挥毫词立成。

事过也，回首已七年。酷暑严冬何足畏，雪阻重关马更前。而今又一天。

依韵奉和芝翁晨起述怀

眼中俗务未全忘，索句难成欲断肠。百事输君心有愧，一篇惠我齿生香。清风明月陶情性，鞅掌尘劳亦健康。旷朗秋光频送爽，几时把酒话宫商。

［**自注**］ 1986年丙寅9月2日，夜不成寐，与泽刚展阅于忠同志来诗，各得一律奉和。泽刚诗附下：

奉和芝翁晨起述怀 张度

读君晨起述怀章，写景全凭锦绣肠。莱彩承欢歌舞妙，齐眉举案菜羹香。一庭花木开常茂，满室琴书助寿康。拙作难酬高格调，推敲还要就君商。

丙寅初秋九月九日老人节退协诸老见访欢聚

西有长庚东启明，光辉同照醉翁亭。盘桓蓬舍怜晷刻，信步闲庭恋晚晴。极目烟云若流水，满园花鸟自为朋。一城咫尺虽相隔，往返飞鸿百趣生。

［**自注**］ 1986年丙寅9月9日，赵一峰、彭志超夫妇，董振波、乔国英夫妇及于忠同志来访，畅叙半日，极尽欢愉。晚间与泽刚闲叙间，作成七律一首，以纪盛会。

奉和芝翁题董振波山水

吟诗作画见双心，诗比明珠画比金。彩笔丹青空有梦，高山流水已闻音。小桥明月飘红叶，素屋幽人抚雅琴。尘世浮云自朝暮，缅怀丹鼎望宏深。

[**自注**] 1986年丙寅9月10日夜作。附泽刚同时同题一首：

和芝翁题董振波山水 张度

高人雅兴倾葵心，造诣诚如百炼金。屐袂连年同快赏，弦歌今夕一横琴。飘香丹桂添秋色，盛谊函书传好音。犹有欢肠君与我，寄怀尘外且长吟。

丙寅中秋步芝翁韵

团圞天上镜，明足察秋毫。迢递清流远，巍峨泰岱高。霜凝万家瓦，影落一杯醪。少壮无成就，耄年兴倍豪。

[**自注**] 1986年丙寅9月15日作。

预祝二哥九旬大庆

幼蒙教诲意谆谆，高寿今登九十春。手足情亲心有托，天涯辽远雁传音。已能矫健如松鹤，更喜悠扬静瑟琴。黄菊东篱自栽缬，高风彭泽道根深。

[**自注**] 1986年丙寅9月20日，接德新五弟函，内转二哥诗六句自况八八高龄寿辰及其贺中国女排五连冠七律一首，均附录如下。随作预祝二哥寿诗，寄慰远人，兼记仰慕之怀。

自寿 贺翊新

八八生辰八八岁，四八相逢神所赐。勤劳无欲享高年，贪得懒惰最坏事。

但愿生年能自了，不要靠人来服侍。

贺中国女排五连冠胜利　第十届世界女排锦标赛　贺翊新

中国女排果不凡，锦标赛上又争先。老将纷纷退了役，新手个个出于蓝。锡兰确比晋芳稳，美珠外电叫球仙。巧打配合谁能比，最少再夺五连冠。

［**又新注**］　泽刚于10月6日为我国男女运动员在第十届亚运会上取得94块金牌，名列第一。赋绝句三首志庆如下：

我国选手在第十届亚运会上取得九十四块金牌名列第一喜而有作　张度

九四金牌喜欲狂，亚运会上竞争强。健儿巾帼携新秀，奏凯先传第一枪。

翠婷技巧满堂惊，万米夺标王秀婷。稚女村姑齐上阵，无须老将试甄评。

胜负之局未可操，四乘百米钓双鳌。一牌险胜终能胜，毕竟中华儿女豪。

［**按**］　贺又新之二哥贺翊新，字仲弼，1949年1月赴台，曾长期担任台北建国中学校长，后定居美国。自1949年与贺又新音讯断绝三十余年后，于上世纪80年代后期始有书信来往。1994年逝世，享年97岁。

奉和蔚文兄晨练

壮志冲霄汉，词源导百川。螭龙怀宝睡，波浪蹴天旋。吟咏无休息，勤劳乐自然。期颐犹恨少，同到鹤龟年。

［**自注**］　1986年丙寅10月15日作。第五句一作“锻练无间断”。

奉和芳林兄秋夜吟　元曲小令　卖花声

雨打池荷圆珠碎，惟有流光去不回，秋高气爽雨余天。且赏黄花，莫弹清泪。读华章，令人不寐。

［**自注**］ 1986年丙寅10月15日，接芳林学长寄示其近作《秋夜吟　元曲小令　卖花声》一首，依韵奉和。同时泽刚正写回忆录，亦得一首。与芳林原作一并抄附于下：

写回忆录　卖花声　张度

回首前尘心欲碎，庭训莱衣梦几回，桑榆虽晚尚霞天。谨述先德，不须垂泪。伸纸笔，兴来不寐。

秋夜吟　卖花声　元曲小令　王锦堂字芳林

秋窗夜雨人心碎，灯暗更深客梦回，家山万里奈何天。一腔愁绪，几行清泪。断肠人，通宵难寐。

祝二哥九旬大庆　四首　贺又新改　贺德新作

芦苇萧萧绿水边，鱼虾捉到笑开颜。烹调可口皆鲜美，同侍高堂乐酒筵。

生物植物皆天籁，花草禽鱼都可爱。驻颜何必用丹砂，培植辛勤身自在。

岂甘只到期颐寿，定可双登龟鹤年。莫叹孤高似松柏，竹梅同伴雪花天。

曾祖享年八十九，贺家男子君居首。重洋怒涨葡萄醅，遥望风光祝君酒。

［**度注**］ 1986年丙寅10月26日，又新为其五弟贺德新改写绝句四首，以祝二哥九旬大庆，追述昔日承欢，喜说同登寿域，欣喜之情，感人肺腑。予分享其乐，助之斟酌词句，午夜不寐，极尽欢娱。伏念两家昆仲手足情亲，俱是诗礼传家，难能可贵，足以自慰也。

泽刚近作五古一首附录如下：

奉和芝翁题述怀代简 张度

镇日窗前坐,修函话短长。去年手术后,养生悟秘方。万事不关心,心静非寻常。收起高飞翼,退隐在草堂。诗书消永昼,作息有主张。向来不后人,而今知敛光。往还多良朋,佳节共举觞。鱼雁传芳讯,还期聚一堂。

德新五弟寄书云常梦见欢聚夜起成诗奉答

匆匆岁月促,悠悠客梦长。回忆幼年时,嬉戏不能忘。攻读严师侧,依偎慈母旁。健步攀高树,运河一苇航。锦绣芙蓉国,清新鱼米乡。天真无拘束,短翮欲翱翔。既长自为家,各在天一方。风云多变幻,人世几沧桑。幸登耄耋年,身体能健康。岁时得相聚,缅想梦清扬。

[**自注**] 1986 年丙寅 11 月 4 日,接五弟自天津来书,怀念情深,梦怀萦绕。予亦极有同感,午夜不寐,起而赋诗作答。

德新弟函告将送白牵牛花籽却寄

牡丹称花王,绿色最为贵。牵牛是凡花,白色成嘉卉。种自扶桑来,蒙君着意栽。结子惠与我,满地生根荄。盈盈一架满,朵朵争毰毸。惟未见白色,梦想得琼瑰。六出花飞后,春回冻渐开。再来带佳种,还应陋句裁。

[**自注**] 1986 年丙寅 11 月 14 日,接五弟函后,喜未午睡,立成五古却寄。

[**自注**] 泽刚于次晨应芝翁函约作小令词调寄《采桑子》,记述 13 日与姜国栋同志聚谈欢会,缘姜兄抱恙经年,不晤面者已一年又五个月矣。词如下:

采桑子　三友畅叙　张度

劝君莫叹欢情薄，喜迎嘉宾。一室生春，气味相投笑语亲。　　共说阮籍太天真，青眼看人。白眼看人，劳力劳心自损神。

［**度注**］“自损神”一作“枉费神”。

采桑子　即事　于忠

阳中昨日天气好，向往西城。携手西行，相对无言心不平。　　秀才夫子成重点，难以忘情。岂能忘情，何日群仙酒共倾。

［**按**］于忠，号芝翁。

奉和德新五弟手植盆椒诗

手植盆栽为自娱，椒红叶绿冬不枯。不与凡花争艳丽，能助酒兴佐餐蔬。五颜六色多变化，亭亭几案美而姝。人之一生皆为口，多至万钟少一斗。一饱之外都可删，三时却有饥肠还。山珍海味犹未足，只有辣味才能甘。刺激肝肠充肺腑，发挥智慧成佳篇。君之盆景虽未见，朝夕思维望眼穿。

［**自注**］1986年丙寅11月23日夜作。附泽刚七绝一首如下：

全国政协京昆室为纪念伟大戏剧家汤显祖逝世三百七十周年，特请海内外曲友联合演出昆曲牡丹亭　张度

清歌一曲为春伤，舞袖翩跹杜丽娘。翰墨玉茗传海外，张家姊妹姓名香。

［**度注**］至友和春芳兄之亲家母张元和及其妹张充和年已耄耋，自美归国特来京演出该剧之《游园惊梦》一折，载歌载舞，极为精彩，令人钦佩。并知伊二人在美已演出多场，名扬异邦。

奉和芝翁知足歌

微生天地间，沧海之一粟。明月振衣光，清泉以自沃。乘流任所之，坦荡无拘束。要读万卷书，不求五斗禄。太白明丹砂，渊明爱秋菊。倾身奔无涯，不过空驰逐。鲲鹏万里程，燕雀藩柴足。下里巴人词，难和阳春曲。

[**自注**] 1986年丙寅12月8日夜依韵和作。“明丹砂”一作“佞丹砂”。附泽刚一首如下：

依韵奉和芝翁知足歌　张度

八十二岁翁，家无万钟粟。不如学稼穑，土地培肥沃。循循善诱人，也求肉一束。买粮充饥肠，何必耻言禄。乘兴即吟诗，得闲辄赏菊。君诗出口成，我则力追逐。逍遥享盛世，焉能不知足。交游多彦俊，连篇写新曲。

晨起大雪

开门见大雪，顿觉诗兴豪。踏雪如踏棉，行行未觉遥。路灯耀光彩，尚无车马嚣。寻梅不见梅，空枝成玉条。岂独自逍遥，服务不辞劳。扫雪辟蹊径，衣上沾鹅毛。纷飞降不止，难寻白塔高，归来暖阁里，围炉乐陶陶。

[**自注**] 1986年丙寅12月27日，晨起，隔窗一望，大雪纷飞，照例治生活，踏雪而行，甚有趣也。归而作成五古，以记所经。

赠于董二公

诗文宜入古，书画应超群。俊逸俗尘绝，晶莹采色新。于公词笔健，董老画工深。吟咏能怡性，丹青更养神。

[**自注**] 1986年丙寅12月28日作。二公均为泽刚退协好

友，于公诗人，董老画家。时相过从，唱和赠画，雅人深致，令人钦佩。“宜”改“真”；“应”改“更”；末句改“最”似佳。泽刚赠诗附下：

赠芝翁 张度

吾爱于夫子，忠诚能感人。南冠十二载，不废报国心。老马识途径，知津物外身。诗词吟兴好，鱼鸟乐天真。

赠江洲 张度

董子江洲今画师，风流儒雅寸心驰。一杯薄酿能同赏，几度名园话解颐。莫道订交已岁晚，惟期欢会要及时。浮生人海任流转，本色书生志不移。

卷 八

(1987)

雪天与泽刚围炉对坐

天又雪,不出门,围炉对坐度晨昏。遥望已成银世界,神清骨洁玉为魂。纷纷大片似飞花,粒粒小颗如散沙。路滑车稀人寂静,雪地冰天鸟不哗。喜看脉脉复斜斜,雪未停时兴未赊。今不见,驴背高吟孟浩然。又不见,踏雪寻梅白乐天。只有相知吾与子,无忧无虑即神仙。

[**自注**] 1987年丙寅1月6日作。同时泽刚作《读史有感》七绝二首如下:

读史有感　二首　张度

屈子沉湘千载恨,贾生鹏赋苦悲伤。才高未必遭时蹇,身退功成张子房。

志兴汉祚终难复,直捣黄龙梦已空。亮节高风自千古,可怜主上太愚懵。

天再雪

天再雪,浩无涯。一气浑茫无上下,纷飞历乱任横斜。丰年有兆万民喜,玉宇琳宫景色佳。深谷已平山更高,青松挺立入云霄。须臾日出见斜晖,余雪如花犹自飞。

[**自注**] 1987年丙寅1月10日,天又第三次降瑞雪。作再雪

诗纪实。日前友人芝翁寄来楷书对雪七律，泽刚亦用其韵作《忆旧游》奉酬，附录如下：

忆旧游用芝翁对雪韵　张度

壮年奔走似游龙，曾上华山落雁峰。河口东游时极目，峨眉绝顶豁襟胸。神驰庐岭千寻瀑，梦想寒山夜半钟。好友谈天说瀛海，风光无限话情浓。

［**度注**］ 1936年，曾两次随黄河水利委员会委员长和安立森主任乘木船出黄河口以入大海实地考察。

奉答芝翁

一朝喜得信三封，诗兴浓于夕照红。若使一年三百首，忘餐废寝可成功。

［**自注**］ 1987年丙寅1月17日作。

答芝翁梦游广寒宫

同是相逢乐酒筵，何分天上与人间。新诗句句皆仙语，心在蟾宫不计年。

［**自注**］ 1987年丙寅1月20日作。泽刚同答一首如下：

答芝翁梦游广寒宫　张度

诗人诗句自生成，写意书情不厌精。梦到广寒亲宴舞，清福谁敢与君争。

敬贺振波兄国英嫂结婚三十五年纪念

玉树珊瑚连理枝，百年携手度芳时。满园桃李亲培植，山脉连绵属画师。

［**自注**］ 1987年丙寅1月26日作。附泽刚一首、芝翁同题贺

词二阕致贺：

敬贺董振波乔国英同志结缡三十五载纪念 张度

吾友董江洲，夫人乔国英。结缡卅五载，相伴晚霞明。自幼勤治学，携手育群英。桃李满京国，师表著贤声。兰桂庭前树，明珠掌上擎。丹青继世业，教子俱成名。与君同乡里，晚岁才识荆。照人以肝胆，忠诚一座倾。夫人贤而慧，治家能持平。融融共晨夕，怡然寄此生。喜讯传佳话，蓬室笑相迎。俚歌愧粗鄙，聊当献一觥。

维一九八七年元月二十日好友董江洲与夫人乔国英嫂结婚三十五年纪念日特填词为贺 于忠

忆江南 代序

赞乔董，结缡卅五年，举案齐眉如梁孟。携手执教胜先贤，小令祝团圆。

十六字令 贺词

圆。花常好，月常圆。花月共争妍，天上人间。

奉和芝翁丁卯立春之作

春风又到玉兰枝，大地春回启梦思。虎去已藏岩石后，兔来正值岁丰期。不求磊磊悬千载，且莫空空度四时。莺巧花妍诗兴好，慰人不待酒盈卮。

［**自注**］ 1987年丁卯2月4日夜，为子女照料炉火，屡卧屡起，久不入寐。日间恰接芝翁立春诗，遂和一首。

泽刚于1月30日亦作五古一首赠潘海潮同志，谢其为平反泽刚冤案落实政策致意，附抄于下：

奉赠海潮同志 张度

祖国山川美，江河湖海全。资源数不尽，埋没年复年。马列一声振，开国万象新。水利得开发，治淮着先鞭。胜天见人力，育才最当先。相马唯伯乐，相国能任贤。君不见，水利枢纽锁巨龙，水库林立水患泯。人才济济建大军，都为善写进贤篇。

［**度注**］ 潘同志任水电部干部司副司长。

丁卯上元奉和芝翁元宵节

迢迢良夜未曾眠，倚遍阑干看月圆。到处华灯已炫目，满街花炮正连天。一庭皓色如晴昼，窗外红梅更斗妍。知有高轩欢宴处，欲邀天上会群仙。

［**自注**］ 1987年丁卯2月12日农历上元节作。

早　春

上元初度艳阳时，暖至寒消正好期。嫩叶微芽林吐绿，轻烟淡霭野生姿。游鱼戏水欢池内，飞鸟迎风乐树枝。耀眼春光人欲醉，多情更盼绿杨丝。

［**自注**］ 1987年丁卯2月14日作。

雨水节降雪

雨水何为降雪花，天公余兴未曾赊。地铺白毯粘难扫，檐挂明珠玉不瑕。又似严冬寒瑟瑟，更成冰粒响沙沙。蝗螟虻蛹都杀尽，伫望今年好岁华。

［**自注**］ 1987年丁卯2月18日作。原“妖魔小丑全杀尽”改“蝗螟虻蛹都杀尽”似较佳。

寄芝翁江洲二友

和风荡漾万人家，时至春初景物华。烟雾岂能遮丽日，薄冰那复阻征车。嘤鸣酬唱舒人意，谈笑风生引客哗。富贵荣华等闲事，吟诗作画是生涯。

［**自注**］ 1987年丁卯2月21日，接芝翁来诗，以阻雪未能如约来会为怅，依韵寄答。

泽刚同作如下：

寄芝翁江洲二友 张度

一城不见即天涯，每见亲如是一家。充耳不闻天下事，澄心那顾市声哗。唯期知友话今古，喜伴诗人词吐葩。无虑无忧闲度日，尚能自许玉无瑕。

步芝翁席上口占韵

不因花落水流红，万种闲愁一扫空。在户三星福禄寿，童颜可驻日方东。

［**自注**］ 1987年丁卯2月24日，泽刚好友于、董二君来访，留共便餐，感时叙旧，知友赵一峰之逝。知识分子政策之落实，多年委屈得以理清，哀乐兼至，不无感慨也。客去后，与泽刚说席上情景，各依芝翁口占韵作七绝纪事。

泽刚一绝 张度

何曾饮酒自颜红，笔底生花不落空芝翁每来共酌辄即席作诗词纪欢。粗粝腐儒餐未饱，也能助兴说西东。

芝翁原唱 于忠

劝君珍惜夕阳红，莫让时光一笑空。幸遇三星今在户，不因酒醉不西东。

江洲酬和 董振波

［**按**］ 董振波，字江洲。

三星光照满堂红，谈笑风生震耳聋。九州岛方圆红绿紫，酒足饭饱各西东。

答芝翁种蒜诗

徘徊怅望绿笺来，手捧琼瑶百遍开。知是春来佳兴好，蒜苗兰蕙一齐栽。

［**自注**］ 1987年丁卯3月3日作。

奉答蔚文兄成都

一纸飞来金玉声，有如冬树见新晴。三年酬唱闲翻稿，百岁嘤鸣更可听。冉冉流光几弹指，匆匆春事一啼莺。花开陌上聆高咏，布谷声声已劝耕。

［**自注**］ 1987年丁卯3月10日作。附来词二阕如下：

［**按**］ 高书楼，字蔚文。

江城子　二首　高书楼

一　北京喜雪

飒飒终宵大雪扬，出瞻望，白茫茫。玉宇琼楼，银海眩晶光。呈瑞丰年欣有兆，会心韶景，读华章。

二　四川春旱

古说西川犬吠旸，雾多乡，少严霜。一向冬温，罕见雪飞扬。春旱正需蛙鼓雨，何时梦得，舞商羊。

丁卯花朝忆北海

年年二月有花朝，北地春深冻始消。少壮飞腾登白塔，老来扶杖倚栏桥。青天淡淡飞鸢起，绿水悠悠画桨摇。紫阁朱楼萦梦里，千回百转鸟声娇。

［**自注**］ 1987年丁卯3月11日，接于芝翁《花朝游北海》诗，依韵奉和。忆及1932年与泽刚北海踏雪，有“峦顶飞腾疑跨鹤，溪边驰踏欲乘鳌”之句，与夫近年多次偕游之欢，帝王园景，画栋雕梁，鸟语花香，恍如仙境。今为息养腰脚，不劳往返，而芸窗话旧，顿觉亭台榭舫浮上心头，引起诗兴，命笔成章。

奉和芝翁述怀原韵

中华文字自炎黄，午夜和诗灯烛张。有兴只嫌晷刻短，无愁未觉五更长。年来最喜得新友，从不怀家梦故乡。忙煞飞鸿频往返，案头日日有华章。

［**自注**］ 1987年丁卯3月19日作。附泽刚同时所作《挽赵一峰同志》七律二首：

挽赵一峰同志　二首　张度

传来噩耗泪潺湲，往事萦怀那更论。畅叙名园编会讯，伴寻酒肆举清樽。岂知去岁重阳会，已作今朝肠断痕。零落西州阜外路，羊昙忍过赋招魂。

犹记车中初识荆，相看一笑姓名通。学黉我忝三年长，圣地君能早向红。同德同心奔四化，无私无怨仰高风。此别只觉私心痛，再向何人倾素衷。

［**度注**］ 首章末联一作“欲效安仁哀作诔，勉学宋玉赋招魂”。

同张度同志忆赵一峰　于忠

忽闻噩耗似惊雷，相对无言老泪催。同忆七年同奋斗，共论朝夕共为才。鞠躬尽瘁堪瞑目，以沫相濡强忍哀。后世应知开创苦，勿遗亡者九泉咳。

［**度注**］ 经与芝翁函商后，泽刚挽诗第一首尾联改为“人去精灵应永在，愿学宋玉赋招魂”。芝翁七律之第四句改为“互为主客互追陪”，均为免去重复语意。

读蔚文词调寄捣练子泛舟龙泉湖赏桃花

何处扁扁舟一叶，两岸桃花客心悦。枝头蜂蝶闹春荣，溪边鱼逐波纹缬。我如见到龙泉湖，君亦能瞻北京雪。异地相知若比邻，文字因缘永不竭。

［**自注**］ 1987年丁卯3月30日作。参阅蔚文前作《北京喜雪》词调寄《江城子》。

芝翁屡以葩经入诗助我重温旧课诗以致谢

君诗挥洒如流星，伏案抒情笔不停。读到高深未解处，还须秉烛找诗经。

［**自注**］ 1987年丁卯3月31日作。

芝翁宝贤夫妇结缡四十五载洽逢芝翁七十四龄寿辰俚词致贺

险阻艰难已备尝，意志真如百炼钢。度过阴霾见红日，光明磊落气扬扬。椿萱并茂真堪羡，庭前兰桂助芬芳。明媚春光三月好，良辰吉日彩云翔。

［**自注**］ 1987年丁卯4月4日夜，枕上不寐，起而补足枕上所思，片刻而就，泽刚大为赞赏。

寄芝翁江洲二公

和风荡漾万人家，时至三春景物华。淡雾岂能遮丽日，轻泥那复阻征车。闲庭花木舒人意，谈笑风生引客哗。不得从容去游览，辛勤培植牡丹芽。

［**自注**］ 1987年丁卯4月10日修改2月21日旧作。泽刚同

时写《即事》七绝。

即事 张度

芸窗朝夕话缠绵，老去情怀别有天。扶案劳劳一书吏，都为日日有新篇。

题江洲飞燕图

一纸书来燕子飞，参池其羽乐于归。雕梁画栋依然住，红颈青衣咏式微。

［**自注**］ 1987年丁卯4月16日，接江洲《飞燕图》横幅，一燕前翔，双雏紧逐，展翅凌空，栩栩如生，令人欣赏不已。“颈”改为“颔”似较佳；第三句一作“再巢王谢堂前阁”。

题江洲石榴图

江洲神妙画图中，五月榴花照眼红。大笔一挥榴子满，催开笑口向东风。

［**自注**］ 1987年丁卯4月22日作。

奉和芝翁暮春有感

朝朝喜见绿笺投，飞絮扑帘春色收。新夏清和诗更好，花开正盛未漂流。

［**自注**］ 1987年丁卯4月28日作。泽刚同时作七绝，如下：

江洲画红石榴条幅芝翁与又新一再唱和题句
予虽搁笔同一欣赏遂以诗纪快 张度

投诗寄简不停休，都为江洲五月榴。诗韵遍翻强索句，才高倚马敢攀俦。

题江洲为谢蕴慧侄妇绘一燕五雏图

徘徊回顾燕群飞，羽翼初成上翠微。燕子亦学乌反哺，山川游遍赋于归。

［**自注**］ 1987年丁卯5月1日作。谢蕴慧为贺氏长孙贺健夫人。

奉酬蔚文兄南歌子满江红词

绿荫蔽日迎初夏，展读华章芸窗下。雄词倒海排山来，丽句清如雨露泻。松栢森森丞相祠，暮春园里花枝亚。形形色色景物妍，笔底珠光难论价。诗意飘然落我旁，待教提笔却苍茫。沉沉碧海浮山岛，相隔迢迢望大荒。

［**自注**］ 1987年丁卯5月6日作。附蔚文《南歌子・见赠》《满江红・暮春游武侯祠感怀》词：

南歌子　见赠　高书楼

云树常怀想，鸿篇快意开。幽怀雅韵出琼瑰。玉照喜瞻风采，慰愚怀。岸柳清阴覆，园花锦绣堆。波澄风软鸟声谐。初夏偕游北海，弄孙孩。

满江红　暮春游武侯祠感怀　高书楼

丞相祠堂，绚春色、物华清丽。新庙貌，森森翠柏，苍鹰正气。天下三分绍汉业，隆中一对明时势。弱敌强、惟事在人为，图匡济！　祁六出，伐曹魏。出师表，英雄泪。扶庸主治国，鞠躬尽瘁。可怪君臣同祀庙，倾怀黎庶分轩轾。伟功烈、仰千古明良，昭忠懿。

奉和芝翁见和群燕图题句

芝翁大笔欲凌云，写出超然燕子群。香草清泥巢绣户，微风细雨不沾尘。

［**自注**］ 1987年丁卯5月6日作。附芝翁诗：

和又新大嫂题江洲老燕五雏图 于忠号芝翁

历尽江湖千万峰，三迁效孟筑巢宫。殷勤哺育群翔后，振羽桑榆傲碧穹。

董公画兰芝翁题诗画虽未见设想吟句

绘出仙姿自不凡，托根幽谷涧石边。四时佳兴同诗画，三月汀洲看采兰。

［**自注**］ 1987年丁卯5月12日作。
泽刚为索于诗，先寄五绝一首，如下：

董子赠于公画兰并索题句予先赋小诗却寄 张度

董子昨见访，幽怀笑口开。兰花已寄上，静待好诗来。

祝贺春方仁兄八旬大庆

故都青嶂雨，沽上锦帆风。岁岁欢常共，朝朝兴不同。荣华工程处，小楼避难中。承蒙多照料，大德感私衷。晚岁成邻比，咫尺时过从。羡君贤伉俪，振羽飞长空。美坚佳丽地，到处留行踪。归来兴尤旺，舞剑显神通。华轩静琴瑟，兰桂郁葱茏。八旬祝寿考，云霞无限红。

［**自注**］ 1987年丁卯5月15日作。附泽刚同时作七律一首：

依韵奉和芝翁诗百篇 张度

诗情画意写红笺，鱼雁沉浮有后先。要使一年三百首，全凭落笔涌如泉。当年奔走劳鞅掌，老去幽居意自闲。幸有江洲挥彩笔，助人清兴到吟边。

江洲画竹林双白头翁鸟祝予八旬芝翁即席赋诗敬步后尘题句

双双白头翁，彼此一般同。逍遥青云上，出没竹林中。三足自鼎立，蔚然成高风。清吟宜入画，其乐乐无穷。

［**自注**］ 1987 年丁卯 5 月 21 日作。附芝翁题句：

丁卯初夏江洲作画芝翁题句　于忠

松柏祝长寿，竹林喻清高。竿竿青欲滴，叶叶绿生涛。更有白首颂，齐眉育英豪。

丁卯夏五月廿一日知友会饮即事

人自依然花自飘，七星互祝乐逍遥。嫣红被雨铺香地，柳絮因风上九霄。美酒携来倾宿愿，黄花调味进新肴。竹林画出添佳兴，席上诗成彩藻高。

［**自注**］ 1987 年丁卯 5 月 21 日，于芝翁为补又新八秩送来烧鸡佳酿，董江洲则绘双白头翁竹林条幅祝寿，芝翁喜为题句其上。正拟入席，适春方、渟钧夫妇及表弟常叔宽来访。新旧戚友难得欢聚一堂，畅叙雅怀，举杯酬酢，为今年又一次盛事也。客去后，立成一律纪事。

题江洲竹石兰草图

青青石畔蕙兰丛，成竹藏胸画自工。碧玉竿头何杪杪，恍如纸上有清风。

［**自注**］ 1987 年丁卯 5 月 26 日作。同时泽刚题赞 16 字：
虚心高洁，坚挺可师。兰石为友，相互扶持。

同上再题一绝

吟诗绘画力求工,消夏闲看兰蕙丛。写出潇湘几竿竹,萧然窗下有高风。

[**自注**] 1987年丁卯6月4日作。

仲夏偶成

一年容易夏将半,惟有诗篇常不断。蝴蝶翩翩欲捉来,燕雀纷纷任聚散。落花飞絮去无踪,微风细雨斜阳岸。朝朝暮暮各娱情,美景良辰共称赞。画得石榴榴子满,画成比翼白头冠。吟出高山流水声,夏至已临宜暑逭。

[**自注**] 1987年丁卯6月8日即6月22日夏至节前两周作。第四句原为“任分散”,改为“任聚散”似较佳。

春夏秋冬四咏　四首

行乐及芳辰,园林物候新。香风何拂拂,落蕊正纷纷。帘外翻飞燕,堂中睡起人。韶光何太促,春尽复寻春。

盛夏炎威烈,高吟气自清。彩云时聚散,谷壑乍阴晴。庭树蝉频噪,池塘蛙乱鸣。荷风宜扇暑,柳带暗藏莺。

秋气袭人凉,秋风落叶黄。飘零芳草歇,摇曳桂花香。瓜豆盈修架,蔷薇过粉墙。一行飞雁过,游子又思乡。

冬日倍萧条,冬暄分外娇。梅花倚绣户,雪片拂征袍。红炭偎人暖,青松伴鹤高。朔风何凛冽,冷透旅人貂。

[**自注**] 1987年丁卯6月12日作。第二首末句原为“更摇情”,改为“暗藏莺”较佳。

贺芝翁病痊

欣喜书来病已痊，熬煎旬日一时捐。从今又展飞腾翼，满地和风养寿颜。

［自注］ 1987年丁卯6月24日作。芝翁患疱疹，未践18日之会，令人驰念不已。今晨接22日函，谓病已痊可，立贺七绝一章以致慰，附18日与振波欢聚后，泽刚函告芝翁，无信，不知疹疾痊否，信尾附小诗一首，颇佳：

寄江洲　张度

双星临蓬舍，置酒此徘徊。书画说不尽，何日君再来。

江洲书华太史洪江览胜文见寄写景幽美书法亦佳观赏不已题句写怀

董子江洲客，萧然雅士风。丹青消永昼，此乐几人同。皓月梧桐影，斜阳紫翠丛。妙文写美景，摹拟即能工。

［自注］ 1987年丁卯6月26日作。泽刚同时一绝，如下：

华公妙写洪江景，真赏谁能比振波。书画频颁亲隽雅，击节我欲放讴歌。

答芝翁荷风原韵

羡君诗绪云千叠，端赖生花笔一枝。连日雨来荷濯水，蜻蜓能立几多时。

［自注］ 1987年丁卯7月2日作。

奉答蔚文临江仙

芜词那敢望闳深，迢迢千里知音。古调传来幽雅钦。莺花小院里，明月夜横琴。老至犹学年少日，兴来携手园林。西山虽好怯登临。回廊曲径处，聊以豁胸襟。

[自注] 1987年丁卯7月4日作。附蔚文7月1日寄来原作及泽刚七绝一首：

临江仙 奉和泽刚兄临江仙 高书楼

闲抚琵琶寻旧谱，曲高情若渊泉。和鸣鸾凤忆华年。乘龙配咏絮，风度正翩翩。 伉俪诗人谁不羡，芝兰秀发居安。双清潇洒赋千篇。晚晴无限好，眉寿似增川。

贺德新弟迁居 张度

念载蜗居仍自足，胜于昔住在村乡。层楼再上高轩敞，祝福全家寿且康。

贺德新五弟迁入新居

人生何处不巢枝，独觅幽居自转移。郊外小园瓜豆乐，窗明几净最宜诗。

[自注] 1987年丁卯7月7日作。

挽芝翁

昨晚闲庭仍赋诗，翌晨与世竟长辞。风生谈笑音犹在，忠义为人力不遗。正喜鱼浮和雁起，那期斗转与星移。悲怀难遣终何益，永保篇章寄所思。

[自注] 1987年丁卯7月21日作。泽刚同作词及挽联如下：

临江仙 悼芝翁好友 张度

雨骤风驰君去矣，一夕噩耗无端。飘然仙逝跨飞鸾。数载交谊厚，无言泪暗弹。 投诗寄简无虚日，几回互劝加餐。相约各赋百诗篇。未能偿宿愿，那得不悲酸。

挽芝翁挽联 张度

齐鲁出高贤，学识超群，忠诚治事，奋发图强奔四化；京师结良友，长才得展，骤然仙逝，痛哭流涕吊英魂。

丁卯暑期纪事

于公去后诗情减，幸有儿孙绕膝前。盛夏葱茏花木茂，连朝笑闹苦思蠲。烹调镇日供食膳，雷闪无常引雨还。街市繁华喧昼夜，那能心静写华笺。

［**自注**］ 1987年丁卯8月26日作。是日，文联孙女回津上学，外孙张霁亦回中关村宿舍。室中二老对话，各得诗一首。“那能”一作“也能”。

泽刚五古如下：

偶成 张度

日月转双丸，东流水不还。万事有规律，无术可回天。人生亦如是，夭寿听自然。宽怀以养志，淡泊最为先。忘机少遐想，才能享大年。反躬一回首，对镜已苍颜。退休念余载，悠悠静如禅。外孙绕膝走，有时相伴眠。老妻能解意，知我俗虑蠲。兴来偶执笔，得句入新篇。

初秋有感

岁月匆匆又到秋，鸣蝉依旧放歌喉。种花已见初结籽，吟咏何曾能解愁。于友早乘黄鹤去，高朋远在枕江楼。千丝万缕谁能识，只有夫君慰我忧。

［**自注**］ 1987年丁卯9月4日夜作。同时泽刚亦见和一首如下：

秋日书怀奉和幼莘 张度

赤日炎炎不似秋，耳聋还听唱歌喉。萋萋芳草迷人目，点点黄花解旧愁。一夏儿孙献莱彩，几家秦晋结鸾俦。桑田沧海浑闲事，玩世襟怀那有忧。

不寐

午睡贪多夜不眠，披衣小坐又加餐。玉簪花放香盈室，引起诗情到枕边。

［自注］ 1987年丁卯9月12日夜，枕上口占。

祝贺蔚文兄八旬大庆

八旬高寿乐尧天，铁道工程技艺专。十载学黉勤诵读，百年文字更精研。拳工太极身强健，心在林泉兴致闲。不得登堂共筵宴，持毫遥拜隔山川。

［自注］ 1987年丁卯9月13日，接蔚文学兄自成都来函，附《八十抒怀》七律一首。晚间闲叙时合成一律答贺。

贺文联孙女二十岁生日

忆昔三龄来绕膝，莺歌燕舞影形亲。当时庭院骑竹马，今日南开折桂人。八月秋光霁月满，一家欢笑酒行频。老怀遥望情何限，祝尔生辰二十春。

［自注］ 1987年丁卯9月19日，为文联孙女芳龄二十生辰，京津两地，驰念不已，写诗寄贺，以申喜慰之怀。9月17日晨作，泽刚执笔，予助推敲。

夜 吟

夜不成眠即赋诗，三更五更不计时。茉莉米兰香入户，月明如水不湿衣。枣树胡桃高入云，仰头欲摘无天梯。树上虫多不能打，任其自落而拾之。玉露无声风有声，忽而降雨更多情。小睡几时天即明，满地果实兴倍增。

［**自注**］ 1987年丁卯9月21日，夜不寐，起而写诗遣闷，兼以纪实。

寄 弟

郁郁葱葱胡桃枣，虫子吃多人吃少。地上捡来已盈瓢，乘兴还来吃胡桃。

［**自注**］ 1987年丁卯9月22日作。

丁卯重阳

清光秀丽遍天涯，节到重阳兴倍佳。金叶纷纷飘碧水，黄花朵朵映丹霞。苦思莫惜吟肩耸，壮志何愁暮景斜。秋月春光各娟美，还须珍重度年华。

［**自注**］ 1987年丁卯10月28日农历九月初六夜作。九月九日老人节之前三日。次晨泽刚步韵见和如下：

步韵奉和又新丁卯重阳 张度

闲居对坐说天涯，蜀桂山川景最佳。峨岭峰前铺云海，漓江壁上接流霞。当年壮志松常茂，今日和吟竹影斜。犹有幽情弄纸笔，玉盘茗碗赏黄华。

［**度注**］ 第二联“峰前”改“高峰”、“壁上”改“丹壁”似较佳。

深　秋

习习凉风到户前，忽惊时节又推迁。日光淡淡映疏柳，落叶萧萧扑画檐。粉蝶飞来无意绪，黄莺隐去似知寒。窗前月季留花朵，尚在斜阳夕照间。

［**自注**］ 1987年丁卯10月31日重阳节作。

立　冬

冬日不凄凉，端居在北房。窗前红日满，墙角素梅香。稚子追前后，围炉话短长。诗成不厌改，字字费思量。

［**自注**］ 1987年丁卯11月8日立冬节作。

德新五弟见和重阳诗依韵奉答

幼同游戏乐无涯，老至和诗兴更佳。昔傍严慈在乡镇，几经离乱到京华。君能览胜涉山水，我亦巢居赏彩霞。世事纷纭人淡泊，悠悠日月互升斜。

［**自注**］ 1987年丁卯11月9日作。

答德新弟见和深秋

树叶脱完空树枝，横斜疏影带朝晖。长空阵阵乌鸦集，地上稀稀冻雀飞。小雪将临寒凛冽，严冬何处觅芳菲。惟希有兴多酬唱，秋水文章笔一挥。

［**自注**］ 1987年丁卯11月15日作。泽刚17日晚作绝句四首附下：

谢秉鉴学兄惠赠岷峨诗稿　二首　张度

锦江城畔有相知，佳句频颁不觉迟。万卷藏胸精且博，岷峨诗稿是吾师。

重庆相逢国难时，案头一卷小山词。而今五十春秋过，更喜鱼书互赠诗。

奉和寿松兄秋词　二首　张度

黄公寄我李公词，惊见窗前花落枝。工部伤时多苦恨，从来好句是愁诗。

犹记西沽同受业，风华正茂盛当时。无情岁月谁能挽，不必闲愁叹鬓丝。

［**度注**］ 来诗有“伤心人共秋容老，窥镜搔头尽白丝”之句，颇萧瑟，和诗劝慰。

喜读德新同春贤伉俪游盘山诗嘱予评改酬答长句

我初学诗在甲子，六十余年未停止。姊从兄长习诗文，弟在学堂攻数理。十年数理已学成，教坛张帜早知名。我则家居理繁琐，只有吟诗养性情。何意老年有同好，频寄华章笔不停。不忖愚昧为评改，少加润色与调声。羡君伉俪多佳兴，晨起同游伴月明。盘山景物共欣赏，极目云天百趣生。

［**自注**］ 1987 年丁卯 11 月 24 日上午，接德新五弟《游盘山》七律，并请为之评改。当晚得长句寄酬。

夜　雪

午夜何曾睡，窗前大雪飘。忽而盖鸳瓦，旋又挂疏条。开户观佳色，挑炉恋火苗。龙鳞飞片片，良夜正迢迢。

［**自注**］ 1987 年丁卯 11 月 25 日夜，大雪，不寐，开门观赏，口占纪兴。

答德新五弟

闲居无事日迟迟，写景抒情总赋诗。无雪无风天转暖，逍遥行乐趁芳时。

[**自注**] 1987年丁卯12月14日，接五弟《谢姊改诗》七绝一首。予与泽刚各答一首。时五弟在天津蓟县婿家单位作客，其女贺旬与小外孙陈炜朝夕承欢。

附原作及泽刚答五弟，又附泽刚12月2日作七律一首：

谢姊改诗　贺德新

文学浅薄脑筋迟，年逾古稀学作诗。有姐持毫为修改，岂能错过黄金时。

答五弟　张度

羡君未觉视听迟，游赏端居巧入诗。婿女外孙腾笑语，新年对酒及良时。

依韵奉和寿松兄八老重阳赏菊兼呈传经秉鉴二兄　张度

菊花丛里度重阳，八老联欢晚节香。摄影加餐成盛事，鸡冠蟹爪入词章。令人长想传经许，惠我佳篇秉鉴黄。耄耋高龄具矫健，馨香遥祝寿无疆。

和德新五弟赞对内改革对外开放

冬至过后即新年，改革开放摆在前。来诗句句赞美好，全凭思想为领先。计划周全实践快，一盘散沙抟不圆。凡事顺流心自在，乘胜前进乐自然。数千年历史，泱泱大国邦。世上谁能比，远溯轩辕皇。

[**自注**] 1987年丁卯12月21日作。附五弟原作：

赞对内改革对外开放 贺德新

内活外放人人富，市场繁荣货充足。产品远销欧亚美，外商一见夸神速。孤独人进敬老院，幼少青年皆攻读。朱门酒肉没有臭，路上绝无冻死骨。

卷 九

（1988—1989）

奉和叔宽表弟八八年元旦述怀

君到七七岁，正逢八八年。勤劳与养性，九九又何难。仁者必有寿，自古是名言。虚无求列仙，不寿亦枉然。无争又无求，高龄如增川。教坛树高帜，儿女继前贤。融融十六口，各各有奇观。竞竞为建设，跃跃试龙旋。

［**自注**］ 1988年丁卯1月3日，接叔宽表弟《元旦述怀》，当夜奉和。"无争又无求"改为"不忮亦不求"，"亦枉然"改为"徒枉然"。

附泽刚七律一首：

喜读蔚文学长台胞探亲即事书怀词四首调寄唐多令 张度

开缄四咏唐多令，如见离人肠断声。大陆高堂望飞雁，台澎游子数归程。婆心苦口破顽垒，笑语开怀诉别情。论事真诚推祭酒，波涛腕底好词成。

祝德新五弟七十五岁寿辰

生有傲骨自嶙峋，雪地冰天降此身。弟生于一九一三年腊月十二日。松树凌寒老更健，梅花吐艳早生春。一帆风顺登高第，百事精明启后人。伉俪和谐子孙孝，隔山遥祝寿无垠。

［**自注**］ 1988年丁卯1月22日作。附泽刚和修仪黄秉鉴兄成

都见赠七绝及来诗：

奉和修仪兄见赠　二首　张度

小技雕虫何足论，王郎或许是前身。老来幸得长相守，秉烛和吟惜寸分。
人海茫茫何处寻，浣花溪畔一知音。鱼浮雁起生花笔，慰我迢迢仰慕心。

赠泽刚兄嫂　二首　黄秉鉴

伉俪诗人谁与伦，明诚清照是前身。无忧无虑神仙侣，比翼齐飞永不分。
伉俪诗人何处寻，太平桥畔寄吟身。清风明月常相伴，偕老百年日日春。

谢婷钧嫂馈赠烧鱼

燕赵悲歌多感慨，江南秀色自玲珑。寻常一样青鱼美，妙手烹调味不同。

［**自注**］ 1988年丁卯1月25日作。泽刚同时作《赠春方兄》一绝附下：

赠春方兄　张度

幸是西沽旧桃李，两家兰桂亦相同。口福只有赖君惠，食罢佳鱼兴致浓。

［**度注**］ 婷钧原籍苏州，历年伊夫妇二人南游归来，辄以苏城名产糖果、腊味等土仪见赠，饱享口福。日前更以手制烧青鱼赐飨，愧无以报，只有以诗志感。两家各有二男一女，两家大儿又系清华大学同学。

丁卯岁末戏作

兔仍在位龙未来，留连不愿弃尘埃。月宫一旦收回去，龙跃长空展大才。

［**自注**］ 1988年丁卯2月3日夜作。

戊辰春节过后十日儿孙各回岗位稍感寂寞得诗一首

围炉对坐度长夜，且莫空空过四时。每岁春节有诗作，今夕补咏不为迟。儿孙绕膝乱成阵，热闹真如十万军。各自欣欣回岗位，室内犹余好气氛。不必岑岑叹寂寞，岁岁春回乐此辰。威风翔空绚光彩，神龙嘘气已成云。

［**自注**］ 1988 年戊辰 2 月 25 日夜作。孙儿文清今夏大学毕业，孙女文联在南开大学已露头角，小外孙张霁，乳名小龙，已十龄，灵巧尤为喜人。附泽刚七绝二首：

赞聂卫平同志在第三届中日围棋擂台赛最后一场战胜日方主帅加藤正夫取得本届最后胜利　二首

依旧堂堂大将风，一军东渡上楸枰。坚城三下传捷报，举国欢呼聂卫平。
两处危局心不惊，虚劫实占出奇兵。中原巧布合围阵，老将加藤城下盟。

春分节雨夹雪纪事

节到春分仍似冬，霏霏雨雪火炉红。雪花催得春花放，玉浪迎来柳浪风。乍暖乍寒衣未减，旋饥旋渴酒初浓。园林转眼承芳翠，不畏阴霾一瞬中。

［**自注**］ 1988 年戊辰 3 月 20 日作。附泽刚七律一首，4 月 7 日作：

病愈书怀兼简春方婷钧好友致谢　张度

清明节后尚轻寒，抱病幽居镇日闲。脉现间歇真料外，眼呈双影确增烦。颇思人老谁无恙，幸有良朋意转安。妙语解颐清肺腑，神功灵验助疴痊。

读芳林兄滇边旧梦诗俚句奉赠

瘴乡开路在滇边，百折千回不畏难。越岭渡溪身倍苦，忧民救国志弥坚。心如松柏凌霄立，气若江河倒海还。杜句韩文真典雅，陆离光怪写班班。

［自注］ 1988年戊辰4月14日夜作。

戊辰初夏德新五弟来京为祝贺予之八旬生日夜叙极欢遂与泽刚三人联句

一

十年前约喜同游(刚)，难得年年兴致优(又)。寒暑不辞相聚乐(德)，晨昏时盼一杯酬(刚)。风和日丽迎初夏(又)，鸟语花香到晚秋。对酒高歌谈往事(德)，豪情依旧尚何求(刚)。

二

水远山长羡海鸥，京津咫尺不须愁(德)。长街高阙迎佳客，北海西山忆旧游(又)。人似行云自来去，诗如流水忘春秋(刚)。情亲手足极欢乐，顿觉年轻二十周(德)。

［自注］ 1988年戊辰5月7日，德新五弟自津来京，为祝贺5月10日即农历三月二十五日予之八旬整寿。夜叙极欢，说诗论文，遂联句纪盛。

闲庭联句

月季花开芍药红(德)，胡桃枣树绿荫浓(又)。葡萄一架初生蔓(刚)，窗外香椿枝叶丰(德)。丝瓜扁豆牵牛花，茁壮生来性亦同(又)。只有牡丹夸国色，迟迟不肯露娇容(刚)。对景吟诗意兴优，涂鸦翻韵不停休。扫眉才子生花笔，点铁成金莫与俦(刚)。逍遥庭院自悠悠，不用踏青陌上游。人生各自乐其乐，富贵功名何足求(又)。

［**自注**］ 1988年戊辰5月12日作。牡丹芽幼，尚未结蕾开花。

无　题

有弟自津来，诗兴浓于酒。唐诗与宋词，终日不离手。发奋忘晨昏，唱和连卯酉。已作诗七篇，更要成十首。物物皆言尽，无题难出口。我亦愁无奈，徘徊望星斗。

［**自注**］ 1988年戊辰5月14日夜作。此诗为答五弟纪事七绝者，泽刚引起诗兴，立即依韵见酬，贺予八十寿辰。两作附下：

纪事　　德新

来京七日诗七首，每日三餐必有酒。三人联句乐融融，十首诗成不用愁。

步韵幼莘无题祝贺八旬寿辰纪盛　张度

王母庆生辰，八仙来祝酒。神采各不同，一一显身手。劝饮尽千钟，何须计卯酉。国舅兴最佳，首献诗十首。仙姑与韩湘，调羹奉母口。钟离老更豪，频频酌大斗。

［**度注**］ 德新方国舅，克明比何仙姑，外孙张霁影韩湘子，予则愧作钟离，但一滴不曾入口耳。另附祝寿诗二首：

庆祝幼莘夫人八旬整寿　二首　张度

一

华堂首夏绮筵开，有弟专程祝寿来。儿女捧杯齐笑口，同德同好永相陪。

二

髫龄家塾有良师，画荻兰窗见母仪。梁孟齐眉能静好，双全福寿到期颐。

送别德新弟回津

相聚旬余日，匆匆一瞬中。宏文光溢纸，高唱气凌空。博弈舒情性，盘飧养肺胸。鸿飞莫惜别，雀跃待重逢。

［**自注**］ 1988年戊辰5月20日晚，与德新、泽刚叙话，以明午五弟即将回津，半月留连，虽然快慰，仍觉依依惜别。泽刚先成七绝一首，予亦同得五律。

送别德新弟　张度

飞鸿如约年年会，人有知心话不休。半月留连仍惜别，投诗寄简赖传邮。

八十自寿喜得重孙

柴米油盐不可休，生活琐事亦无忧。泰岱巍峨基土壤，黄河浩荡汇细流。悲欢离合等闲事，沧海桑田任所由。八十高龄未觉老，班班好事上心头。伉俪和谐子孙孝，手足情亲时唱酬。者番乐事重孙见，四世同堂喜气浮。长街赏景风光美，小院烹茶花鸟幽。浮云与我共悠悠，欻来倏往几春秋。燕雀藩篱自娱乐，何为九万扶摇游。

［**自注**］ 1988年戊辰5月23日夜作。时接到天津克淳儿喜报于17日得家门第四代重孙儿。泽刚立作小诗志庆，附录于下：

喜得重孙　张度

一封书到笑开眉，喜得龙驹遂所期。儿已称爷孙育子，门庭正是盛兴时。

［**度注**］ 5月19日，接天津克淳儿函，知孙儿文杰、孙媳刘广玲于5月17日上午9时生一男孩，体重四千克，啼声洪亮，母子平安。家延四代，喜赋二韵纪庆。

谢蔚文学长祝寿

园有新生蔬，瓮有初浓酒。可以宴嘉宾，难得一握手。晚风凉习习，斜阳正在西。差池隔山岳，黾勉空仰首。愧我樗栎质，欲和拙于口。羡君金玉章，才高大如斗。

［**自注**］ 1988年戊辰6月15日作。附来诗及泽刚同作，又泽刚《忆砚师》七律：

次韵无题诗祝寿 高书楼

宴庆得重孙，八旬荣寿酒。芝兰奉玉樽，夫子欣拱手。喜气溢门楣，笑嬉连卯酉。吟哦畅乐天，伉俪风华首。无物表微仪，颂辞随拙口。祝君享百龄，照户三星斗。

赞蔚文 张度

蜀国山川秀，临邛文君酒。佳话传古今，多出文人手。欲与古人期，不须寻二酉。蔚文隐蓉城，诗词冠群首。在远亦不遗，京华传众口。凤藻与龙吟，照耀在南斗。

忆砚师 张度

橘城遥望路茫茫，中有吾师独感伤。何事误人久留滞，临江徒自弄词章。当年校训求实是，今日学风更炽昌。天上英灵永怀盼，北洋复校几时偿。

喜贺倜侄来访

客从海外来，欢声惊四邻。衣襦湿微雨，屐齿印轻痕。相见不相识，一别四十春。喜心难自抑，不知其所云。忆昔少壮日，相隔只京津。每岁携二子，归京来省亲。两侄视二子，两侄为贺健及贺倜。如同获奇珍。二子视两侄，重之若千钧。彼长我幼小，事事难与论。儿童共长老，嬉笑乐天伦。世事经万变，中外通鱼雁。飞机任往返，今后时相见。君之子与女，卓越多才干。有女作团长，交流取经验。大志若黄鹄，不似雀与燕。

［**自注**］ 1988年戊辰6月23日，侄贺倜携其22岁女儿贺楠自美归国来访。贺楠系率一交流经验的学术代表团来访问者，任团长。

次日写诗留念。

附泽刚同日作忆旧诗：

忆旧游　二首　张度

翁老心闲兴致浓，伴孙笑说旧游踪。杏花春雨江南美，渭水秋风关内雄。岱顶华巅观日出，滇池洱海赏霞红。峨眉顶上佛光影，犹自依稀入梦中。

浣花溪水枕江楼，丞相祠中景色幽。工部草堂留胜迹，薛涛笺纸擅风流。早休卜肆君平叟，取石支机博望侯。韵事才人冠西蜀，求凰一曲两心投。

读芳林兄滇边旧梦之二有感

何人能免劫时艰，天下纷纷定霸难。蝶怨莺愁徒自扰，雄心壮志有谁怜。前尘往事已成梦，老健身闲随所安。苦语伤神同忆旧，一时悲喜上眉尖。

［**自注**］　1988年戊辰7月4日作。芳林兄来诗有“苦语寄君前”之句，故有苦语伤神之感。附泽刚同作二绝句。泽刚于7月8日作七律，10日春方兄和诗七律，均附下：

读芳林兄滇边旧梦之二却寄　二首　张度

一

抗战十年在瘴乡，流离颠沛岂能忘。而今旧梦成佳句，赢得玑珠满锦囊。

二

梅花香从苦寒来，早显经纶济世才。万事浮云何足论，愿将诗酒永相陪。

赠春方淳钧　张度

初识开封为治黄，重逢渝市贺鸾凰。文鸳对舞珊瑚树，海燕双栖玳瑁梁。梁孟百年能静好，芝兰一室羡馨香。生平知己惟兄嫂，晨夕交游岁月长。

和泽刚兄嫂原韵　和春方

附骥驰驱同治黄，同窗共砚在学黉。铮铮傲骨千寻壁，耿耿忠心百炼钢。

万里江河留胜迹，千秋文字播芬芳。康强福寿神仙侣，唱和连篇兴致长。

读德新五弟忆旧同兄雨中沐浴诗顿忆幼时与兄雨中联句之欢

伏中苦闷热，无兴赋新诗。读君忆旧作，忽忆幼年时。学舍把书攻，联句与兄同。烈日正熊熊，榴花似火红。阴阳气会合，云雷万壑通。大雨如注下，万丈交排空。雨过天晴后，其乐自融融。斜阳连树杪，积水涨庭中。

举酒观鱼美，如在水晶宫。

［**自注**］ 1988年戊辰8月8日作。

七月十五赏月

七月十五看月圆，中秋难比亦娟娟。万里无云雨初霁，蝉声才歇蛩声连。皓色清风助诗兴，玉花翠叶染秋颜。夏日余温犹未散，露重更深不觉寒。月下行吟足怡悦，恍如仙境落人间。

［**自注**］ 1988年戊辰8月26日即农历七月十五夜作。

戊辰九月十六日泽刚请祝谌予大夫诊脉尚平稳只是心脏稍弱为配丸剂常服之归途购得称身之羽绒外衣闲居幽静时以近抄之旧作《峨眉游记》追怀昔游为乐诗以纪之

名医诊视为安全，赞尔福躬非一般。蔬食养生忌美酒，苦汤不用服香丸。闲抄旧稿从头赏，买得新衣称体穿。清静无为真淡泊，春风满面似当年。

［**自注**］ 1988年戊辰9月16日夜作。

戊辰九月初一

菊花处处斗清妍，九月高秋朗丽天。秀句吟成情脉脉，鸣鸦唱得意绵绵。严霜未降叶仍茂，玉露滴来草尚鲜。举目长空一瞭望，风云浩渺自悠然。

［**自注**］ 1988年戊辰10月11日即农历九月初一作。附泽刚近作四首绝句：

第廿四届奥运会纪事　四首　张度

三五两局胜在望，良机错过未坚持。临危不惧红巾帼，勇气服人夺锦回。

［**度注**］ 苏联女排与秘鲁队决赛，苏队已先负两局，仍以三比二挽回取胜。

熊倪小将真无比，起跳翻腾入水功。赢得万人齐赞赏，尼斯惊叹吐私衷。

［**度注**］ 熊倪才14岁，初次参加世界大会比赛，虽屈居第二名，其高超技巧使金牌获得者、美国选手洛加尼斯在记者招待会上承认说“这是我此生最为紧张的一次比赛”。

已创捷足新纪录，何为弄假自焚身。金牌终是无情物，为国添羞举世瞋。

［**度注**］ 加拿大选手本·约翰逊被查出曾服药物，被取消百米竞赛金牌资格。

拳击胜负凭技巧，助阵击人教练凶。奥运会中添异彩，主人对此若为情。

［**度注**］ 主办此次奥运会韩国之拳击教练等六人殴打新西兰裁判瓦尔克，被国际业余拳击联合会主席乔杜里宣布取消该六名打人者参加本届奥运会的资格。

深秋喜春方渟钧见访

百花憔悴剧堪怜，郁气苍茫万树烟。景物自随时令改，私心最喜玉音传。仰观云雾何飘荡，俯视飞蓬任转旋。老病伏居在斗室，胸怀广阔浩无边。

[**自注**] 1988年戊辰10月10日，和春方、黄淳钧伉俪来访，热心传讲福音，诚恳感人。二人者笃信宗教，予与泽刚酷爱诗文，各有所好，秉性难移。虽然，亦不能无以为谢，遂写成此诗。

附泽刚绝句一首：

第四中日围棋擂台赛第七八局我国棋圣聂卫平连胜日方依田纪基和淡路修三　张度

依田侥幸一时雄，枰上难敌主帅攻。淡路仍输六目半，安排闭幕已成空。

[**度注**] 依田在前六局中取得连胜，均以半目优势战胜我选手刘小光和马晓春。日方以为全胜在望，在此次比赛前把日程多安排一天以便举行本届闭幕式，结果落空。

祝贺天津铁中七十年校庆

玉柱石楼是铁中，辉煌教室育群英。巍然屹立七十载，已觉前贤畏后生。

[**自注**] 1988年戊辰11月2日，接德新五弟函，叙述伊授课之铁中盛会，顿忆昔年予曾到该校之五弟宿舍，因有此作。泽刚同作两绝句如下：

祝贺天津铁中七十年校庆　二首　张度

七十校庆聚良辰，祝贺同夸老健身。回首当年教坛上，学习体育两绝伦。
铁中田径最超群，历届争雄总冠军。教练多年培育好，层楼再上有新人。

修　房

屋前换新瓦，屋后换新椽。小屋挑房顶，东屋铺画檐。门道亦翻修，全院笑开颜。明岁花开日，迎君住新轩。

[**自注**] 1988年戊辰11月10日，家中正在修房，以诗代简寄德新弟。泽刚同作七律：

修房纪事 张度

蓬室幽居二十年，生涯平淡乐陶然。举头忽见檐将坠，愁得心神百虑煎。多幸亲朋伸妙手，延来巧匠易新椽。吉人自有天相助，依旧闲吟入短篇。

[**度注**] 亲朋指官莲之弟铁生侄之岳父苏祥同志。

小雪节后喜芳林学长见访

小雪微寒时，叩门来至友。一室顿生辉，谈笑不停口。大作三百篇，笔底龙蛇走。争取窥全豹，诗友同翘首。一旦出全集，光明无对偶。地北天南诗，副印六年久。年迈志弥坚，意气干牛斗。广漠任徘徊，不须愁老朽。一城隔几许，一年几握手。何日君再来，莫待花开后。

[**自注**] 1988年戊辰12月1日，芳林兄来访，谈旧说诗，极感欣慰，以诗纪之。泽刚有同作：

小雪节后喜芳林学长见访 张度

鱼书有约来看我，今日萧斋喜迓君。白鬓相看神似昨，闲身漫话意弥亲。志存报国当年梦，衣满征尘过去痕。六载唱酬一回首，伴随同作葛天民。

奉和蔚文菊花词

菊正开时忆彭泽，亮节高风隐逸客。君词幽雅接高贤，异彩奇葩沁魂魄。北海菊花筑成墙，南国菊丛见阡陌。满园红紫斗芳菲，一遇严冬皆敛迹。独有菊花傲雪霜，喷吐清香遍南北。

［**自注**］ 1988年戊辰12月5日夜作。今日接蔚文兄菊花词，立即奉和。泽刚亦依其七律韵寄酬，附下：

七律 次韵又新嫂诗知泽刚兄诊脉身心无恙喜甚
高书楼

羡君福寿庆双全，矍铄精神不一般。心若秋潭耽谧谧，身如松柏自丸丸。养生有道佳眠食，居处无华俭着穿。兰玉瑰奇翁媪慰，咏哦潇洒享遐年。

依韵酬蔚文 张度

前年大病幸康全，医术精良胜一般。论命祸福蕉覆鹿，惊心日月转双丸。古人诗赋随心读，好友鱼书望眼穿。几载唱酬多教诲，知君每惜晚十年。

七律 次韵再奉答兄嫂诗 高书楼

祝君多福寿康全，笑口常开乐易般。世阅沧桑欣大治，休惊日月如跳丸。闲吟琢句盘珠泻，丽日观花彩蝶穿。大病根除潭府庆，养怡之福享松年。

德新弟来书以家事烦琐为苦反其意而劝之

安居乐业即良图，尘劳鞅掌岂能无。购来鲜菜全家喜，罗列佳肴亦自娱。子孙绕膝老年乐，琴瑟和谐真切肤。人生第一饥时饷，次即宽怀对世途。劝君更进一杯酒，一饱之外无急需。

［**自注**］ 1988年戊辰12月20日作。

谢志坚赠蜜柑又寄硕果飘香贺年片

曾领深情赠蜜柑，贺年片上果尤甜。祝君福寿同松柏，友谊春潮岁岁添。

［**自注**］ 1988年戊辰12月27日，接志坚贺年片，题名《硕果飘香》，图文俱佳。喜阅之际，二人合作，口占七绝一首为报。

一九八九年元月六日大雪联句

久旱人方思瑞雪，旱魃驱走雪纷纷。两天两夜无停止，山河万里浩无垠（又新）。初似鹅毛飞满天，旋如柳絮浪翻银。树头开满梨花朵，庭中铺满玉纹茵（泽刚）。扫出蹊径又覆盖，仰首天葩冷沾唇。手如冰柱难持帚，足若踏棉反觉温（又新）。媪不畏寒实可钦，凌风冒雪自嶙峋。翁坐窗前能袖手，吟肩高耸伴文君（泽刚）。

［**自注**］　1989年戊辰1月6日作。今冬苦旱，日前只降小雪一场，自前夜起大雪纷飞，两日夜始止。丰年有兆矣，合唱纪快。

奉和蔚文兄北方大雪南方喜雨

腊日已过天不寒，雪花融化在田间。关心农业君诗美，天遂人愿雨潺湲。恍如身立青云端，饱看雨雪连天还。待到明春谷雨后，麦垄青青遍大千。

［**自注**］　1989年戊辰1月17日作。

奉答蔚文兄自勉歌兼贺春节

春节事繁杂，妙景意中有。闲倚映梅窗，笑对藏莺柳。乘兴望八荒，参差见陵阜。百鸟发娇音，蛟龙舞且走。山林森震动，落英封谷口。万柳碧摇姿，丝丝系好友。索句尚未成，佳什忽到手。恭喜春节来，祝君千万寿。

［**自注**］　1989年戊辰2月1日，接蔚文兄函祝新年，附自勉歌。当夜奉答五古一首。附泽刚七言绝句：

奉赠韡鄂兄自制酱小菜　张度

早识郇厨喜素蔬，养生有道远膏腴。甘萝手渍奉君尝，可似天源六必居。

［**度注**］ 天源、六必居，为首都两家著名酱园。天源酱菜，向为桦鄂兄所喜好，常用以佐餐。

己巳上元未现月食

月食未见月光明，照尽千家万户情。想是人间推测错，嫦娥依旧笑盈盈。

［**自注**］ 1989年己巳2月20日即农历正月十五日上元节，接德新弟《上元月全食》七绝诗，谓将有全蚀。晚间多次冒寒出户仰候，迄未出现，遂以七绝酬答。附德新诗：

上元月全食 贺德新

上元之夜月全食，时间可惜又推迟。是否明镜仍依旧，请君观后再吟诗。

奉答德新再赋月食诗

眼睛有病身体弱，难在院中等多时。九点二十观片刻，归来入睡不知蚀。

［**自注**］ 1989年己巳2月26日作。德新寄来《再赋月食》七绝，见告观蚀经过。予立以小诗答之。附来诗及泽刚词一首：

再赋月食 贺德新

上元之夜月全食，蚀甚已过十一时。十六凌晨才入睡，计算未误只推迟。

临江仙 赠志坚君如春方芳林诸学长

张度

记得西沽同受业，豪情壮志交加。卅年浪迹各天涯。老来何幸，同住在京华。　　好怀不计桑榆晚，晚霞尤胜春花。相逢一盏雨前茶。天南地北，妙语解颐哗。

[**度注**] 末句一作“满室笑声哗”。

祝朱大姨八旬寿辰

龙正抬头庆寿辰，人惟求旧物惟新。早春二月生新草，好友卅年似故莼。手抚庭花皆锦绣，眼看雏凤已凌云。古今所贵称忠信，老树婆娑定万春。

[**自注**] 1989年己巳3月12日作。德新五弟家之保姆朱大姨三十年来为之抚育子女，助理生活，忧乐与共，情谊深厚。今年3月9日即农历二月初二，俗称龙抬头，为大姨八旬寿辰。五弟全家祝寿，并赋诗纪盛。诗寄来，予立成一律写实。附泽刚词两首：

浣溪沙　赠内　张度

不用蛾眉画短长，淡妆荆布自生香。慧心早已姓名扬。
箧满诗书消永昼，庭培兰桂继芬芳。华颠兴好见篇章。

浣溪沙　自况　张度

镜里相看忆旧时，艰难险阻备尝之。多因耿介太愚痴。
往事云烟何足论，退飞赢得雪霜姿。同堂四世解人颐。

祝贺贺旬侄女晋升科长

传来喜讯正春分，已得升官祝贺旬。长与夫君称佳偶，幼承庭训更超群。为民服务竭心力，能者多劳是定论。有子才高早继美，春风得意及芳辰。

[**自注**] 1989年己巳3月20日，接德新弟函，知旬侄女晋升科长职，当夜喜得一律寄贺。

论诗寄弟

不须自贬不须夸，多作勤读自吐葩。平易近人白居易，妇孺皆晓始称佳。

[**自注**] 1989年己巳3月26日作。附泽刚同题一首：

论诗寄弟　张度

吟诗原为抒胸臆，何用艰难苦自嗟。一动灵机神韵出，况君世系本名家。

即　景

斗室蜗居兴亦佳，春光明媚入窗纱。室中未撤红炉火，池内已生芍药芽。

[**自注**] 1989年己巳3月26日作。附泽刚一首诗寄德新，一首词寄文联：

促驾　张度

盼君早日到京华，有约年年总不差。煮酒烹茶谈往事，唱和为乐是生涯。

鹧鸪天　寄文联　张度

一阅来书喜不胜，六级英语冠群英。凤凰展翅莺出谷，张氏门庭好后生。
忆往事，祝前程，爷爷老眼顿时明。寸金好自珍惜用，直到高楼最上层。

奉酬蔚文兄己巳春游杜甫草堂

江南二月春来早，健步游园人未老。鱼书一到心始安，草堂怀古意悠然。杜公一去千余载，故园修建胜当年。诗圣居住三年整，写出新诗二百篇。千变万化鬼神泣，忧国忧民意志坚。大含元气细无间，弄月吟风只等闲。微风燕子鱼儿出，应时好雨百花妍。羡君岂独赏风景，低徊吟唱仰先贤。

［**自注**］ 1989年己巳3月30日，接蔚文游草堂七律，当夜酬作。附蔚文诗：

七律　春游杜甫草堂　高书楼

幽鸟唤回烂漫春，草堂二月景宜人。玉兰怒放纷晴雪，桃李盛开绚锦云。淑气清天风日暖，梅心柳眼物华新。重修故宅松筠茂，诗圣遗徽仰古今。

［**自注**］ 附泽刚于4月4日为德新五弟改作词一首：

水调歌头　奉答泽刚兄赞文联　张度为贺德新改作

昨日鱼书去，今见雁来笺。新词一阙称赏，孙女小文联。南大学习英语，参与六级统考，取得锦标还。十载寒窗苦，早早着先鞭。　学成后，读博士，效先贤。何须疑虑，有志之士不知难。业已一帆风顺，学似浩海无际，努力去钻研。为报老亲望，祝尔上华巅。

读醒世恒言苏小妹三难新郎

少游才调自无比，小妹何须这样狂。不是东坡来解脱，通宵门外站新郎。

［**自注**］ 1989年己巳4月12日作。同时又作二首，题为《读王安石三难苏东坡》。泽刚加写第二首，以补不足。

读警世通言王安石三难苏东坡　三首

一

逞才续讽落英诗，贬去黄州不自知。贪睡取来下峡水，荆公三难愧嫌迟。

二

荆公为治中腕疾，峡水烹冲阳羡茶。下峡水称中峡水，一生聪慧岂无差。

三

老年虽说无疾病，君耳微聋我眼花。焉得取来中峡水，与君同点玉川茶。

[**自注**] 4月15日又作一首。

读李谪仙醉草吓蛮书

草吓蛮书天子悦，玉牌到处喜洋洋。骑鲸一旦归天去，采石矶头万古香。

步韵奉和蔚文兄春游青羊宫

滴滴微雨过清明，万木欣欣竞向荣。陌上草长才碍马，枝间风软不惊莺。青羊日丽花如海，北国春秾絮满城。两地一般游兴好，名园到处尽繁英。

[**自注**] 1989年己巳4月15日，接蔚文游青羊宫七律。次日，边治餐边思考，步韵和之。

附原作：

七律　青羊宫看花会　高书楼

春光明媚近清明，气淑芳园万木荣。姹紫嫣红纷异彩，溢香叠翠郁繁英。虹桥幽径潺流水，丝柳和风巧啭莺。寻胜游人闲逸致，年年花会欲倾城。

喜蔚文兄荷庄嫂见访

神交远隔思茫茫，一旦相逢喜欲狂。双凰飞来梧叶绿，彩云绕屋荷花香。酬和岁岁情何限，笑语频频叙旧长。平淡生涯均自理，老当益壮寿而康。

[**自注**] 1989年己巳5月29日上午9时，高书楼蔚文学兄偕其夫人周荷庄女士自四川成都专程来京会访诸同学老友，特盛情。首来蓬舍，握手言欢，置酒留宴，并赠其北洋大学老校长刘仙洲、茅以升相片，及茅于美词一册。送别后归室，合作七律纪盛。高夫人系北洋大学八年班学长缪维宜先生之内侄女，人极精明，谈吐风雅，虽系初识，一见如故，年少蔚文8岁，二人堪称佳偶。附蔚文词一首：

采桑子　高书楼

山川遥隔神交久，蓦得相逢，欲醉春风，喜上眉梢欢意融。　　倾杯笑语情难尽，去又匆匆，怅意盈衷，常把音书倩塞鸿。

己巳暑期偶成

茉莉米兰满院香，牵牛扁豆引丝长。载歌载舞儿孙乐，忙去忙来翁媪狂。难到名园寻胜迹，且从小阁纳新凉。炎曦虽烈心舒畅，明月清风入梦乡。

[**自注**] 1989年己巳7月30日作。

附泽刚词一首《自咏》：

鹧鸪天　自咏　张度

已是人间老大身，诗书几架不为贫。玉溪句好愁和苦，豪迈歌高苏与辛。居闹市，作闲人，茶甘饭软酒盈樽。悠悠岁月任流转，顾我缁衣未染尘。

秋日苦旱得雨转晴　二首

本是秋高气爽天，何为闷热苦熬煎。天公积素真难吐，地上嚣尘势欲燃。火线万条惊霹雳，银河一倒泻潺湲。禾苗茁壮得滋润，百物欣欣乐自然。

雨霁风来快倚楼，白云冉冉复悠悠。芙蕖含露红装艳，碧草生香曲径幽。一抹斜阳连树杪，半泓绿水涨庭陬。临池举酒观鱼乐，洗尽人间万缕愁。

［**自注**］ 1989年己巳8月29日夜作。9月1日改订。

寄蔚文兄嫂

惶恐艰难回锦城，令人听取若为情。百思何以为君慰，惟有私怀托雁声。

［**自注**］ 1989年己巳8月31日作。附泽刚同题及蔚文近作《鹧鸪天》一首：

寄蔚文兄嫂　张度

千金一刻话平生，难得相亲贵此行。莫谓年年攀折苦，柳枝为我总青青。

鹧鸪天　游津感怀　高书楼

寻梦不成故地游，一辞母校几春秋。弦歌日夕怀遗韵，世事沧桑念旧俦。
惊岁月，问沉浮，风霜白了少年头。人生一瞬谁能健，堤柳桃花应尚留。

寄赠蔚文兄荷庄嫂　二首

家居郑口幼时多，老至相逢鬓已皤。曾是香车经过处，可怜不识又如何。

山雨欲来风满楼，不辞艰苦首都游。千金一刻平生愿，何用悠悠寤寐求。

［**自注**］ 1989年己巳9月14日为农历中秋节，赏月之后与泽刚闲叙间，口述成诗。泽刚昨夜亦得七绝三首。

奉谢秉鉴兄惠赠楷书陋室铭条幅　三首　张度

一

走笔精书陋室铭，殷勤青眼意不胜。经声琴韵虽无分，时有鸿儒到我庭。

二

锦里先生老健身，云泥远隔仰知音。巴人下里难成调，许换兰亭举世珍。

三

生涯平淡百无求，老去情怀贵少忧。愧我涂鸦缺妙手，羡君握管云烟流。

天津东郊农场

我爱东郊好，东郊物品全。鸡鸭蔬菜美，瓜果草菇鲜。泼刺鱼出水，须臾虾入盘。儿孙贤且孝，终日乐陶然。

［**自注**］　1989年己巳9月，接德新弟函，喜示今夏避暑于侨侄之天津东郊农场，饱享该场今夏丰收之各种鱼肉瓜果蔬菜以及鸡鸭蛋乳。阅后喜赋。

中秋寄弟

咫尺京津地，何为见面难。我眸久不愈，汝腿未曾痊。步月思胞弟，看花忆故园。几时人恙好，同此月团圆。

［**自注**］　1989年己巳9月14日中秋节作。附泽刚词一首、蔚文七律一首：

千秋岁　奉答蔚文中秋　张度

比肩携手，赏月长相守。不死药，何曾有？嫦娥应悔恨，那若人间偶。年年庆，飘香桂畔茶当酒。　　老得同心友，千里情谊厚。写意兴，相投受。明月共此夕，幽赏出绣口。鞭镫后，邯郸学步难藏丑。

七律　奉酬又新嫂　高书楼

少年负笈路来回，未识崇居郑口街。往事渺烟如隔世，故乡忆梦尚萦怀。可嗟云鬓成丝日，始见儒门不栉才。何幸结交麟凰友，相于酬唱意情恢。

己巳国庆重阳

四十周年国庆时，重阳节到又吟诗。银花火树天边闪，黄菊红榴庭院姿。巷尾街头人济济，天青日丽雁迟迟。登高极目学年少，鹤发迎风有所思。

［**自注**］ 1989年己巳10月8日为农历重阳节，与泽刚闲叙间，各成七律一首以记节日盛事。附泽刚诗：

步韵又新己巳国庆重阳　张度

国庆重阳盛典仪，应时依旧例吟诗。升平四海同欢庆，广场丰碑竞舞姿。黄菊增妍花簇簇，白头吟眺日迟迟。鱼龙变幻成陈迹，细雨和风助所思。

奉和蔚文兄重阳赏菊

同时吟咏意偏佳，不必相约就菊花。清夜繁英迎素月，凌晨万朵映丹霞。高风亮节人皆赏，冷雨凄风兴不赊。自有园丁勤看护，那能折取满头插。

［**自注**］ 1989年己巳10月13日作。附蔚文来诗及泽刚《忆蔚文》二首：

九九老人节游园赏菊　高书楼

秋风袅袅入重阳，篱菊盛开巧样妆。宫粉淡施欺雪艳，胭脂浓抹泛霞光。楚云蜀锦斓斑彩，晚节寒英潋滟香。耆老寿康饶雅兴，琼花宜咏更宜觞。

［**又新注**］ 此诗第二联太艳，与菊花身份不合，如改为“皎洁丰

姿如雪白，紫红颜色泛霞光”似较佳。末句“琼花”二字亦不称，拟改末句为“也宜吟咏也宜觞”，仍不失蔚文兄之原意也。

忆蔚文 二首 张度

今年何事最开怀，天际双鸿比翼来。旧梦得偿情更厚，暮云春树日徘徊。

老妻相对笑颜开，为有高人诗句催。妙笔锦心兼绣口，辞竭力尽勉追陪。

［**又新注**］ 又附蔚文《次韵泽刚兄》七绝二首及泽刚再答：

绝句次韵泽刚兄 二首 高书楼

已偿夙愿最开怀，千里迢迢得得来。畅叙依依情未了，匆匆握别意低徊。

永记心花幸会开，何能重聚鬓霜催。相期同享期颐寿，再访诗人把酒陪。

己巳深秋奉到蔚文兄见和绝句二首及彩照一幅再作酬答 张度

江南翠叶露华滋，冀北纷纷落叶时。鱼雁共期龟鹤寿，壮怀哪怕鬓如丝。同窗多已垂垂老，君我依然互赠诗。岂是天公有偏爱，自求多福不须疑。承欢膝下玉兰芝，彩照之中见解颐。芳草如茵席地坐，祥云缭绕映仙姿。再来京国异前时，浩荡白鸥任所之。敢屈高轩当扫榻，西窗剪烛慰相思。

赞蔚文兄成都杂咏双调望江南六首

羡君诗绪云千叠，独具生花笔一枝。写尽西川好风景，令人如醉复如痴。

［**自注**］ 1989年己巳11月7日口占。蔚文兄来词六首录二：

双调望江南 杂咏 成都风景线(六首录二) 高书楼

一 天府国

思往世，啼血杜鹃魂。沃野辽辽天府国，兵灾岁岁大王春。陋巷庶民贫。

天明后，巨变海扬沙。崇厦连云新气象，罗衣綷粲蔚风华。丰足万家夸。

二 小吃著名

繁华样，小吃最撩人。麻辣香甜调可口，清腴鲜美品生津。大曲酒宜醺。
沿旧俗，消遣坐茶厅。春露爽神三碗酽，清风生腋一身轻。絮语会亲朋。

［**又新注**］ 又附泽刚11月25日作《敬悼茅唐臣师》，12月1日作《戏作忆往昔寄春方兄》，及8日作《纪念李荣梦学兄》：

敬悼茅唐臣师 张度

桃堤柳岸记犹新，负笈津门西沽村。早列门墙聆高技，晚亲几杖沐春温。三年受业谆谆诲，十载陈情细细申。今古同归何用论，泪痕点点湿衣襟。

戏作忆往昔寄春方兄 张度

四载同窗共晓昏，一生有幸水思源。最思沽上荣华处，长记开封小衙门。宴客留春幄盛席，结朋华岳顶留痕。老来归隐重回首，好与知音仔细论。

纪念李荣梦学兄 张度

画获教子母称贤，三百同学最少年。博士学成献祖国，滇南水利一身肩。

祝贺杜吉博士陈洪教授结婚之喜

双倚华筵看瑞雪，琼枝连理粲成林。眉弯翠黛横新月，目转秋波绝点尘。九畹滋兰香缈缈，千钟醇酒醉沉沉。冬暄更比春光美，倩影呈窗静瑟琴。

［**自注**］ 1989年己巳12月12日代德新五弟作。陈洪为五弟之甥女三姨张三春之第三女公子也。

卷　十

（1990—1992）

结婚六十年

金婚过后已十载（刚），依旧窗前写锦笺（新）。往事偶然一回首，不畏艰辛乐自然（刚）。平时聚少别离多，乱离飘转更如何。镜里浮花水里月，空中楼阁梦中过（新）。洗天风雨及时来，半世愁云一旦开。老年得似椿萱茂，子女重孙舞彩莱（刚）。天作之合众口传（新），想是前生早结缘（刚）。金钢钻石坚且洁，养怡之福可永年（新）。

［**自注**］　1990年己巳1月10日，预祝农历三月廿三日结婚六十年纪念而作。

庚午春节

儿孙欢聚度新年，瑞雪纷飞遍大千。竹战联宵不辞倦，佳肴罗案共尝鲜。民安国泰家家庆，冰柱华灯处处悬。花甲又添廿余载，重孙绕膝乐陶然。

［**自注**］　1990年庚午1月27日春节作。附泽刚七古一首：

悼志坚贤弟　张度

太行创业又南征，为国为民屡建功。义气凌云真豪迈，友情诚挚万人倾。同窗三校忝称长，叙旧十年眼独青。倡组退协同筹划，互祝生辰几送迎。谁料秋天一聚首，竟成终古断肠声。知君念念怀遗憾，母校迄今未复名。

［度注］ 陈志坚，原名陈捷，字仲雄，天津人氏，于 1990 年 1 月 28 日逝世，终年 84 岁。

酬答蔚文兄新春杂咏

五首诗篇写得全，有如亲到贵村前。华轩几案娟娟静，手制珍馐口口鲜。佳媳佳儿来敬酒，彩花彩电助新欢。三星高照椿萱茂，袖手闲吟不计年。

［自注］ 1990 年庚午 2 月 4 日作。1 月 27 日为农历正月初一元旦，子女三家以及戚友侄孙多人来贺年。满室一片欢腾，笑声不止。4 日接蔚文来诗五首，引起诗兴，卧后于枕上口述此章为酬。附来诗：

七律　新春杂咏　高书楼

一　搞卫生

蛇谢马腾斗转寅，桃符万户喜迎春。房间擦洗家家净，环境扫除处处勤。互助邻居联厚谊，健康老幼长精神。卫生楚楚文明院，四美新风最认真。

二　买年货

今年大有富村墟，集市繁荣气象舒。充足货源诚可喜，趋平物价信非虚。纷陈肉蛋玲珑果，多样菜蔬泼刺鱼。群众满篮回笑语，丰盈佳节乐何如。

三　诗祭

优蒙顾遇感安怡，应有所为颂圣时。忘却当行窥韵语，附庸风雅爱诗词。抒情深处难藏拙，无事忙人颇似痴。闻说年终诗可祭，祭诗吾欲酒盈卮。

四　除夕看电视

霞衣翠黛彩灯红，艺苑群星盛会逢。奏乐谷鸣千丈瀑，放歌云遏万寻峰。清音谐引凌波步，酣舞到闻子夜钟。幽默相声皆捧腹，欢腾四座笑春风。

五　元日

爆竹迎新马跃年，东风有信露春妍。游人情动寻芳计，吟者兴来试笔先。桃艳柳芽梅胜韵，天清气爽日初暄。神州四化宏图展，稳定丕基万庶安。

［**又新注**］ 贾岛每年终祭诗。又附蔚文兄词一首：

金缕曲 哀悼志坚兄 高书楼

噩耗摧心肝！痛吾兄，突然仙逝，于兹长诀。欢聚京华恍如昨，共惜深谈易歇。叮咛再、依依匆别。幸会难重均有感，劳惠书、慰问情亲切。思云谊，为悲咽。 志豪坚步真如铁。去延安，春风换骨，忠于马列。奋斗太行躬尽瘁，解放人民伟业。天及曙、投身建设。诚挚待人钟义气，地望清、纯朴冰操洁。怀胜友，高风节。

春雨连绵闷居斗室再阅蔚文兄春节杂咏合酬一首

有时大雾不见人，有时雨雪乱纷纷。西伯利亚寒流至，仍似严冬不似春。阴霾十日无情绪，雨水才出日一轮。春雨固然滋万物，连阴又怕损芳辰。道路泥泞难行走，斗室伏居昼掩门。（以上又新）展卷华章喜意生，锦城桃艳柳青青。连年妙写寻芳兴，千里频颁感盛情。今岁春节杂咏诗，陆离光怪更神奇。彩笔书成时代好，祭诗直与古人期。老来幸结诗文友，唱酬为乐谢提携。（以上泽刚）

［**自注**］ 1990 年庚午 2 月 27 日合作。

全国学雷锋

全国学雷锋，人民齐向前。芳菲沐春雨，锦绣满山川。正气攀云月，熏风入管弦。千秋树模范，举世效先贤。

［**自注**］ 1990 年庚午 3 月 14 日作。附蔚文七律及泽刚七律：

七律 发扬雷锋精神推动两个文明建设 高书楼

全心服务为人民，学习雷锋要认真。正义无私崇峻德，修身四有郁清芬。春风又绿芳原草，暖日催红志士心。双建文明路艰远，匡时教育重精神。

七律 奉答春方兄 张度

展阅新诗意豁然，恍如食蜜在心田。承蒙奖饰真惭愧，自幼知音岂等闲。道义之交若磐石，天遂人愿结芳邻。清欢莫待相期约，一日三秋望眼穿。

窗前牡丹盛开 二首

培育七年始盛开，芳根移自洛阳来。琼花魏紫泛霞彩，疑向天孙借锦裁。

不似去年动乱时，天时人事各相宜。窗前有此名花放，悦目舒心入小诗。

［**自注**］ 1990年庚午5月1日，与泽刚谈话，说放牡丹，合成小诗，难分谁作何句也。附泽刚七律一首：

立夏日寄蔚文兄嫂 张度

阴雨连绵度一春，夏初方见物华新。阳光普照芙蓉树，瑞气遥连锦里村。去岁招邀欢聚首，今年萦绕梦犹存。高谊旧雨胜今雨，六义沉酣老更亲。

梦中吟诗惊起泽刚

何处飘然舟一叶，两岸桃花繁似雪。一天星月映波光，十丈红尘混隔绝。花前彩蝶任纷飞，水中鱼逐波纹缬。阵阵荷风似玉温，霏霏细雨如珠屑。忽然惊醒梦中人，美景良辰共怡悦。

［**自注**］ 1990年庚午5月11日夜，梦中吟诗，醒后与泽刚详述美景为乐。“飘然”改“飘来”似较佳。日间泽刚作七律，附录于下：

拜读陈叔亮诗稿却寄 张度

早年健步赴延安，老至抒怀兴未阑。蹈火赴汤无反顾，折冲樽俎有何难。

三折�后通时务，百首诗中吐肺肝。读罢华章强索句，可能博得一霄欢。

月季盛开

一池月季真可喜，红白黄橙兼粉紫。蝴蝶翩翩欲啄来，众宾欢赏交相指。年年此地有花开，未若今年盛如是。风和日丽更多姿，月下灯前美无似。爱花深夜不成眠，倾述幽怀那能已。欲将诗句比花红，倘有花神来到此。

［**自注**］ 1990年庚午5月18日，观赏庭中一池月季茂盛，为历年所未见，极为欣喜，颇思以诗记之为快。夜不成眠，枕上默吟，五更始完成。近日时与泽刚约少用脑以养神，而吟兴反盛，何其矛盾也。

大风吹断电线

五月十九大风起，正值晚餐电停止。山如断脉海如翻，鱼龙变灭微茫里。老者摸索寻蜡烛，壮年到处找原理。院中幸有好雷锋，到处联系忙不已。又过一日电工来，大放光明人皆喜。

［**自注**］ 1990年庚午，回想5月19日大风吹摇树枝压折入户电线，全院查找断电原因，并与电业局联系修好。27日记之以诗。原“到处联系”改为“奔走联系”，以免重用“到处”二字。

读蔚文兄见和牡丹诗

牡丹合唱最清新，时事吟成正气申。有似晨钟声渺渺，更如溪水碧潺潺。云开朗朗一明月，笔落迢迢百岁人。读罢悠游步花径，嫣红落蕊拂衫裙。

［**自注**］ 1990年庚午6月4日，接蔚文函附和诗，读罢得句成篇。附高蔚文来诗及泽刚和作：

次韵又新嫂牡丹诗奉酬 高书楼字蔚文

灿烂纷披朵朵开，清芬散入绣帘来。风流富贵瑶台种，幽赏兴佳锦句裁。渐歇芳菲谷雨时，天香国色荐觞宜。倚栏妃子如含笑，绰约迎风一首诗。

奉和蔚文兄次韵又新牡丹 张度

莫叹花开花又飘，夏初开放到今朝。风风雨雨催花长，绿叶扶疏态更娇。朝朝伏案不辞劳，年过八旬兴愈高。描绘名花凭彩笔，锦城正喜有诗豪。

暑期清晨 二首

晨风簌簌绮窗开，丽日光辉照镜台。闲看儿童如雀跃，静聆鸟语似婴孩。

暑天惟有清晨好，鸟语花香更可人。洒扫庭除习惯事，仰观俯视净无尘。

［**自注**］ 1990 年庚午 6 月 18 日作。附泽刚与予合作之五古一首如下：

赠春方渟钧

月季每月开，佳朋每月来。谈天说瀛海，想帝梦瑶台。太极天天练，圣经读几回。著作诗兼画，言谈正亦诙。人间贤伉俪，幸得永相陪。

［**自注**］ 又附泽刚七绝六首：

外孙张霁初中升学考试胜利喜而有赠 二首 张度

一百八十一点三，外孙确是好青年。双亲六载勤培育，如愿升学夺锦还。今后应从零开始，锲而不舍着先鞭。德智体育齐修进，若谷虚怀更要勤。

感怀 忆唐臣茅师及好友陈志坚郝丰庵 四首 张度

青衿沐雨坐春风，白发门生宠命隆。一夕骑箕归去也，从今无处倾葵衷。

难报殷殷诲育恩，十年依侍最情亲。羊昙忍过西州路，云暗沙沟不复春。
同窗好友半凋零，无复杯盘笑语盈。殀寿通塞天有定，愁怀难忘故人情。
云烟过眼一身轻，何用劳劳苦系情。万事到头同一了，一泓止水縠纹平。

[**度注**]　“白发门生”句：1980年秋，茅师任北京市科学技术协会主席，时约予倡议组织北京退离休科技工作者协会。

“云暗沙沟”句：西城区三里河南沙沟国务院宿舍5楼2门2号为茅师住所。

芳林学兄痊愈出院

大病转为安，幸福自无边。子孝媳更孝，孙辈善承欢。盛夏花木茂，老翁出院还。喜看榴子满，更见寿桃圆。全家腾笑语，众友尽开颜。敬颂仁者寿，共赞子孙贤。

[**自注**]　1990年庚午7月11日作。附泽刚18日作七绝一首：

淳儿来书喜知重孙张辰已能背诵苏词朗朗上口　张度

两岁重孙巧吐奇，大江东去背苏词。门庭有此宁馨秀，寄语阿爷好护持。

暑天纪事

沉李浮瓜度暑天，儿孙相聚各陶然。小孙有信赴德国，孙女就业在眼前。外孙最幼入中校，只有重孙是童玩。双目欠佳犹试笔，老夫相伴鹤龟年。

[**自注**]　1990年庚午8月11日作。小孙名文清；孙女为文联；外孙张霁，升入中学；重孙张辰，才2周岁。附泽刚七绝三首如下：

庚午立秋节前春方淳钧贤伉俪连日见访并赠予无籽西瓜畅叙今昔为欢　三首　张度

连朝见访意拳拳，无籽西瓜似月圆。儿自津来炊事好，锅贴呈上劝加餐。
沽上风光结宿缘，杭州暂去未回还。拙荆扶老复携幼，劳送干柴度岁年。
六十年间交愈深，几经漂泊到如今。羡君伉俪同依主，我亦逍遥自在身。

奉答蔚文兄漫成见赠　二首

开笺耀眼见光芒，洽似飞来明月光。捧读佳章不成寐，深秋气爽夜乘凉。

诗人乘兴即高歌，鸿雁来宾立作和。七载唱酬赢筐箧，寸阴珍惜未蹉跎。

［**自注**］　1990 年庚午 8 月 18 日作。附蔚文兄原作《漫成》七律：

七律　漫成　高书楼字蔚文

相于酬唱七年长，伉俪清吟乐未央。锦水波光凝楮墨，京华春色入琼章。清扬暗逐流年去，风雅还期晚节昂。祝愿安康双寿考，锦笺频寄墨花香。

迎亚运

一年容易秋将半，亚运之声早传遍。天南地北竞欢腾，亚运圣火家家见。首都北郊添异彩，亚运新村美轮奂。堂馆林立簇花坛，喜迎嘉宾有盼盼。灯会游园不夜城，郇厨味腴宫廷宴。待看健儿显身手，友谊为先全球赞。

［**自注**］　1990 年庚午 9 月 14 日作，距 9 月 22 日第十一届亚运会开幕只有 8 天。

三　庆

亚运国庆又中秋，百卉齐芳月满楼。火树银花开亚运，第一金牌数女流。四十一年国庆日，岁岁欢腾今更优。今古嫦娥同一照，玉露金风引客游。拙笔吟成意不尽，昌盛繁荣看亚洲。

［**自注**］　1990年庚午9月30日作，应时耳。附泽刚10月14日作五言绝句：

用高适咏史韵奉谢春方伉俪惠赠秋衫　张度

尚有秋衫赠，风高正御寒。隐居蓬户士，青眼喜垂看。

［**自注**］　又附春方兄答仿古诗一首：

仿古诗答泽刚　和春方

我有茄衫，怀念高贤。惠尔好我，慎御秋寒。秋寒料峭，重露朝朝。惠尔好我。珍重为劳。

［**自注**］　再附泽刚作亚运纪实绝句八首，及为亚运闭幕而作之词一首调寄《浣溪沙》：

第十一届亚运会实战纪盛　八首　张度

奥林匹克创希腊，奋起亚洲步后尘。十届一鸣夺榜首，健儿今更气如云。

第一金牌属邢芬，海南女士最超群。巾帼举重无敌手，全胜九级包冠军。

翠婷绝技又十分，慢射海峰仍建勋。赛艇十四同金奖，踏车百里不让人。

［**度注**］　男子100公里自行车团体赛第一名。

游泳健儿齐跃进，庄林拼搏立功先。坚强沈子尤突出，胸上金牌五次悬。

［**度注**］　庄泳女子200米自由泳，林莉女子200米蛙泳，均得冠军。沈坚强，名坚强，游泳时亦极为坚强，五取金牌，且破纪录，尤为突出。

银一金三邓亚萍，挥拍凌厉震乒坛。排球网上双夺锦，卫冕创新庆凯旋。

［**度注**］ 女排五次连冠，男排第一次得第一名。

拳击柔道与摔跤，技巧顽强两不偏。突破零分仗宝玉，香兰无愧女中贤。

［**度注**］ 在摔跤项目中，宝玉为中国取得第一块金牌。金香兰获女子61公斤级柔道金牌。

五星红旗升又升，田径队员多立功。跳水腾空巧入水，良德高敏岂虚名。

纪功簿上寻差距，苦练勤学勿惜劳。寄语同舟早奋起，樱花广岛并非遥。

［**度注**］ 第十二届亚运会将在日本之广岛市举行。

浣溪沙　亚运闭幕　张度

亚洲雄风响震天，星光灿烂舞翩跹。万众同欢尽开颜。　竞技切磋求进步，团结友谊最为先。丰收硕果更无前。

祝贺亚运会圆满成功　二首　贺德新　贺又新

亚运都是亚洲人，技有高低一旦分。为国争光好儿女，须眉应是让衫裙。

忘餐废寝看电视，盛举空前无比伦。二千年办奥运会，再上高楼又创新。

［**自注**］ 1990年庚午10月22日，为德新弟改写者，颇切实际，因而录存。附泽刚七律二首七绝二首：

奉和蔚文兄游桂湖公园　张度

忆昔曾作桂湖游，零落河山国难秋。湖上小桥连曲径，园中丹桂暗香浮。升庵半世逐臣恨，黄娥常年思妇忧。吊古谈天一回首，伴君吟唱忘前愁。

［**度注**］ 1990年10月26日作。第三联一作“孤吟词客书离恨，倚曲闺人寄苦忧”。

幽居　张度

光阴似箭水流东，八六春秋一瞬中。壮岁也曾劳鞅掌，暮年有幸作闲翁。偶翻诗韵酬知友，笑看莱衣戏幼童。自致此身绳检外，微躯差健乐无穷。

良朋　张度

博览群书黄秉鉴，诗成珠玉蔚文高。春方伉俪永为好，四位良朋慰寂寥。

［**度注**］　成都黄秉鉴学兄来函，有“我兄《奉和蔚文兄游新都桂湖公园》七律，诗味极浓。其中‘升庵半世逐臣恨，黄娥常年思妇忧’一联尤为精妙，堪与黄娥夫人诗‘三春花柳妾薄命，六诏风烟君断肠’媲美。至于您二位与春方兄嫂时得聚晤一室，互叙衷曲，更令人羡慕。古人云：人生得一知己足矣。您们应当知足”云云。喜而口占一绝。

退协十载献词　张度

晚霞尤胜晨曦美，骥老结群竞献身。十载退协成硕果，九十年代再更新。

奉答蔚文兄九一年元旦惠函及纪念辛稼轩八百五十周年诞辰词调寄望海潮

一得新篇读，怡然思虑清。七年酬唱好，百岁兴难平。冬至春回日，新年万物生。鸿文光溢纸，高唱气峥嵘。

［**自注**］　1991年庚午1月6日春节前，接蔚文兄元旦来书贺年。始将多日无信、驰念之怀得一安慰，立作五律奉答。

祝贺叔宽表弟八旬大庆

困苦艰难已备尝，天降大任寿而康。芝兰桃李皆英俊，百鸟环鸣祝凤凰。

［自注］ 1991年庚午1月11日，接叔宽《八旬寿庆记》一文，立即合作一诗为贺，予口占首联，泽刚完成下半。

喜同春妹病愈兼贺德新弟寿辰

贵恙已痊愈，吾心始得平。吉人天所相，云散月长明。生日佳肴美，春节瑞气生。一年将复始，马走未羊鸣。

［自注］ 1991年庚午1月13日作。附泽刚五律一首、词一首：

哭锉鄂兄 张度

耄耋王华老，交游两纪亲。比肩兴水利，携手赏诗文。鱼雁连年寄，存亡一旦分。噩耗惊霹雳，涕泪满衣襟。

浣溪沙 张度

序

一九三〇年春，蜜月中，孔才三哥约请又新与予游颐和园，曾在谐趣园知鱼桥上摄影留念。至一九八二年重游时在原处再留一影，前后相隔已历五十有二年矣。两影神态虽有不同，而情好弥笃，不减昔日。喜阅之际，遂以小令纪怀。

乐寿堂前看玉兰，知鱼桥畔赏荷鲜。双鸿倩影映池间。　　谁谓人生难再少，心心相印似当年。留痕喜看凤依鸾。

新年奉酬蔚文兄

新年欲写总迟迟，不见君诗未有辞。岁岁欢腾如一日，朝朝变幻不同时。儿时绕膝慈颜喜，老至重孙对我嬉。国阜民康新气象，天时人事各相宜。

［自注］ 1991年庚午2月19日作。

蔚文兄诗词付印成集合作致贺

五百诗词一卷成，恍如天上落琼英。(泽刚)爱民爱国作高咏，感事感时无限情。(又新)何用虚怀称半路，从来大器晚霞明。(泽刚)吟风弄月有余兴，笔墨流珠寄友朋。(又新)

[**自注**] 1991年辛未3月7日作。附蔚文诗：

拙稿将付印赋一律代跋　高书楼

有为有乐寿而康，闲日思如马脱缰。向往人间真善美，心期祖国富安昌。晚年弄笔非无故，半路出家不自量。好此常年终不倦，精神生活欲扬扬。

拜读秉鉴寿松两兄大作俚句奉酬

锦城喜有两诗翁，雅什连篇兴致浓。江南二月春来早，红墙黄瓦马棚东黄君住成都东马棚街附近，有红墙巷黄瓦街。南国风光无限好，北地春寒仍似冬。破土萌芽才寸许，那见柳绿与桃红。欲和佳句苦难工，把笔长嘘望远空。云雾葱葱连翠岱，江湖万里一帆风。七载唱酬已非短，咫尺天涯笑语同。为更一字谢知己黄兄为又新诗“老至重孙对我戏”建议改“戏”为“嬉”，屡蒙赐教感私衷。老年更要争分秒，两地云霞一样红。

[**自注**] 1991年辛未3月23日作。前一日接秉鉴兄五页长简，并附诗多首。附泽刚绝句二首，秉鉴一首：

奉答蔚文兄三绝句　二首　张度

衣不染尘胸海阔，晨习太极晚高歌。诗成赠内兼自勉，自古才人蜀郡多。

金婚易得非望蜀，鸿案相庄好护持。我已结缡逾花甲，同君互祝到期颐。

[**度注**] 来诗《赠内》一首，有“银婚已贺盼金婚，既得陇兮犹望蜀”之句。

赠又新嫂 黄秉鉴

落笔能参造化工，贺家才女久闻名。文思汹涌老不减，九韵长诗顷刻成。

读蔚文兄寄孙诗钦佩不已俚句奉赞

有孙壮志学雷锋，不畏艰辛事远征。脚踏高原西藏土，胸怀四海赴前程。

[**自注**] 1991年辛未4月27日作。附泽刚同作：

读蔚文兄寄孙诗钦佩不已俚句奉赞 张度

老亲培育恩泽厚，受党栽培理想闳。实践饱经风与雪，行看天际起飞鹏。

拜读蔚文兄午睡诗奉和却寄 二首

一

暑气侵人昼欲眠，芳花帘外静娟娟。牡丹芍药才脱蕊，月季蔷薇又吐妍。

二

满庭树影与花荫，翡翠天空浮白云。午睡醒来无一事，开笺又见墨花新。

[**自注**] 1991年辛未5月23日作。

泽刚自一九八五年病癌治愈后迄今六易寒暑近经复查完全过关矣又经验血知免疫功能好胜过一般人喜而有作

我爱张夫子，宽宏无比伦。有如沧海水，又似太行云。海水能容物，青云高出尘。自幼耽文史，学工不让人。早岁鸿图展，沿黄走在前。遑遑三十载，花甲始息肩。骥老不伏枥，退协又举鞭。持家有条理，儿孙能效贤。家务不辞劳，凡事总争先。偶病今医净，受屈亦得申。体检尤堪喜，胜过少年身。养生怀良策，福寿自无垠。

［**自注**］　1991年辛未7月7日晚作。

附和春芳兄依韵赠泽刚一首及泽刚奉和春方见赠：

赠泽刚兄健康高寿兼和又新嫂　和春芳

我爱张夫子，正气无比伦。巍巍红岩壁，漫漫黄岭云。则刚因无欲，气华能养神。幼时秉豪志，毕生报国勤。仁者得长寿，富贵乃灰尘。吾师又吾友，敬佩入短篇。

依韵奉和春方兄见赠　张度

知己吾与子，情亲似天伦。伴读同作息，学成共乘云。忠诚出肺腑，聪慧能通神。不骄亦不躁，能养又能勤。世道分泾渭，洁身不染尘。老来常聚首。酬唱总连篇。

送暑迎秋

汗流如雨雨如汤，溽暑难消欲断肠。玉露寒姿迎丽景，金风送爽喜新凉。

［**自注**］　1991年辛未8月25日作，用以回寄高蔚文兄，答其新秋词。高词附下，并附泽刚七绝二首：

木兰花　新秋　高书楼

雨余旦暮新凉渐，又见一年檐景短。风清气爽丽金秋，豁目蓝天明净远。秋光胜似春光艳，水木清华寒露湛。待逢佳节桂飘香，万里清辉迎月满。

张辰重孙投考南开大学幼儿园　张度

重孙应试幼儿园，对答如流不畏难。水调歌头歌一曲，阿姨满座尽开颜。

题克淳在天津河北区民进会所前彩照 张度

彩照呈来老眼明，恍如归省笑相迎。投身民进长才展，忠孝传家无限情。

赞重孙

重孙三岁小孩提，能背苏公明月词。我亦欣然挥彩笔，入园首日得红旗。

［**自注**］ 1991年辛未9月11日，接克淳儿函，得知重孙入幼儿园之第一日即得奖小红花，喜而得句。附泽刚同时作绝句二首：

接克淳函得悉润华媳被评为校级先进教师
虽已退休教师节回校受奖倍承尊敬
喜慰得句为赠 二首 张度

一

教坛卅载不辞劳，先进良师美誉高。桃李满园结硕果，木兰解甲脱征袍。

二

犹记旅舍初相见，风华正茂两青年。并肩开辟新天地，子孝孙贤代代传。

读蔚文兄赏月词奉答二韵

儿孙欢聚本寻常，同沐中秋明月光。美酒佳肴虽可喜，令人钦佩是华章。

［**自注**］ 1991年辛未9月27日，接蔚文兄函附《水调歌头·中秋月》词，立即得句作答。附泽刚同作：

读蔚文兄赏月词奉答二韵 张度

幽怀妙写中秋月，千里迢迢寄友情。无虑无忧耄耋偶，京蓉两地树吟旌。

辛未秋十月七日送别春方渟钧兄嫂将于重阳节后赴美国定居

中秋国庆又重阳，举国欢腾意气昂。灿烂花灯与明月，花坛处处吐芬芳。佳节联翩喜欲狂，忽闻好友渡重洋。举家欢聚已如愿，故土难离又长叹。咫尺天涯非妄言，惟有吟诗祝康健。异国风光巧摹写，望穿秋水盼鱼雁。

［**自注**］　1991 年辛未 10 月 9 日作。春方兄嫂将于 10 月 31 日登机出国。

友人赠花

南方花卉北方来，引得诗情又满怀。绿萝叶大如车盖，棕竹叶长潇洒排。梅花高雅冰雪干，黄紫菊花锦绣堆。一品红兼玻璃翠，吊兰垂垂迎风徊。海棠红色胭脂润，水仙洁白笑口开。出入相看不自觉，有如醉卧黄金台。心情舒畅恙痊愈，天高地阔何恢恢。谁人赠此佳品种，疑是花神下九垓。

［**自注**］　1991 年辛未 11 月 19 日作。

夜半观雪

夜半不成眠，开门看雪天。纷纷连昼夜，浩浩遍尘寰。鸳瓦家家白。梨花树树悬。华灯照瑞雪，花落似春还。

［**自注**］　1992 年辛未 1 月 5 日夜，自黄昏沉阴，旋即降雪，直至次日午后始止，为今冬之第四次大雪，对农作物极好，丰收又有望矣。附泽刚七言绝句二首，为答孙女文联来函说“从幼时为买一片西瓜体会到爷爷钟爱之心情，永印心田”：

忆昔寄文联 张度

一纸书来抵万金，西瓜如蜜乐天真。而今彩笔书佳趣，旧景重温味益亲。冰激凌入孙女口，祖父旁观笑语温。再唱儿时难忘曲，怡情养性长精神。

上元奉答蔚文兄壬申新年

新年初过上元时，暖至寒消入好期。贵体应从时节愈，文章要与古人齐。遥瞻南国春光美，喜读壬申新岁辞。我亦壮年既多恙，心怀舒畅盼期颐。

[**自注**] 1992年2月19日，接成都高蔚文学长函附《壬申新岁感怀》七律一首，引起诗兴，当晚口占七律奉答。附蔚文来诗：

七律 壬申新岁感怀 高书楼

东风浩荡岁华新，好鸟唤回烂漫春。铁骨贞心迎大圣，熙天曜日庆芳辰。深谋革放兴邦计，郅治繁荣惬众心。大国溃崩盲失相，九州生气壮乾坤。

敬祝德新弟同春妹八旬双寿

八十高龄未觉老，比翼齐飞兴致高。儿女众多家家乐，种花种豆不辞劳。史地理化各臻妙，满园桃李仰高标。争取莫为王母笑，寿至期颐不为遥。

[**自注**] 1992年2月22日晚作。德新弟年已八十，在贺氏近族中已是首创男士高龄之人，而伉俪同庚同庆，尤为难得也。

奉答春方兄见怀

人在东西两半球，高瞻远瞩各千秋。莫追往事叹绸缪，身遥心迩如同游。君伴华灯赋妙词，我沐朝阳为君谋。老来兴致要高华，何况身居翡翠楼。得有佳女与佳婿，日夕承欢慰白头。同信万物有创造，人各有分勿妄求。

[自注] 1992年壬申3月17日夜作。附春方兄3月3日自美国得克萨斯州其女儿和音家来诗一首：

离京来美怀念泽刚兄嫂　和春方

小院南窗下，促膝随心谈。风烛残年者，远离相见难。凭栏空怅望，泪下沾衣衫。但求多保重，鱼雁时往还。悠悠天地在，百年一瞬间。万物有创造，坚信莫迟延。

[自注] 再附蔚文兄及泽刚七律各一首：

七律　无题　高书楼

居处心安即我园，僦居锦里卅余年。浮生万事云烟渺，鸿爪千山忆梦残。对酒莫生迟暮感，观花要趁盛时妍。春来芳草芊芊绿，旖旎风光物候鲜。

奉和蔚文兄无题诗　张度

吾爱吾庐半亩园，生涯平淡几多年。忘机差幸挂冠早，览镜何须叹鬓残。窗下牡丹吐新蕾，庭前兰桂竞芳妍。清闲自适心身健，饭软茶甘味倍鲜。

牡丹又开

年年此地牡丹开，乘兴闲吟亦快哉。唱和连篇犹在耳，馨香又上绿窗来。

[自注] 1992年壬申4月19日，窗前牡丹今年特别繁茂，今晨六朵同开，已是第三年开花也。欣赏之际，忆及去岁与成都高蔚文兄唱和牡丹，转瞬之间又是一年矣。晚间与泽刚闲叙，知蔚文夫妇近日偕游府河公园。泽刚口占一绝以写羡慕之情，予二人已六年未游园赏花矣。附泽刚七绝：

羡蔚文兄嫂 张度

府河河畔柳摇青,伉俪诗人相伴行。三月春光无限好,羡君常住锦官城。

初夏 二首

一

花开时节绿笺投,飞絮扑帘春色收。长日迟迟人莫倦,好将诗句锦囊留。

二

芳翠斗青妍,阳和四月天。梨花一团雪,柳叶万条烟。闹市人声沸,闲庭鸟语喧。斜阳燃万绿,细雨洒田园。

[**自注**] 1992年壬申5月1日作,再过四日即到立夏节矣。

辑 佚

故园留别

午夜风吹梦，天明客别家。喧腾连袂屐，缭乱整裙纱。异地同明月，芳辰恋物华。回瞻拂柳城，摇曳送征车。

［**按**］ 本诗刊于《天津民国日报》1945 年 10 月 23 日副刊“诗页”。本诗作于 1939 年，见卷三。其中“裙纱”作“裾纱”，“柳城”作“城柳”。

大 雨

惊心掣电与奔雷，正恐崖崩天柱摧。古木拏空瘦蛟舞，长条委地潜龙回。忽忆去年秋雨里，洪流滚滚从天来。楼头坐卧栖不稳，雨声水势争喧豗。浮尸莫辨人与畜，逃亡但觅丘与台。悲风凄凄云漠漠，乾坤万窍皆含哀。区区生命延一发，那期今日倾樽罍。信知有命天不厄，人厄于我何有哉。莫惧洪流成巨灾，但欣快雨扫尘埃。不须更问明朝事，长醉高歌归去来。

［**按**］ 本诗刊于《天津民国日报》1945 年 10 月 24 日副刊“空谷吟”。本诗作于 1940 年，见卷三。其中无“楼头坐卧栖不稳，雨声水势争喧豗”，及“莫惧洪流成巨灾，但欣快雨扫尘埃”等四句。

不 寐

不寐听虫鸣，风微露气清。长空星斗转，碧海浪花生。大地愁无主,征轮辚有声。何当投笔去,谁复问前程。

[**按**] 本诗刊于《天津民国日报》1945年10月24日副刊“空谷吟”。诗钞原稿中无此诗,但第一二两句与1922年同题七绝相似,见卷一。

春归故都

霭霭轻烟接云汉,悠悠绿水垂杨岸。妙舞仙姿紫燕飞,百啭珠喉鹦鹉唤。游丝柳线自牵萦,落絮飞花任凌乱。三春景物最销魂,蝶梦悠悠肠欲断。飞轮百转到京华,虎口归来兴未赊。身世莫悲蓬梗似,弥天猿鹤化虫沙。英魂百万杳何许,春闺好梦寻无处。繁华事散变荒凉,流水无情自今古。天伦相聚且言欢,清谈犹得诗中趣。绿鬓何忧白发生,消愁要使红颜驻。

[**按**] 本诗刊于《天津民国日报》1945年11月6日副刊“空谷吟”。本诗作于1938年,见卷三。

其中“游丝柳线自牵萦”作“柔丝软系絮飘扬”,“落絮飞花任凌乱”作“片片飞花蜂蝶恋”。无“三春景物最销魂,蝶梦悠悠肠欲断”二句。“飞轮百转到京华”作“去年离乱别京华”,“英魂”作“英雄”,“春闺”作“深闺”,“变荒凉”作“逐香尘”。

幽 居

幽居抱雅不出门,茗香诗句皆清新。槛外晨风满楼阁,花间夕露湿衫裙。儿童竹马乱成阵,热闹真如十万军。意气飞扬思霸楚,喧呼激越先亡秦。翠眉秀目俱俊发,鹓雏龙子皆天真。故人久别形自远,儿童鱼鸟日相亲。镜里浮花水里月,空中翠草梦中人。胡为拘束不行乐,优游乐道如仙神。风飘电掣几千载,独留文藻垂华芬。

［**按**］ 本诗刊于《天津民国日报》1945 年 11 月 6 日副刊“空谷吟”专栏。诗钞原稿中无此诗。

在俞大酉著《涵沧室诗》中有此诗的和诗，作于 1940 年庚辰。录如下：

雨窗读幼莘先生诗即用其幽居诗均　俞大酉

细雨霏霏昼掩门，残荷鸣雨声清新。琮琮细响戛金石，飒飒凉飙透夹裙。闲坐小窗诵新句，瑰丽真足张吾军。咏絮清才抗鲍谢，纵横辩口轻仪秦。雅怀伟抱愧男子，抗心往哲求其真。相望百里莫由接，烟尘不隔神明亲。雨声诗意两相答，恍如琴瑟能移人。由来知己不易得，交期遗貌唯其神。故园芳草自蓊郁，下风常此挹清芬。

秋夜用陆放翁对月元韵

万里清风吹白云，高歌自和旁无人。不须对景伤离别，好把幽怀对明月。轻罗觉薄琴书冷，夜夜凉飙吹梦醒。虫鸣花底鸟藏林，林动鸟惊花弄影。闲栖一榻小如船，清光如水身如仙。浑忘人间繁会处，困倦但随花睡去。

［**按**］ 本诗刊于《天津民国日报》1945 年 12 月 5 日第三版。诗钞原稿中无此诗。

在俞大酉著《涵沧室诗》中有此诗的和诗，作于 1940 年庚辰。录如下：

和幼莘先生均　俞大酉

迢迢碧落卷纤云，清晖灼灼寻幽人。朱门绮户才相别，又见小窗竹映月。庭前三嗅幽香冷，群芳沉醉菊偏醒。繁英细叶答天工，浅淡妆成舒倩影。幽斋超旷浑如船，花月交辉人欲仙。冥心神会古人处，恍似乘槎入云去。

辛巳初春归园得与古函快晤古函晚归天已微雪翌日与兄登山看雪遂为长句兼呈古函

灯前飞雪扑帘入，窗外沙沙声转急。凌晨冒雪登层巅，仰首天葩正可餐。君不见，驴背高吟孟浩然，坡老尖叉斗半山。傲骨崚嶒胜松柏，奇情吐纳尽云烟。门前灯影笑声歇，车唇昨载幽人还。幽人清梦渺何处，形影依稀不忍去。神交不见思茫茫，一旦相逢喜欲狂。生成雅量真如海，更有佳词胜珠琲。春云秋月接青霄，威风祥麟空绝代。故园小住难久留，人生能得几自由。离思别肠莽何似，春冰泮涣不可收。

［**按**］ 本诗刊于《天津民国日报》1945 年 12 月 28 日第三版民园副刊"空谷吟"专栏。诗钞原稿中无此诗。

在俞大酉著《涵沧室诗》中有此诗的和诗，作于 1941 年辛巳。录如下：

辛巳元月始晤幼莘先生承赐诗次均赋呈即以赠别　俞大酉

世途枘凿苦难入，荒烟满眼风沙急。飘然忽落太华巅，醍醐沃顶珠玉餐。天风荡袂自轻举，横胸何限嵯峨山。散绮被縠得仙侣，阴阳吐纳霏云烟。謦欬未亲意已足，灵犀一点相与还。相逢已是别离处，握手论心不忍去。万古幽怀付渺茫，长空一任笑佯狂。养就襟怀小沧海，饮露吸风贱珠琲。回首千秋傲子云，端须知己求当代。冰雪清姿心目留，天衢正路知所由。暂时判袂各归去，五云楼阙望中收。

归津咏怀

津沽又见水盈盈，中途景物良娱情。茅舍良田轻润雨，溪云岭树暗藏莺。牧童野老纷来去，薄雪残冰尚冻凝。耳底犹萦故人语，望中早失京华城。峥嵘楼阁五云里，何处飞来弦管声。凄凉旷野埋战骨，风烟惨淡无人行。荣枯咫尺判霄壤，等闲身世波中萍。乘流而逝得砥止，莫因磋跌轻前程。被奇服兮表独立，广漠彷徨恣暇逸。望美人兮天一方，山嵯峨兮海茫茫。

［按］　本诗及再和诗刊于《天津民国日报》1946年1月7日文艺副刊“空谷吟”专栏。本诗作于1942年，题为《返津》，见卷三。内容有差异，其中“野老”作“野叟”，“犹萦”作“犹闻”，“磋跌”作“挫折”。

在俞大酉著《涵沧室诗》中有此诗的和诗，作于1941年辛巳。录如下：

幼莘先生返津雨雪连朝适逢其津中来诗次均奉和　俞大酉

无端飞雪落盈盈，怅望遥天何限情。寒意苦留欺太皞，春光闭绝阻啼莺。江南芳信传应遍，北地飞霜冻尚凝。旅雁徘徊再三顾，春来还滞衡阳城。龙潜蛇蛰豹隐雾，九天不到惊雷声。阴霾涨眼足愁思，更堪此际送君行。人生到处鸿踏雪，匆匆遇合风吹萍。飘萍一瞬遭水滥，飞鸿万里看云程。君子修名患不立，夕惕朝乾宁敢逸。试上层楼揽八方，狂澜倒海正茫茫。

［按］　原诗注明作于1942年，俞大酉和诗注明作于1941年，二者之一似有误。

古函见和归津诗次韵奉和

连天飞絮自轻盈，绻缱偏萦离别情。陌头草长皆碍马，枝间风软不惊莺。水田漠漠晴烟绕，桃李阴阴香雾凝。韶华转眼飞红堕，暮云回首芙蓉城。轻尘三尺迷巷口，何处高山流水声。白云一片仰高致，飞龙天马凌空行。孤馆落花散成缬，故园初芰应如萍。姑从燕雀藩篱计，那随黄鹄云天程。巍峨泰岱眼前立，揽辔雄心容自逸。陒变乾坤不可方，乱山起伏云苍茫。

［按］　再和诗刊于《天津民国日报》1946年1月7日文艺副刊。诗钞原稿中无此诗。

题二俞书画扇

皎皎一轮月，光辉照九州。嫦娥舒倩影，素女回青眸。丹黄桂香陌，苍翠青山头。蜿蟺蛟龙走，氤氲花气浮。一挥肌肤清，再挥炎暑收。三挥青冥阔，飘然海上鸥。却愿恒炎曦，清飙终见酬。

［**按**］ 本诗刊于《天津民国日报》1946 年 1 月 7 日“空谷吟”专栏。本诗作于 1941 年辛巳，见卷三，题为《题书画扇》。末句“清飙”作“凉飙”。

辛巳夏晨与兄游西海

西山在眼画不如，明霞五彩飘空虚。两岸垂杨鸣宿鸟，一弯绿水长新蒲。浮空万点红玛瑙，盖溪十里碧氍毹。荷盖承珠鱼窜水，乱蛙跳草鸭藏芦。树下苔深人迹少，天边云淡鹤飞孤。同游争说风光好，欲将西子比西湖。江南山水天下无，梦魂不到思有余。锁钥北门关自壮，攀登曩亦劳形躯。天时人事百不遂，冀州横览输飞凫。风旋雷转总莫测，乐天安命心常舒。繁市喧声起红日，相将归伴东坡居。

［**按**］ 本诗刊于《天津民国日报》1946 年 2 月 15 日“空谷吟”专栏。本诗作于 1942 年，见卷三，题为《游西海》。其中“五彩”作“五色”，“荷盖承珠”作“荷叶呈珠”，“西子”作“西海”，“乐天安命”作“高瞻远瞩”，无末二句。

壬午春寄泽刚

忆昔当年三月春，蜡烛红纱点缀新。绿窗鹎鵊催天晓，鸟语花风正唤人。郊外偕游健腰脚，青青草色欲迷裙。烂熳桃花红似染，芳园不饮亦成醺。高山流水弹心曲，鱼跃于渊鹤舞云。湖光山色各娟静，此中真乐俦与伦。十年无计逐飞鸿，乾坤都付渺茫中。耸身直上华与嵩，指点江南千万峰，会与佳人佳处逢。

［**按**］ 本诗刊于《天津民国日报》1946 年 2 月 15 日民园副刊“空谷吟”专栏。诗钞原稿中无此诗。但在 1977 年所作《颐和园赏玉兰有感兼简于美同志》一诗中有“忆昔当年三月春，蜡烛红纱点缀新。绿窗鹎鸡催天晓，鸟语花风正唤人。郊外偕游健腰脚，青青草色欲迷裙”六句及“十年无计逐飞鸿，乾坤都付渺茫中”二句，与本诗诗句相同。

古函子正喜余至留饮对月高歌归后赋赠

清光皎洁纤云卷，人与神仙隔不远。琼楼绮阁非人间，云裳霞帔相邀拦。清声只在云霄上，逸韵勾留箫管端。不有高歌动寥廓，茫茫心事将焉传。惊君才艺饫君意，去去无言夜已阑。路旁槐影印襟上，华灯庭绿摇书幌。满怀幽绪不成眠，静院蛩音谁共赏。驹阴过隙不暂留，万端薄俗良悠悠。云龙聚散本无定，沧波身世同飘浮。潭潭大度望君子，自顾平生真幸矣。神明不隔山与川，莫把离愁萦燕喜。君不见，东坡山人美清夜，形影独嬉风露下。穿花踏月肤生凉，浪说千篇凌鲍谢。

［**按**］ 本诗刊于《天津民国日报》1946 年 2 月 18 日文艺副刊“空谷吟”专栏，诗钞原稿中无此诗。古函即俞大酉，子正乃其妹俞大贞之字。俞大贞（1912—1957），字子正，毕业于北京师范大学数学系，曾任哈尔滨军事工程学院数学教师。

在俞大酉著《涵沧室诗》中有此诗的和诗，注明写作年代为壬午即 1942 年，原诗当作于同年或稍早。俞大酉和诗录如下：

次和幼莘先生元均 俞大酉

冉冉行云自舒卷，烟波浩渺连天远。一将踪迹寄人间，尘韈俗鞍交拘拦。长年闭户观物变，千奇百怪收毫端。横胸块垒那得吐，聊将心事诗中传。君有此癖虽自笑，奇情小共岁时阑。忆昨云开新月上，清光如水浸幽幌。浊醪苦茗快同倾，更有奇文共欣赏。雅集常将胜事留，新诗脱手兴偏悠。至今暮色微风里，犹有清声空际浮。烟尘漠漠望吾子，漂泊干戈嬉惫矣。芝兰臭味几人同，骥尾遥攀宁不喜。百里月明同此夜，只见庭梧一叶下。人生意气当拏云，那便青春叹凋谢。

与古函先生彤文二嫂慧君三嫂偕侄辈游北海

欲雨不雨风扬尘，天空水上皆鱼鳞。柳丝垂地燕雀倦，芙蕖斜趁鸳鸯群。游共儿童兴倍好，歌杂悲欢气益振。年年此地能欢聚，忽忆东西南北人。东西南北正无定，且喜今朝形影亲。君不见，万紫千红皆锦绣，东风春暮争纷纷。夏景葱茏枝引蔓，高秋雁阵翻然分。飞雨白日洒伊洛，惊风黄叶飘淮秦。那便深思伤雅兴，但须行乐及芳辰。

［**按**］ 本诗刊于《天津民国日报》1946 年 3 月 9 日文艺副刊“空谷吟”专栏。本诗作于 1945 年，见卷三，题为《夏日回京与嫂侄游北海》。其中“翻”作“翩”。

春　雨

帘内轻寒帘外雨，檐前燕子双双舞。无言怅望暮天云，春波腻涨桃花浦。花开花落几多愁，风波无定乾坤浮。万古皆随风雨尽，惟余文字几希留。沙尘埋没能无叹，梦魂夜夜飞霄汉。驮骎腾踔能几时，更堪触目春将半。绮丽词章照古今，当年谁慰寂寥心。深谷应芜紫芝草，绮里东园何处寻。

［**按**］ 本诗刊于《天津民国日报》1946 年 3 月 9 日“空谷吟”。本诗作于 1939 年，见卷三。其中，“绮丽”作“黄绮”。

访仲兄不遇

菊开簇簇花，鸟语解人意。空室织蟏蛸，蟋蟀鸣玉砌。春光烂缦时，幽庭时一会。秋风忽萧飒，行人犹未至。举首望云天，飞龙挂天外。流露好风光，金陵佳丽地。北国号寒风，阴霾几时霁。天际识归舟，云间看返旆。满抱芳菲怀，援笔泻清快。

［**按**］ 本诗刊于《天津民国日报》1946 年 3 月 9 日“空谷吟”。诗钞原稿中无此诗。仲兄即贺翊新。

丙戌春寄泽刚

十年离恨极边城，漫向苍天诉不平。柳色松风悲晓月，梨云杏雨听新莺。莫愁形影分南北，自有精诚共死生。何日一樽相对饮，冰心玉骨鉴波明。

［**按**］ 本诗刊于《天津民国日报》1946 年 4 月 29 日民园副刊。本诗作于 1946 年，见卷三，题为《寄泽刚》，内容全同。

古函约与鹏南峄莘作诗消夏先成二律以引兴端即乞正和　二首

时世益堪悲，前程渺不知。慢刀磨劲骨，快剪断愁思。冷嚼胭脂雪，香攀翡翠枝。玉楼人意好，清咏避炎曦。

故都青嶂雨，沽上锦帆风。岁岁欢能共，朝朝兴不同。陆离鹏运海，婀娜凤栖桐。争似西潭月，团圞挂碧空。

［**按**］ 本诗及和诗刊于《天津民国日报》1946 年 7 月 15 日文艺副刊。诗钞原稿中无此诗。在 1978 年所作《答克淳》一诗中有“故都青嶂雨，沽上锦帆风”之句。在 1987 年所作《祝贺春方仁兄八旬大庆》一诗中有“故都青嶂雨，沽上锦帆风。岁岁欢常共，朝朝兴不同”之句。

在同一副刊中同时刊有古函、鹏南、峄莘及天游和诗四首，录如下。

次和幼莘先生逭暑之作　古函

溷迹人寰里，幽怀只自知。劳尘纷似霰，积牍乱如丝。拂暑凭蕉扇，占风觇柳枝。斗诗消永日，笑语却炎曦。

人间聊小戏，万事马牛风。世俗酸咸异，芝兰臭味同。新诗传片楮，清响托幽桐。结习未全泯，高歌透碧空。

古函幼莘两先生相约敲诗送暑幼莘先生首唱二律督和次韵奉酬　鹏南

守约行吾素，何劳国士知。不求师季路，任侠慕袁丝。涉世看千变，巢林抱一枝。广文官尽冷，犹胜趁炎曦。

二子今诗伯，萧然林下风。清吟消永昼，此乐几人同。菲质惭樗栎，宗工当爨桐。相从歌古调，一洗郑声空。

又　峄莘

孤往江湖味，年来已自知。征尘欺鬓影，乡梦恋莼丝。诗绪云千叠，生涯笔一枝。楼阴宜逭暑，不觉有炎曦。

苔岑喻雅契，觞咏见高风。莫惜吟肩耸，还期酒盏同。沉酣从翰藻，陶写藉丝桐。别有安心法，长歌万虑空。

古函鹏南峄莘幼莘以消夏唱和诗见示次韵奉和　天游

此地真无夏，诸君自不知。门摇波十顷，堤曳柳千丝。汲井凉生发，承檐绿满枝。晚来冰覃冷，一霎挽流曦。

清夜云端月，平明露下风。孤吟聊自和，赏会更谁同。渭水千竿竹，龙门百尺桐。千霄养风雨，三匝凤翔空。

［**按**］　和诗作者古函：俞大酉，字古函。鹏南：齐治平（1920—1988），曾用名纪图、鹏南。毕业于北平师范大学国文系。曾在北平、天津、张家口等地中学任国文教员。1945年，由贺培新推荐，任《天津民国日报》助理秘书、撰述主笔，协助总主笔俞大酉撰写社论。峄

莘：刘叶秋（1917—1988），原名桐良，字叶秋，号峄莘，贺培新弟子，毕业于中国大学中文系，时任《天津民国日报》副刊主编。

《贺培新集》（凤凰出版社 2016 年版）《天游室诗卷第二》中，有二首兄妹联句，录如下：

雪后登塔与伯兄仲兄翊新妹联句

西山挂云幕，万树开琼花（迪）。壅培根深奥，覆压枝横斜（培）。俯仰一身外，天际浑无涯（又）。深宫封玉屑，残阙埋寒沙（迪）。琼楼气凄凛，玉宇森排衙。平铺吹素练，层迭屯崰岈（培）。谁将曲径扫，蜿蜒如长蛇（又）。晶莹光万顷，点点翻寒鸦（翊）。对景发幽兴，挥毫落彩霞（又）。联吟风出谷，瀹思笋抽芽（翊）。欲将心比雪，皎皎净无瑕（又）。恣情写怀愫，休向旁人夸（迪）。倔强天所忌，松老看龙拏（培）。鳞皮自翻裂，一白焉能遮（翊）。郁律天容晦，诗书气自华（迪）。升沈原有命，莫漫苦长嗟（又）。岑岫纷倾倒，颠风散乱葩（翊）。归途惊顾笑，未老鬓成华（培）。

兴会高逸。

［**按**］ 此诗刊于《贺培新集》（凤凰出版社 2016 年版）第 185 页《天游室诗卷第二》。与诗钞原稿《雪后同长兄迪新仲兄翊新叔兄培新登北海白塔联句》一诗接近。

“兴会高逸”为吴北江先生评语，在诗钞原稿自注中作“兴会高华”。

阴雨与妹联句

阴阳气交会，云雷万壑通。连钱铺满地，万杖交排空。冯夷驱海立，鞭怪波涛中。丰隆击天鼓，陆地登鱼龙（培）。陵谷无由辨，万象难究穷。誓倾东海水，一洗燧烟重。小院炎威戢。联吟兴倍浓（又）。龙芽煮双井，聊慰枯肠鸣（培）。学舍如舟小，榴花似火红（又）。池清鱼皛皛，萍弱波淙淙。檐溜有清音，万窍号笙镛。急雷为怒鼓，沈雷为洪钟(培)。荡漾千丝柳，岧峣万丈松。孤松峙云表，弱柳乱西东(又)。坚贞质固异，凡材难苟同。繁英罗百卉，过耳若飘风。黛色横天外，万古高穹隆。寸茎荫百尺，吾闻之太冲。离离苗已萎，郁郁松犹崇。而今始未信，地势宁为功(培)。久雨花零落，飘流任转蓬。艳质堕泥泞，忧愤填深衷。阳乌唤不应，天公如聩聋(又)。愁颜长惨惨，涕泪还潨潨。洪水泛郊野，人马失常踪。云谁履虎尾，讵免杀身凶。天作孽可违，自作孽常钟。人孽吾能免，天孽宁为容(培)。疲民苦屋漏，饮食常不充。日出可力作，久雨愿何从。有田难获稼，有屋难藏躬。稚号隐呜咽，气尽睁双瞳(又)。老叹频泣血，衰飒心朦朦。疮痍满天地，块垒莫填胸。且倾杯酒尽，放眼睨群雄。摛辞聊啸傲，落笔接鸿蒙。神游天地外，兴起废餐饔(培)。惊人构奇句，吐气干长虹。宁辞寸管折，沙石勤磨砻。斯世无知己，天鉴此孤忠(又)。相看成至乐，大化真良工。晚景沈沈至，暮鼓声隆隆(培)。淋浪犹未止，庭水纷滢溶(又)。石破天难补，神娲岂再逢。千涂泥扰扰，浩漫竟谁宗(培)。

可与学韩孟。

[**按**] 此诗刊于《贺培新集》(凤凰出版社 2016 年版)第 189 页《天游室诗卷第二》。在诗钞原稿中无此诗。

“可与学韩孟”为吴北江先生评语。

附录一

文学社题名录序 贺又新

德配乎天地，明光乎日月。行万里而无阻，垂百世而愈昌。挽风俗之溺，济世运之颓。盛则世风淳朴而国势兴隆，衰则风俗靡敝而国因之不振。移风易俗与治化进退，其惟文章乎？

夫天下之学众矣！表而出之，未有不赖于斯文者。故古圣先贤，去人已远，而读其书，而神游其时，察其微言奥旨，以见其伟略闳猷，怦然动其爱敬之心，恍若与文武孔孟左马杜韩之流肹蠁于宵寐之间，而其悲歌侠烈之气，浩瀚淋漓之致，遽能使人荡心惊魄，互悲以喜，其感人若是。斯其所以与俗化移易，与世运升降，绵延于数千百世之中而不坠也欤？

吾国自羲皇建业，数千年来，一治一乱，而文章之学，有盛有衰。三代《诗》《书》，多雍容仁厚之风，故万邦协和，黎民雍穆。盛汉文章，伟丽质朴，故国政大振。魏晋词窳气薾，而国政亦随之俱靡。唐之中叶，韩公崛起，振八代之衰，而唐以中兴。自唐之衰，学者无复与于古，古人高文绝艺，亦渐脱乱失真，世运遂递降而下。有清一代，魁儒杰士辈出，光昌坠绪，奖掖后进，文学遂大复于古，而跻数百年承平之业。洎乎今日，老师宿儒，相继逝世，世之名能文者，率不能得其正宗。假道德仁义为口语，以说部语录为文章，而亦漫以文家自鸣一世，恣其妄谬之说，放其迂腐之词，是徒足以为国之蠹，不足以补苴乎掇拾之余，而砥柱于波靡之中也。于是横流荡激，狂风怒号，少年锐进之士，籍[藉]口于追逐文明，肆其簧鼓，废孝渎伦、焚经罪圣之说岔起并作，举国茫然，靡知所向往。而是时国政杌陧已久，外忧内患，频迫眉睫，四民失所，死丧流离，迄无宁日。国家变乱之端，斯文衰坏之极，未有甚于此时者也。当是时也，苟无其人焉，揽坠绪，振古风，起柔懦，革世敝，拯水火，而置衽席，则世运岂不殆哉？

桐城吴北江先生愁焉忧之，设教于京师，丕闳往古，障川回澜，提撕后进，天下有志于文者，咸惟先生是归，而俊杰英伟不世之才，亦云兴潮起，萃于其门。呜呼！饥者易为食，渴者易为饮。道学及今，虽已大坏，得其人而昌之，殆亦夫子所谓德之流行，速于置邮而传命也。当此危乱之秋，文学虽危于一发，一旦喟焉感寤，奔走偕来，刀锯水火，父兄亲戚，不能以劝阻，并心力，捐生命，以志于斯道焉。知数十年后，不因今日衰坏之极，而愈激成空前之大业乎？是盖同门诸君子所欲竭精力以求之，而吾师所以殷然期望者欤？

又新不才，今岁始获登先生门，值吾兄孔才倡议重刊题名录。兄与同门诸文家皆有序，余年幼无学，不敢有言，既以吾兄之命，虽欲无言亦不获已，谨述文学之有关于世运、不容不汲汲求者，用以自勉，且以鉴于世人。

民国十三年七月武强贺又新谨序。

附录二

武强贺氏　张度

贺又新夫人，字幼莘，原籍河北省武强县北代村。曾祖父贺公苏生，任河北省故城县学官，遂定居于该县南运河畔之郑家口镇。祖父贺涛字松坡、二祖父贺沅字芷村，以同治庚午同举于乡，其后复以丙戌同时成进士。时桐城吴汝纶、武昌张裕钊讲学保定莲池书院，弟子中有南范北贺之誉。南范者为南通范当世字肯堂，以诗称；北贺以古文名，即幼莘祖父松坡公也。幼莘自幼与诸兄弟侄入学家塾，受业于徐州徐仰仪先生。乙丑春，年十七，作《和吴劼君女士用黄山谷次晁补之廖正一韵》一诗，北江先生阅后批云："气清句稳，下字造句，均不由人。中间复有瑰奇撑挺处，洵伟才也。昔吾师以高文雄视百代，独不为诗，门庭有此，足以补其缺矣。""昔吾师"指幼莘祖父松坡公，公系北江先生之师。是年夏，随全家移居京师，得列吴门女弟子之末行，待字兰闺，不辍吟咏。又五载，年二十二来归，六礼告成，宾客盈门。亲友赠联有"誉著乘龙，东都才子；才高咏絮，南国佳人"及"画眉京兆张卿笔，绳武嵇山贺老诗"之贺。联中盛誉，足见幼莘夫人家学渊源，上承祖业，予则幸托门下，附骥为荣矣。

赠贺幼莘先生序　俞大酉

精金美玉，夫人而知宝之。当其卝于山、蕴于璞，历千百世而不显。庸俗遭之，亦澹泊等闲视之，曾不以措意！然其为精美自若也。英奇特识之士，一旦发藏剖璞，而后庸俗乃瞠然而惊，恚然而恨，瞀焉而迷矣！然其为精美犹自若也。藏山蕴璞，不减其光；发卝雕函，无加其重。显晦之遇，庸俗之重轻，曾何足增损其美质于毫末乎？抑知世之尤物，皆天地英华之所寄，其精光宝气，自不可掩。故虽奇士不世逢，尤物不多觏，而终必彰彰于耳目。而向之深藏固闭，正天之所以爱之重之，不轻许庸俗知也。

贺君幼莘，幼嗜诗文，长而弥笃。每来自津，辄出示所作，曰："自余归张氏，家人族党以余所嗜与俗殊，群目笑而腹诽之。重违众意，间有述作，皆于夜分，不见天日之物也。"言已而笑。察其意，充然甚自得；读其文，渊渊乎多洞达道要之旨。殆所谓百世以俟知者而不愠者欤？君固未常以显晦之遇、庸俗之重轻为得失，抑亦知天之爱之重之，有逾于寻常。而今兹之不见知，正可以自豪自慰者乎？爰于其归也，书以赠之。

［**按**］ 本文载俞大酉著《涵沧室文》。见《贺培新集》第 786 页，凤凰出版社 2016 年版。

峨眉山游记

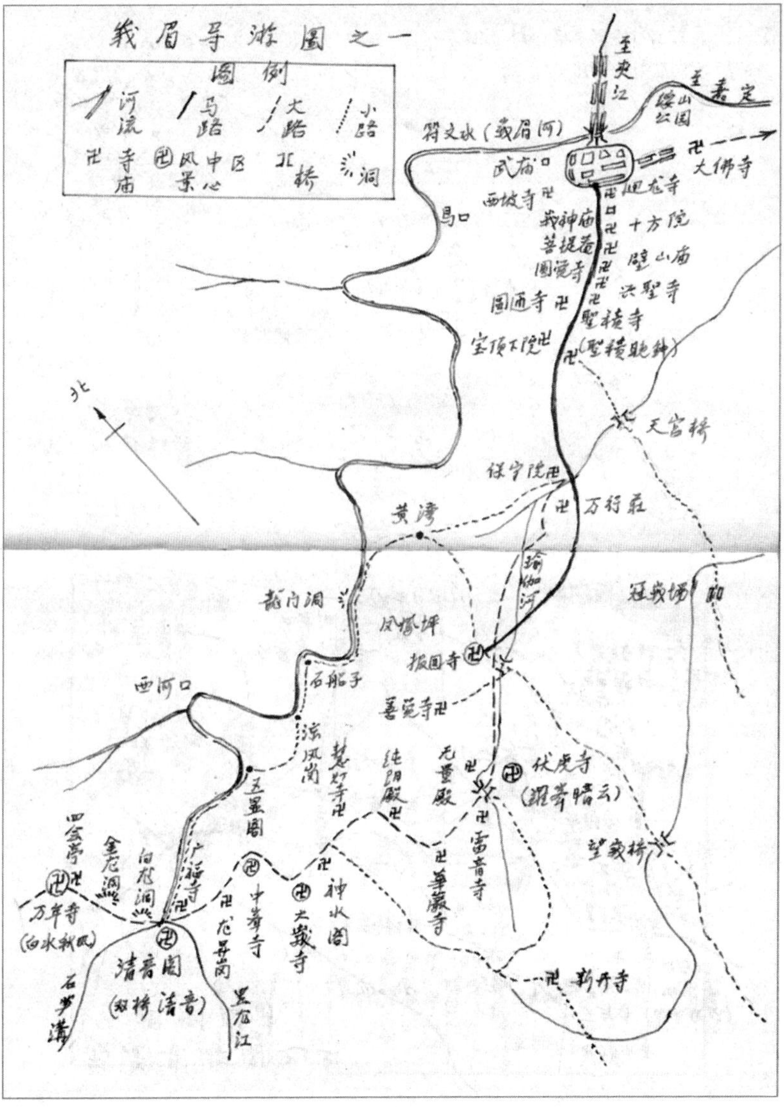
峨眉导游图之一
图例
河流
马路
大路
小路
寺庙
风景中心区
桥
洞
至夹江
至嘉定
绥山公园
符文水（峨眉河）
大佛寺
武庙口
西坡寺
迎龙寺
十方院
鸟口
峨神庙
菩提庵
圆觉寺
壁山庙
洪圣寺
圆通寺
圣积寺
（圣积晚钟）
天宫桥
保宁院
万行庄
黄湾
瑜伽河
龙门洞
凤凰坪
报国寺
善觉寺
西河口
石船子
凉风岗
慧灯寺
纯阳殿
无量殿
伏虎寺
（罗峰晴云）
五显岗
雷音寺
望峨桥
华严寺
中峰寺
大峨寺
神水阁
广福寺
白龙洞
金龙洞
四会亭
万年寺
（白水秋风）
清音阁
（双桥清音）
龙升岗
黑龙江
石笋沟
新开寺

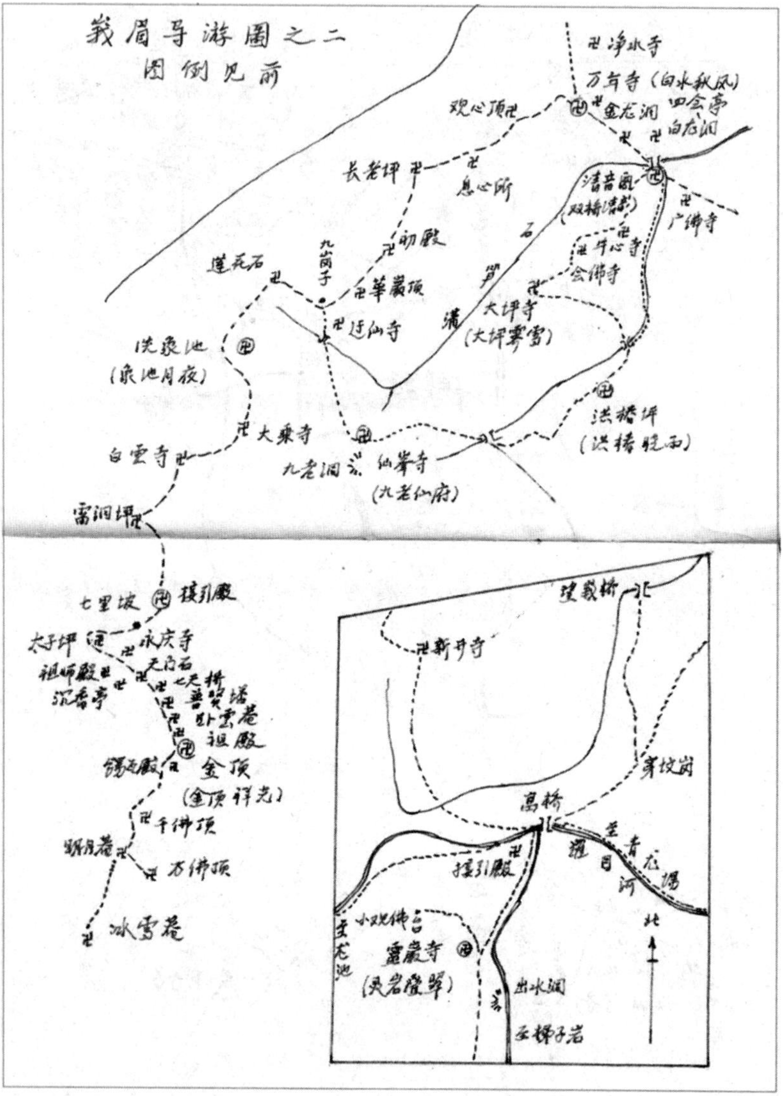
峨眉导游图之二
图倒见前
净水寺
万年寺（白水秋风）
观心顶
金龙洞
四会亭
白龙洞
长老坪
息心所
清音阁
（双桥清音）
广佛寺
初殿
莲花石
华严顶
牛心寺
会佛寺
大坪寺
（大坪霁雪）
洗象池
（象池月夜）
洪椿坪
（洪椿晓雨）
大乘寺
白云寺
九老洞
仙峰寺
（九老仙府）
雷洞坪
七里坡
接引殿
太子坪
永庆寺
祖师殿
沉香亭
卧云庵
祖殿
金顶
（金顶祥光）
千佛顶
万佛顶
新开寺
高桥
接引殿
至青龙场
北
灵岩寺
出水洞
至梯子岩

目 录

前 言

1937 年 7 月 7 日，卢沟战起，日军入侵，予自河南开封随黄河水利委员会机关入川。三年后，在嘉定做建筑工程，得暇与老校友杨冀斋兄偕游峨眉揽胜。浪迹萍踪，雪泥鸿爪，随手杂拈，难计工拙，留作一时心神情感而已。异日披览旧游，回首前尘往事，足慰梦萦岩野，堪称人生一快云尔。是为序。

第一节 出发前夕

一九四一年 四月五日 在四川省嘉定县

上午阅读谭锡畴、李春昱所著《峨眉地质报告》，抄录之。同学武汉大学助教石磊来访。午访周行后，与于钟便饭于全家福餐馆。午后续抄报告。赴嘉定饭店看梁鼎铭书展。出北门坐松菲园。访杨冀斋兄商明日启程。晚与于钟对酌。夜十时寝。

峨眉地质报告 谭锡畴 李春昱

峨眉山位置

成都西南约三百里，北纬 29°30′，东经 103°20′。山顶高度高出海面 3047 米，高出县城 2572 米，峨眉县城高出海面 475 米。

峨眉山地质

三十年前美国人威尔逊(E. H. Welson)调查峨山植物。十七年(1928)夏赵亚曾做初次峨山地质踏勘。其后二月有瑞士地质学家汉漠(A. Haim)考察其地质构造。十七年十一月二十日谭锡畴、李春昱自成都来三日抵乐山县(即嘉定府)，又二日到峨山调查。沿途观察如下：

县城南门西南七里

保宁寺 砾石(石英岩)

报国寺前 红色砂岩与黏土层 嘉定层

报国寺后 紫红色深灰色砂岩与黏土 自流井层

伏虎寺 紫红色砂岩与下为自流井层下部之砂岩

侏罗纪香溪煤系

善觉寺　自流井层紫灰色砂岩　　　　　　　凤凰坪则为灰岩
慧灯寺　炭层上灰岩为三叠纪
伏虎寺至新开寺　砂岩与页岩　　　　　　　雷音寺下之
解脱桥八九里至新开寺　黄灰色砂岩紫色岩石与页岩
雷音寺至清音阁　紫色砂岩　页岩→至纯阳洞　灰岩→慧灯寺
　　炭岩在而沙页岩露出广布大峨
　　中峰诗寺→广福寺　玄武岩流　双飞桥
清音阁至九老洞　→牛心寺　灰岩　改黄灰色之砂岩
清音阁至洪椿坪　沿溪皆玄武岩流　此处灰岩成小峡谷　黑龙江宽丈余高百丈，震旦纪灰岩分布于洪椿坪一带
九老洞至大乘寺　→遇仙寺　紫灰色砂岩　砂质页岩→洗象池之钻天坡　　高 200 米为灰色灰岩及灰色页岩
大乘寺至接引殿　→西南有 150 米陡坡曰阎王坡（白云寺雷洞坪接引殿）　深灰色厚层灰岩夹灰黑页岩
接引殿以上至七星坡直至金顶　均为深绿灰色玄武岩流，顶上厚 350 米。
峨眉山顶　山顶四望白云无垠，东向则一无所见，惟有白云似海，深悬崖际波涌荡漾，遍遮尘世。西向则坡面缓倾，渐没云底举首远望，云海中岛屿棋布，率皆南北成列，白云巅复，最高者即西康大雪山脉也。中有一峰位于打箭炉九龙之间，谟谟则为 7500 米，中国第一高山也。千佛万佛 3047 米，均为玄武岩流，呈微红色，氧化变质故也。
金顶下山返至万年寺→华岩顶　灰色灰岩→初殿　以下至长老坪、息心所、观心顶均为震旦纪灰岩，观心顶以下灰岩之上覆以玄武岩流，风化甚烈（灰绿色）玄武岩流之上复有飞仙阁层之紫红砂岩与页岩。
万年寺东南行　经金龙寺、白龙洞至五显岗皆为飞仙……紫色

砂岩，页岩→风凉岗及其下东边即玄武岩流。

凉风岗以东　玄武岩流之上皆飞仙阁层之紫色砂岩与页岩夹紫灰色及绿灰色灰质页岩……下部灰质页岩夹灰岩，岩质稍硬，侵蚀之余成小石梁，踞河中流，形似木舟，称为石船子……过铁索桥则大部皆为灰岩，至龙门洞，占面积宽约五百公尺，厚三百八十公尺。

龙门洞者一峡谷也，山溪东流，横穿灰岩成一极佳剖面。

外缘低山　龙门洞外，低山绵亘，高于地面百余公尺，岩石性质与伏虎寺同。

黄湾以东为砖红色黏土与砂岩，丘陵更低，县沿附近渐成平原，红土为砖红砂岩风化而成。

第二节 嘉峨道上

四月六日

晨六时半到冀斋[①]兄处。七时十分起程。八时十分过草桥渡，青衣江入大渡河汇流处也。距乐山县城五公里山路到篦子街 5.2 公里。九时十分过峨眉河，牛头堰之退水河也。十时十五分到苏溪、怀苏、沙岗乡三联保合成，系大绸出产地。用午餐，2.35 元，桃村产米花糖四元一斤。十一时十分行，沿乐西公路，十二时半抵高山铺，距苏稽十五里，距镇子场亦十五里也。停留饮茶步表[②] 13.5 哩。路上运军米者皆以三人拉板车徐徐前进。路上有自内江来之五十余岁老妪三人，亦系往朝金顶者，云已步行五日，每日行八十里(初四日起身)(六十六岁)。又行十里过中和桥，转过山坳，层峰在望，远入西北天空。大峨为云雾遮掩，秀容隐蔽，二峨、三峨则高耸云端，高与天齐。小山连绵，恍若列屏。17.5 哩过镇子场时已下午二时。日光虽好，而天气不热，凉风拂面，至觉欣快。山丘青翠，稻田片片，锦绣平原，毕呈眼底。予诗思满怀，惜未成章。同行有河南李君、王女士，安徽李君，辽宁关姓及杨女士，均系四川大学学生。一路伴行闲叙，不觉寂寞。冀斋兄老气横秋，常做殿军，盖已年老体衰矣。吕凤麟先生法学院后廊，在伏虎寺。四川大学新生院在鞠漕，又名将军府林，距伏虎寺一里。

---

① 杨励明，字冀斋，毕业于北洋大学土木工程系，时供职于黄河水利委员会，任测量队队长。

② “步表”即今“计步器”，当时为进口产品，机械式，用英制单位，哩即英里。故文中杂用“里”“公里”“哩”三种长度单位。

四时另五分抵峨眉县城，已行22.5哩。峨山图志，清音阁系国民学校。每册十二元。四时一刻，行23.0哩，入县东门，出南门，又行里许至峨山旅行社。时已五时，已行24哩。六时入城，在胡开文购峨山图于县正街。又餐于同街东首之合兴园，以炒豆腐、丸子汤佐膳，用洋5.90元。杨兄缝鞋。继至新兴酱园购酱萝卜0.80元，豆豉1.00元。南门首购峨藤手杖一只，价才0.2元。七时一刻返回旅行社。计今日共行26哩240码。到峨眉县前过镇子场后曾吃睄子凉粉。苏稽茶1.00元，面1.80元，高山铺茶0.50元。途中睄子凉粉2.30元，峨眉饼子1.20元，晚饭4.70元，咸菜1.80元，共用13.30元。

晚看峨眉导游，决定明日宿清音阁。十时入寝。

峨山旅行社位于县南门外里许公路旁。竹树参天，风景幽美。推窗远望，则大峨耸立，高入云端。房舍单人每日四元四角，双人每日六元六角。室设沙发鬃床，甚为舒适。客饭菜汤各一，每客三元，亦不为贵。中国乡间有此设备，良为进步。

嘉定有左披九鼎，右挹三峨之称。

第三节　登山揽胜

四月七日　自峨山旅行社至清音阁

晨七时起，七时三刻出发，天气薄阴，百鸟和鸣，杂以鹧鸪、布谷。入兴圣寺，门外双楠耸立，亭亭如华盖。圣积寺 8:30，1.5 哩。门旁路左有黄葛树二株对立，径可嬴丈。下立万历壬午年“古慈佛院”碑，为分守川南道参议高任重题。殿供释迦。后殿有铜塔高可丈六，遍铸佛像兼铸经文，名华严塔。路上修养公路工人六十名，挽洋灰碾而行，掺拌石渣、黏土，甚合科学。访姚宇浩同学于圣积寺旁，伊将起程赴金沙江考察，告以应多带衣服，乃借衣而发。路之两侧种白蜡树极多，乡人正修理枝干，干似桑，而叶如小叶杨。远望五峰层列，后隐金顶。10:30 在报国寺前之四时春午餐，素面及饼子，极觉适口 2.80 元。经报国寺东进入伏虎寺，一大山林也。门前石阶三百级。访吕君寄存什物后，十二时再上行。山道蜿蜒，南山密林杂布，绿影深浅层出，美妙堪赏。过凉风桥，一路迂回而行。再上至解脱桥，渡过桥后西上解脱坡，坡六十度，级数百，级端而雷音寺在焉 1:00，9.0 哩。密竹满谷，名观音竹，俯视成林，万竿滴翠。天光忽明，仿佛日才出现。蝉声蛙鸣，同来耳际，溪水铮淙，伴流和奏。路旁有树，叶尖作红色，冀斋谓系水冬瓜树，点缀山间，仿佛红花。又有九瓣白花，蓝斑黄蕊杨谓为野玉簪。倘非自造花名，则真博学矣。1:35，9.5 哩到华岩寺，古殿二层，气派雄伟，惜年久失修。寺前广场静雅宜人。路右有楠一株围十余尺，杂以楠柏参天，绿叶扶疏。石狮卧路旁，仿佛迎客者。和尚虽穷，和蔼可亲，道数语而告别。登上对面山头，俯首一览，益觉地势优美，远眺则水田漠漠，直到县城。寺院中尚有牡丹二株，花正盛开,大可盈尺,芍药则含苞未放。盖入山以来,遍绿无间色,睹见红花独艳,特感秀丽。再上一山坡到达纯阳殿。山门匾额乃朝鲜国李秉衡书,光绪十五年清和月立。殿三层,前祀观音,中释迦,像均甚佳。后殿为吕祖,旁有明伦会上仙子,仙姑名位牌,不知何用,恐皆系有缘之信士弟子之名姓也。寺前大楠八株,分列左右。2:25,10.5哩饮水一杯。寺较富,和尚恭而有礼。出寺稍前行,则右邻山谷,水流铮淙,声震谷中。俄而豁然开朗,业已转过山头。远望金顶诸峰,清楚无匹。盖自入山后行山谷中,目光所见不远,及过华岩寺后,山田一片更呈农家景象。今忽睹此远峰,心神一快。又数武,到达慧灯寺,一小庙也。路转一折,引目西南,望见云遮半山,若隐若现,其下则三峰叠立,晦明珠色,极烟云之大观,此乃真正金顶,前所远望者实误矣,遂与冀斋大笑。冀斋引吭高歌,老气横秋,声回山谷。慧灯寺地处前后山转角处,位置极佳,远眺峨峰金顶可窥全豹。10.5哩

到神水阁3:25,12.0哩。内有章炳麟书"空露"匾一方,于右任书"孤城临远水,千里见寒山"联一幅,林森书"古圣水阁"横幅,另有行愍和尚书"云外流春之地,虚陵太妙之天"中堂。此处僧人虽系方外,书法极工,盖弃俗之文人也。和尚名普智,四川简阳人士,谈吐风雅不俗,遂同饮茶稍憩。此地水好,茶系新采,清香齿颊。现值采茶季节,故得尝鲜。

院中池上刻有东坡居士所书"云外流春",另刻有"福寿"二字,及"大峨神水""灵陵大妙之天""凤谷云根"等题刻字。

自慧灯寺至大峨寺,一路田畴遍野,竹树人家,已非前山之幽谷峡路景象矣。

大峨寺在神水阁旁,庙宇宏大,标高指示为海拔750公尺。后殿普贤像坐天然石象上,甚雄伟。有古松穿殿而出,据云为云南青松。寺之缘起传谓掘土得金鹅一双,其一飞去,故殿内仅祀鹅一只。殿前植观音花,状似木笔玉兰,每岁于三、六、九月开花三次现正值怒放,千朵挂枝上,极为美丽。其下杂植牡丹数本,与前所见略同。正殿九

楹，前厅塑四大天王，中为观音殿如来佛殿，后系普贤殿，殿中大柱径周盈抱，为马桑木，难得珍品。

出寺已 4:20，天忽落雨。坐一小店铺中，食花生米。俄顷前行，过结缘桥，溪水流注，有声似瀑布。旋抵中峰寺，无甚可观者。天雨不止，立寺前土地堂下避雨，微风吹面，略感轻寒。四顾则翠竹松楠，相间陪立，菜花遍野盛开，有的业已结籽。念及金顶上气候，不知寒到几许，心颇畏惧矣。

行过中峰寺后，冒雨前进，缓步密林中，杂花杂树，欣欣向荣，一似迎客者然。过观音寺，内有鸡石，已毁坏。乃转而登山，石径直上，又如前时之解脱坡。杨兄疲乏，行来极缓慢，伊年未半百，已现衰老，不知予将来到彼年龄之日，康强情况如何也。杨兄亦奇人哉。此坡名丝网坡 5:20，13.5 哩，过后至龙升岗，系一小寺。继又下山，蜿蜒而行，经广福寺，无可观，而达清音阁。盖自龙升岗转过山头，即闻水声轰轰，若远若近，愈前行声愈大。及抵清音阁则溪水环鸣，如登仙境矣 5:55，14.75 哩。濯足后坐寺前，俯眺群山叠翠，暮色渐瞑。

七时用膳，计有炒豆腐，炒青笋，春芽蚕豆，及豆芽汤，均极可口，尤以蚕豆为美。白饭则细净香软，尽四碗始止，终日路行，腹空肠饥之故，但玉粒适口，引人使然也。九时卧床上，窗外泉响如雷如雨，诗思满怀，未及成章，悠然入寐。

杨兄经手，今日共付峨山旅行社宿费 7.10 元，报国寺四时春午饭 2.80 元，纯阳洞及神水阁茶资 1.50 元，共 11.40 元，连前共用 24.70 元。

一夜泉声甚大，僧众侵晨唪经，钟磬和鸣，别有一番风味。予卧床上，时醒时睡，七时乃起床。

四月八日　自清音阁至洪椿坪

晨7:20出游。清音阁下黑白二水左右环抱，汇流于双飞桥，斗捷争雄。盘过一石，怒当其冲，名牛心石，砥柱中流。所谓黑白二水洗牛心。即峨眉十景之“双桥清音”。环视，苍藤蔚天，岩壑相连，青篁飞雨，云烟滞迷。为峨山山水最胜处。石上题字有“万古清音”，“烟云雷雨”，“牛心石”等。

7:30赴黑龙江，小道沿溪行，深邃幽闳，一水潺潺。越石卵道，凡八渡河。经栈道一处，凡十节木桥，引入丈余山谷，高达十丈，葛藤蔽天。初行颇感凉意。水清澈底，白石碎铺，身入仙境矣。今晨天朗气清，远山已见日光。闻诸朝峨游伴云，向者每十日不见日光，殊闷人意。予幸遇晴天，心怀舒畅不已。惟盼明后两日，一如今朝，送予二人，直到金顶，以观日出也。

途中见到鸟类七种：有全是褐色者立溪上饮水，有绿色者，红嘴者，灰白色者，红黑色者，更有杂色相间白长尾上下摆动者，冀斋谓之鹡鸰，不知是否。

杨行缓慢，予前走一程，见有小路引上小山，乃停而待之，盖黑龙江可供游览之一段已尽矣。随之又折回，在栈道上为杨摄影。时已8:45，计出入各行一哩之程。沿途峭壁，灰岩与红砂岩杂在一起，红色者想是玄武岩流也。杨兄估计此地或产宝石，予姑听之而已。

9:00用膳，计白薯、豌豆角、菜叶三味，小菜与汤，一如昨夕，白薯、豌豆极为可口，尽三盂米饭，腹鼓如球。和尚名海林，食宿共送15.00元，欢送尽礼而出，此入山以来第一站也。

9:25起程上山，松风阵阵，溪流有声，万里无云，山路迂回。拾级而上，斜度达45度。左侧为黑龙江，山坡可10至70度，涧水下注不绝，时见两小时前之游览处。杨君且行且呼号，山谷回响不止。有鸟飞过，黑白色之头与尾而黄其头颈。右则山壁全为灰色及黑色灰岩。对山布满藤萝，间有少许梯田。坡名金钢坡，五里至牛心寺。昔通慧禅师游峨，初抵黑水视此峰佳胜，厥后朝廷建华藏寺。第一祖以山象火，因改华藏寺为黑水普贤寺，嗣后又改为白水中峰寺，为集云牛心寺，为卧云华藏寺，为归云，欲借二水三云压胜火灾 10:20，1 哩。牛心寺坐北向南，群山环抱，率多松柏。山下农家，对语可闻。在寺中遇香客六人，男女各半，云自内江县自流井来朝山，今晨从华严寺而来，叩首拜佛，极为虔诚。冀斋见寺内桌上留有游客名片甚多，亦留一枚，实官派也。

出牛心寺，路分为二，一向左手下行，直赴洪椿坪；一向右手登山，则为登太坪寺之正路，上一直坡。

途中遇一五十左右岁之老尼，询予去二坪之路，愧不能答。予询以上太坪之路，则云："极难行走。"杨兄三步一停，五步一憩，频问路好走否，予不敢实答以增其忧，默念此真所谓自找苦吃也。实际是石蹬直上，虽较难行，但宽可二米余，两侧虽然壁立，然树木遮隔，不能俯视，并无任何危险，较华山苍龙岭之险，是小巫之见大巫矣。自下图×处望见金顶，在正西南方位。白云如蝉翼，冉冉上山头。西方群山满布树木，苍绿葱葱，云气袭来，气候已寒 11:25，2 哩，俄顷到会佛寺禅院。自牛心寺至此全为峻坡，已高上清音阁 340 米矣。

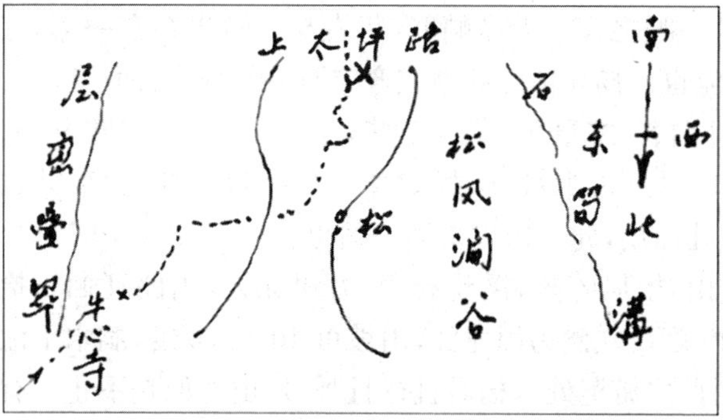

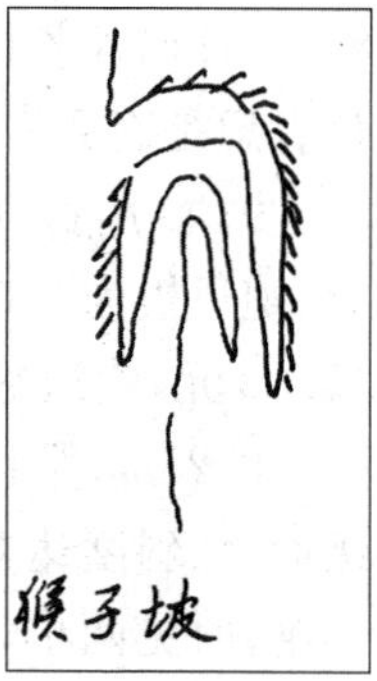

此坡名鹅颈项，转入寺后再上为猴子坡 12:30，3.25 哩通达山神庙，有道光庚戌秋嘉乐道胡恕书立之对联，文曰："休惊我面，只问自

心。”盖以庙祀大虎，像甚可怖耳。猴子坡甚险，路未修整，石蹬横斜，坡陡级高，攀登困苦。幸两侧林密，无法下视，否则左右峭壁直下深谷，路面宽仅一手杖许，确实可怖也。

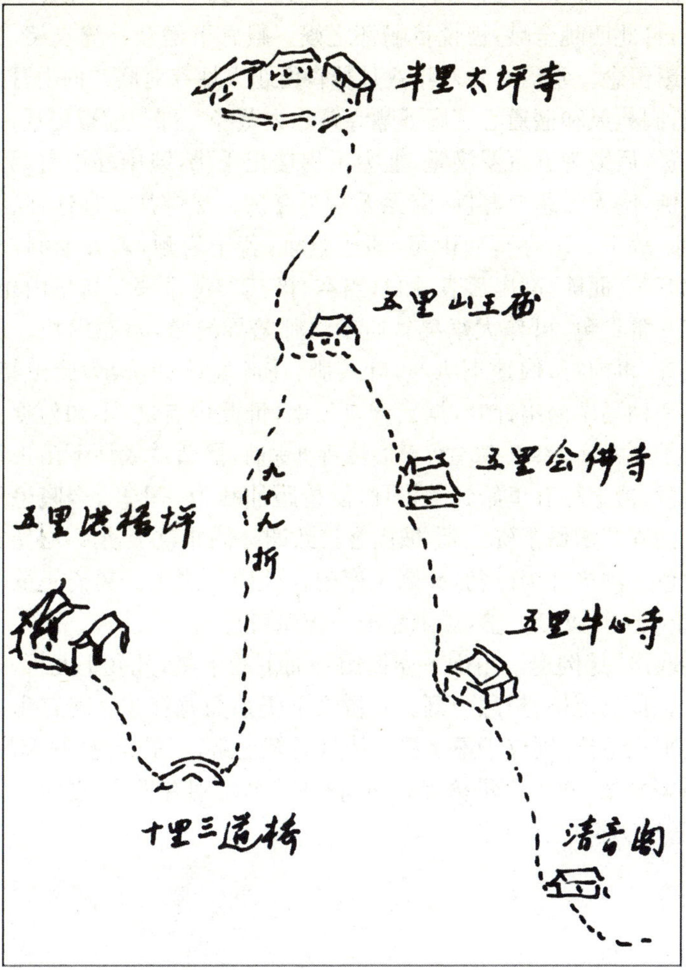

山神庙前有六方尺许之平地，爬坡后坐此候冀斋，身心得息，殊觉快慰。可见经过险境，一入坦途，感到苦尽甜来，欣慰曷极，此时予之心怀正如是也。未久坐，杨兄到，乃偕行半里许，穿过一松林，入太坪寺净土禅院，亦即所谓“中顶”也1:00,3.5哩。峨山环抱，太坪独立中心，自此四眺全峨，极悦目畅怀之娱。殿廊下僧众补缝衣裟，为之摄一影留念。堂内有廿八年八月林森留题太坪寺对联：“仙山月朗开灵境，阆苑风和惬道心。”廊下晒寺藏之大藏经一部。前殿祀观音，中祀普贤，后殿为五百罗汉堂，上为千佛楼祀千佛，殿中心祀南无无量至尊佛，南无无恶至尊佛，南无无惭至尊佛。塑像甚新且佳，围以玻璃龛之故也。出寺至后山角，西望全峨，若华岩顶，若九老洞，若金顶，均壁立面前，高出云表，丽日当空，极其秀奇雄伟。与华山相比，另有一番景色，可作大巫矣。通孝法师陪导游赏，益感欣快。2:00辞出寺，再前行，遍地喇叭花，叶甚肥，花叶光鲜如洗，为此山特产。更有一种马尾松出针叶，据云产自云南，惟此山有之，不知何据。寺僧留予二人宿，答以拟住宿于仙峰寺九老洞，僧谓：“太坪下山十里至三道桥，再上行五里始到洪椿坪，洪椿距仙峰为三十里，今晚恐不能到达仙峰。”赠僧茶资二元，彼尚客气致谢。倘非急于朝顶，必留宿饱览山色。洪椿寺为巨刹，林森主席曾住此数月之久。冀斋坚欲住洪椿，予从之。饮茶一盏，炒米甜汤一碗而启行3:50,6.5哩。由太坪赴洪椿取道“蛇倒退”，由山王庙循山脊而下约十里，凡九十九折，极难放步。抵三道桥，坐憩一刻。此桥之下仍系黑龙江也。若自牛心寺直接来三道桥，则仅十里之遥。休息后复上路，二里经过“洞天首步”牌坊4:30,7.5哩而抵洪椿寺。庙门有联“名山别有天地，老树不知春秋”尚切实景。

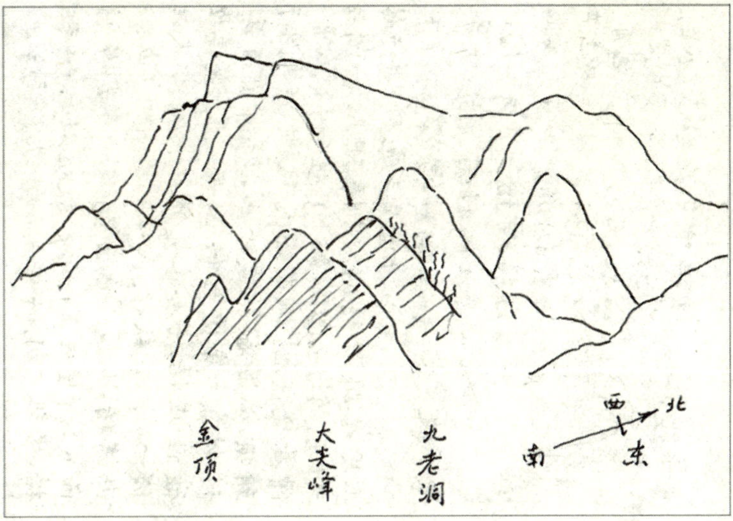
金顶
大夫峰
九老洞
西
北
南
东

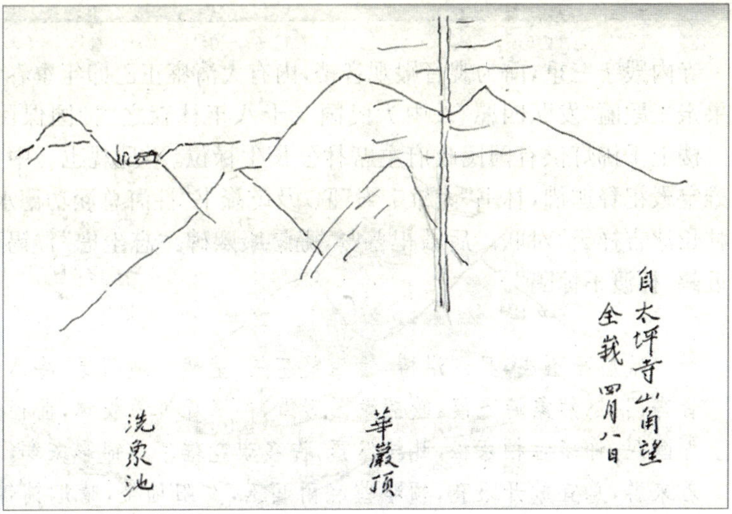
自太坪寺山角望金栽 四月八日
洗象池
華嚴顶

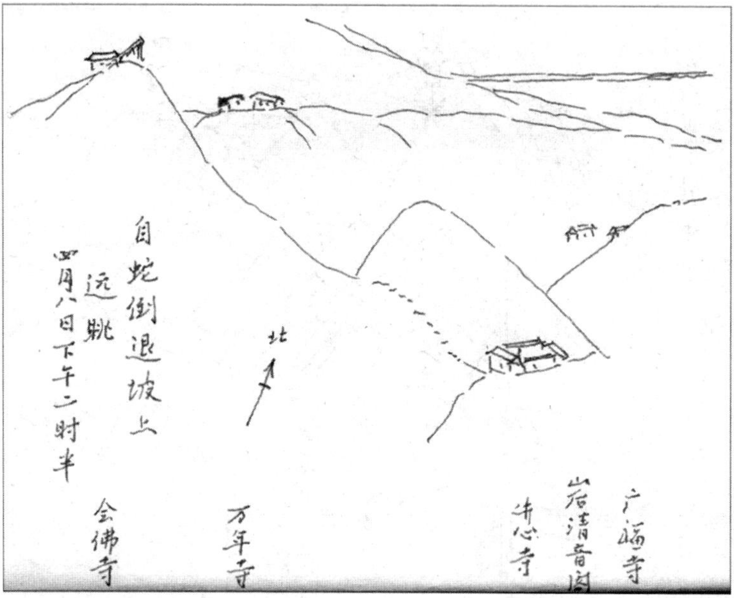

寺内殿宇三重，前为观音殿观音楼，内有大清雍正乙卯年季春谷旦果亲王题匾“发弘四愿”。中为民国二十八年林森之“护国保民”匾。楼上千佛灯供有国民政府主席林公长生禄位，不足观也。中为大雄宝殿祀释迦佛，林书“大雄宝殿”匾，及乾隆书“性海总涵功德水，福林长泳吉祥云”对联。后殿祀普贤，旁悬康熙碑：“忘尘虑”，“锡飞常近鹤，杯渡不惊鸥”。

峨眉画不成，且到洪椿，看四壁苍茫，莹然天地荫屋，冷然清音当门，悠然象岭飞霞，皎然龙溪溅雪，群峰森剑笏长林，曲径分外幽深，许多古柏寒松，虬枝伛蹇，许多琪花瑶草。锦彩斑斓，客若来游，总宜放开眼孔，领略些晓雨润玉，夕阳灿金，晴烟铺锦，夜月舒练。

源印果硕和尚鉴

临济宗无恙，圣题公案，数几个老辈，远哉宝掌驻锡，卓哉绣颈结茆，智哉楚山建院，奇哉浔心咒泉，千岭静安居，净业慧因，毕生精尽，有时机锋棒喝，蔓语抛除，有时说法谈经，蒲团参究。真空了悟，何常障碍神通，才感化白犬衔书，青猿洗钵，野鸟念佛，修蛇应斋。

林拔生

5:55走览全寺一周，归室静坐，住在楼上客房，室尚宽敞，惟不如清音阁之静雅，加之隔壁室中住有女士四，男士一，系来自五通桥，大唱洋歌，颇噪人耳，顿失宿山林之趣。牛心寺所遇香客亦到此住宿，相与问讯，甚感诚朴。

今日用费如下：清音阁食宿费15.00元，太坪寺茶资2.00元，共计17.00元，连前共用41.7元。

晚膳菜四色，汤一盂，色味俱佳，较清音阁胜一筹。惟此间悬牌，一宿一餐取费每客八元，一宿两餐十四元，三餐则高达二十元。清音阁则上等亦八元，中等一宿一餐仅六元耳。

五通桥来之五人，进餐时不但饮酒，且食肉，并以之劝让知客僧，殊为可笑。其女客尤健谈，时而劝饮，取闹不止。

夜卧闻鸟鸣“阿阿……阿阿”。寺僧次晨告予“鸟知念佛”，味之良然，其鸣也真似“阿弥陀佛”之语。

四月九日(农历十三日)　自洪椿寺至仙峰寺，即九老洞

凌晨五时半，闻殿上僧作佛事，钟磬齐鸣，遂起床，身虽未觉疲劳，但小腿稍感酸痛。5:45匆匆盥漱毕即行起程，时才6:15耳。付和尚一膳一宿共14.00元，仍不甚满意。

出寺，薄云遮天，溪流淙淙，鸟声杂鸣，环山苍翠，赏心悦目之至。前途须行十五里才达茶子店，三十里始到九老洞，必须急步快游，始克于午间到达。冀斋改穿棉袍，开登山游客之纪元，颇觉可笑。

西行一刻后，日光渐上，照见山谷，阴阳杂陈，浅深色殊。俄顷日入云中，层峦顿暗。又片刻，白云片片，四散全失，则对山受日照，顿显旧观。予沿山麓西行，日光自背后射来，有时为山林遮掩，因而荫凉。虽蛇行爬山，不但不凉，反而微汗，遂减衣稍息。7:35,2.0哩过寿星桥，上寿星坡，俗称“九十九倒拐”，沿山峪曲折而上。以杨行极缓，予待之，得以饱赏山光景色。放翁有句：“马瘦行迟自一奇，溪山佳处看无疑。”予可改为：“游侣行迟亦何害，假我时间饱看山，白云冉冉山头过，难得浮生一日闲。”前昨两日风和日丽，今日上山则风过林间，轰轰作响，吹面微寒，遂加衣一件。到达茶店子8:30,3.0哩，系九十九倒拐之顶端，业已汗流浃背。候杨兄，久不至，遂休息饮茶。购方藤杖一支，价五角。远观山景，乍阴乍晴。俯视涧底则寿星桥正在焉，居士数人，蠕动如虫蚁。店伙及售杖者皆衣棉，予亦增着毛衣，恐在不知不觉中受凉耳。饮茶二盏，佐以核桃十枚果腹。杨兄早已茶毕。9:05携手伴行。茶店子当山坡处，过此后，沿山前进，道路平缓。

有大杉当道，上悬木牌，加以讲述。系二十九年六月四川农业改进所林业试验场所立者，详抄如下：

杉木　别称　家杉　热杉　刺杉

科名　杉科　Taxodiaceae

学名　Cunning　hamia　lanceolate　Hook

分布　苏、浙、皖、赣、楚、黔、川、康、滇、贵、广、闽、海拔二千米以下之地，台湾及安南之东京亦产之。

用途　木材纹理通直，质稍软，不为白蚁所蠹。可供建筑、桥梁、船舰、器具、电杆、铁路枕木及棺材等用，又宜为造纸材料。

附注　此种杉木为吾国主要材用树种之一，浙南、福建、江西、湖南、川南、黔东产量最丰富。

予抄此说明时，远见红鸟成群，飞过山谷，状极可爱。10:00，4.0哩转过大小尖峰，路向西南，迎面高峰石骨外露，近山则橙色、绿色树木，间杂争美，又是一番景色，风貌喜人。回首反望，大坪山已下居眼底矣。行过尖峰脚下，背阳光处，远望石骨森森，加之风生谷底，觉有凄凉之感。时在首夏，尚且如是，倘在严冬，估计绝无游客也。再前行，见群木干上均蒙一层苍苔，名连香树，才发红芽，生于海拔1800～2000米之地，木材纹理细致，可作器具之用。途遇贡井进香男客十五人，结队而行，云系月之初八起程来朝山者，香烛纸箔俱全，且有人背木盒似神主盒者，外刻“谨具疏文”四个金字，南人信佛固不亚于北人也。10:50，4.5哩抵达仙峰寺，诵经之声正盛，仿佛迎接客人者，乃入寺，寺极壮丽，美奂美轮。殿中陈书画，抄录一首，联一副。

六龙飞空系不住，奔随海水长流去，
南风悠悠吹野心，卷入浮云最深处，
浮云如絮絮如烟，碧海青天无尽年，

九琅之宫八琼室，摇光宝雾何莹然，
余头一笑杯自空，蓬莱九万云霞红。
民国十二年秋录遵义赵夫人诗　应超然大师之属　戴传贤
万山结队朝仙洞　　一杖挑云访道书
辛酉清秋筑台揽胜　留句　云阿　张国玺　时年五十

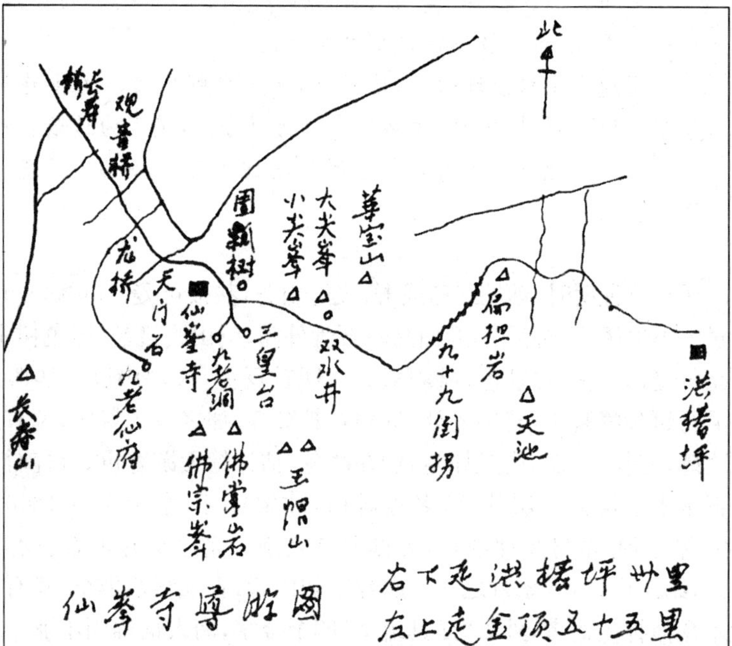

午餐菜极好。榛笋、洋芋、豆腐、荠菜、木耳、带丝汤，另外胡萝卜丁、咸青菜、泡菜，均味美适口。无怪《峨眉导游》一书中，盛称该寺饮食为峨山诸寺之首，果非虚传。予用米饭三碗，惟米稍次，亦差无几，瑕不掩瑜。

饭罢游九老洞，深半里许处有龛祀赵公明，像甚佳，系财神殿。

洞口有送子观音殿,全为招引香客者。洞壁石头象形狮子、猫头、猪头多处。蝙蝠极多,见光飞翔,有如闪电。未再深入,无甚可观故也。

光叶珙桐　别称水梨子

科名　紫树科　Nyssaceae

学名　Davidia　mvolucrate Ball

Var Vilmoriniana Hemsl

分布　湖北西部,四川、贵州,海拔一千五百至二千五百米之地。

用途　花美观,可供观赏树用,欧美颇多栽植。其花期在峨眉为五月初旬。

此种发育最佳之区均在高山地带,而我国各大城市多不适于此种滋生繁长。故其观赏价值在我国远不如在欧美为大也。

二时许到三皇台,向正南、东、北直视大坪,大尖山耸立目前,俯视小道蜿蜒于山麓间,即来时沿行之路也,乃速写山峦景色。此时日光自身后射来,温暖如春,同时山风袭面,又有如严冬。冀斋则坐而入睡,真成羲皇上人矣。有古匾一件,文“九老仙洞”横卧地上,背后大岩壁立若屏风,灰石外露,不知是仙掌否。以询知客僧,答曰:“非是仙掌。”

華巖顶
初殿
接后页

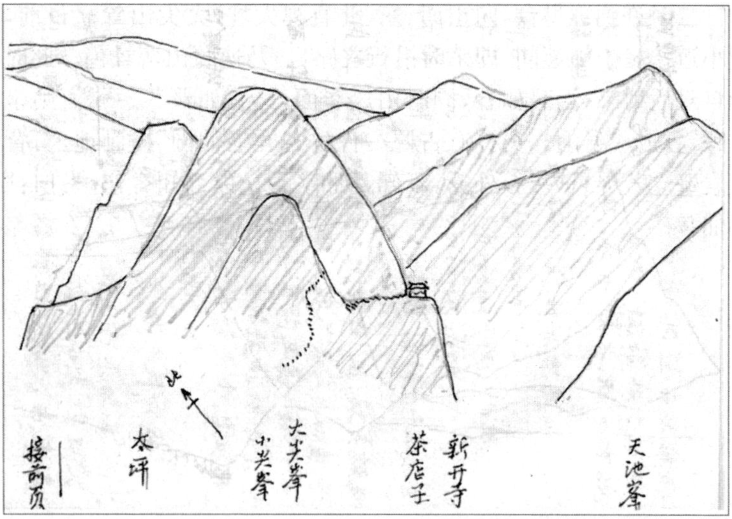
接前页
太坪
小尖峯
大尖峯
茶店子
新开寺
天池峯

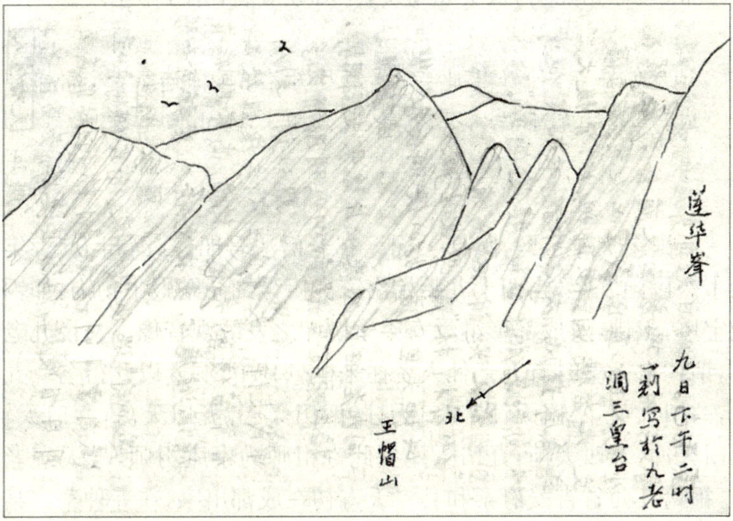

前人题咏不少,有:

仙峰禅林　　　　　　　　　　　　熙尧生书

此地天皇问道,好山仙洞长春　　　　双江刘咸荣撰书

问九老何处飞来,一片碧云天影静;悟三乘遥空望去,四山明月佛光多。

丽江诗　刻屏

甲戌大坪,大坪多虎穴,三度壮登临,有草皆仙药,无禽不梵音,高寒欺病骨,烦恼涤尘心,乘夜邀明月,来听玉女琴。

丽江　锦生

遇仙寺,遇仙岩一撮,终古绿峥嵘,猿自云中叫,人从树抄行,林泉真至美,耳目乍双清,谁念婆娑界,劳劳正苦兵。

丽江　天香室人

清音阁,领略清音处,凭虚一阁开,水冲双涧出,风挠万松来，倾耳无凡响，回头几劫灰，牛心顽石在，终古不生埃。

丽江 丽江印

仙峰寺，仙峰凭此寺，薄海尽知名，画栋连云起，危梯叠石成，涧腥过虎迹，岩翠落猿声，我是频来者，山僧免送迎。

丽江 邢锦生印

后殿名大雄宝殿，瞻仰一周。有老僧法号船停，简州人氏，年已七十。民国九年，当四十九龄始出家。伊详细介绍殿中物饰，如铜七级宝塔，玉佛，及成都彭继舜女弟子敬叩之发绣观音像。又说九老故事，谓："自天皇时有九老仙人者往来栖息其中，洞遂以此得名。九老人，一曰天英，二曰天任，三曰天柱，四曰天心，五曰天禽，六曰天辅，七曰天冲，八曰天芮，九曰天逞。此寺祖师为泰庵祖师，号天寿老和尚，祖籍江西省吉安府泰和县。天寿初在成都出家，在寺种菜。某日长老入城，见天寿正在看戏，归而问之则无，翌日再入城仍见之，归询众僧，均谓天寿固未曾离出也。长老知其已有道行，因甚敬之。入山与洪椿寺言之，洪椿迎入为主持。天寿周巡全山，爱此间风景，结茅而居在崖前。其后有白须老人常来下棋，逐渐熟稔，约同出游，遂入九老洞。有老妪运舟，九老在上，招之登舟同游，天寿答以有徒在，应告之，九老送之归，告以命名九老，此后名大盛，寺大兴，天寿成肉身佛云云。"山中野史，听之忘倦。

寺中香客结队而来，多者可六七十人，求签时用羊角式之木二块，掷之地上，用以打卦，得到一叩一仰者时，则所抽之签始灵验可信。满殿人声喧叫，杂乱之至。签纸每张价一角。

此地有猴二群，一群五十许，另一群十余只，往来于九老洞洗象池之间，壁立峭崖，援藤直上，极为可观，惟惜今日未之遇也。

4:00 周览全寺毕，复出寺至三皇台上远眺全山，时日光下落，山色全晦，另有一番景色矣。山风锐厉，不可久留，乃缓步回寺取暖，烤火闲坐。

县府指南谓此寺高程为1550米，最高温度20℃，云则多为积云，雾特多，每日均有风，风力小，多为东北风，雪于十一月始降，三月后化去。

另有指示牌中英文并列

To the Cave of the Nine Sages

九 老 洞 由 此 路 去

5:40晚膳，改青笋一盘，小菜改酱豆腐，味极美好，进饭四碗始罢。饭后散步三皇台，月华初升，照耀千山，萝月生辉，此景诚非易见。6:10归室烤火，8:00入寝。今日共行8.5哩。

今日用费如下：洪椿坪食宿14.00元，九老洞烛0.5元，茶店子茶资1.00元，本日共用15.8元。连前共用57.20元。

冷 杉

科名　松科 Pinaceae

学名　Abies Faberi Craio

分布　四川西南和西康东部海拔二千至四千米之地。

用途　木材稍软，可供建筑用，又宜为造纸及人造丝之原料。

附注　此种在峨边、越嶲、天全及康定附近之高山上尚有广袤纯林，木材蓄积颇为丰富。

云南铁杉，别称花板、斧头青

科名　松科 Pinaceae

学名　Tsnga Yunnanensis Most

分布　四川、西康、云南海拔一千八百至三千四百米之地。

用途　木材纹理细而致密，材质稍硬耐用，可供建筑、稼具、水桶及棺材料。又宜供车辆铁路枕木之用及造纸及人造丝之材料。

附注　此种能生于多石之地宜用为高山多石山坡之保安林木。

四月十日(农历十四日)　自仙峰寺至接引殿

仍于五时半起床。

仙峰寺有幼僧二人,一才十二龄,一才六岁,随众僧唪经,扫殿,侍客,盛饭,极为殷勤,殊为可怜。昏黑唪经,尤为可听。官堂阴凉,初用火盆,炭火熊熊燃,夜眠不觉身在一千八百米高山上也。此寺挂牌一宿一餐八元,加餐一次六元,炭每斤四角。予送僧人二十五元,和尚笑脸相送,屡道简慢。吾人难得来游,宽丰待人,彼此心安,不为区区数元令人不满,此实上策,冀斋深表赞同。

行数百步过仙圭石,有"南无普贤菩萨"摩崖大字。迎面峭壁,石骨嶙峋,灰岩中杂以玄武岩流,灰黄相间,杂覆藤葛及绿树,高可百丈,雄伟之至。华岩顶远在右方正北,心向往之,因三日以来,时见此峰也。然又不愿剧到,以归途必经其地。予之游山心理,确实可笑,每一佳胜,恨不早览为快,以探幽景壮观,又时恐匆匆归去,过眼云烟耳。日光照山,天无片云,杨兄引吭高歌,与佛寺鼓声相呼应,杂以鸟鸣溪响,甚不寂寥。俄过龙桥,有瀑布可三丈,泉不甚大。即黑龙江之源。回首远望,群山落眼底,晨雾迷蒙,浅淡色殊,日光时为白云微遮,淡影照射崖上,清晨风味,已非尘世矣。再上,沿崖上升,沿黑龙江谷东望群峰,阴阳深浅,颜色百出,但以苍绿为主,愈远愈转灰暗矣。以铅笔草描一图而后行。

7:30,1.75哩抵观音桥,地处山坳中,背后之崖高逊于前,泉水亦较弱,岩层毕露,一望而知为页岩也。燕群刺天飞,似系巢于崖上者。此谷面对华岩顶,不能远眺矣。日光高射暖人,乃减去毛衣一件。盖自昨午抵达九老洞后,见僧皆衣重棉,又有高寒之说,乃增着毛衣一件,共计穿三层毛衣矣。立桥上时,颇有隆冬之意。夹道多浅红色花,形似喇叭,杨谓系桫椤,检阅导游,谓有杜鹃花正类此,和尚亦名之杜鹃，不知何者为是。山花百出崖间，五色缤纷，点缀极美，鸟语杂鸣，因而想到刘天华演奏之“空山鸟语”雅奏，真与此际耳目所见闻者治同。予一路行来，仿佛总有此乐在耳，可与真正此间所闻相印证。至长寿桥 7:20，2.0 哩，上长寿坡，回望只见大尖峰在目，余均不见。杨谓有草名蝎子草者，触之刺人流白色毒水，伊在雅安时曾受其害。传闻昔张献忠在蜀曾受草毒，川草尚如此，川人更毒辣，遂萌杀机，姑妄听之可也。予性急，登山亦不知徐行，冀斋性缓，时落予后，二人偕游，正好互相调剂。尤当爬坡之际，更须频频等候，因此时而伫立以待，遂得饱赏山光景色。以前游华山、泰岳，均受时间限制，此次游峨眉，从容多暇，既不受时限，亦无工作约束，心无点尘，只是饱览山林古刹，真可称畅游也。8:15，2.5 哩到遇仙寺山侧一小庙，南望正南仙峰寺，一片白光闪闪，立于半山，殿瓦为锡制之故，乃绘图一幅。遇仙寺极小，饮茶一杯，送茶资五角。继续登山，略一回转，得七绝一首，用以题龙沟向东北眺望之画：

晓起登山披露行，空山鸟语杂经声，
龙沟桥上东眺望，万叠峰峦一色青。

9:15 此际登山渐高，洗象池、九老洞均在目前，遇仙寺则居脚下，再绘山形一幅以示所睹。绘竟心喜，此次游山，新试画笔，引以为快。

自龍橋上坡向东北方向
沿黑龍谷遠望群山
十日晨七时
太坪寺
会佛寺

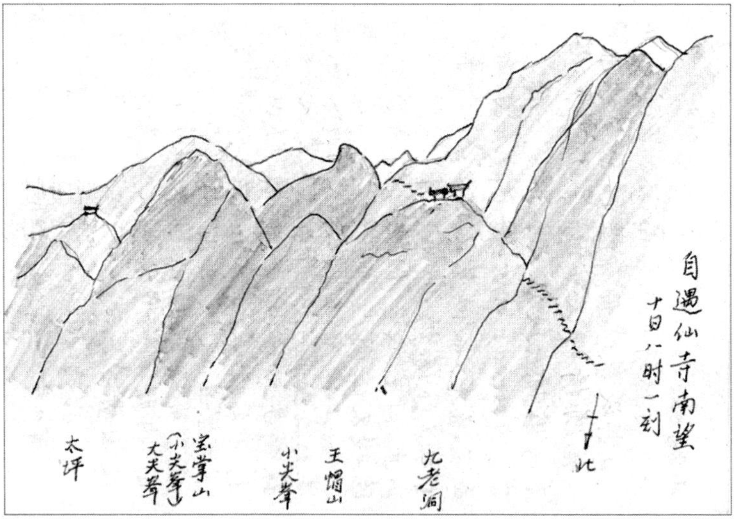
自遇仙寺南望
十日八时一刻
北
九老洞
王帽山
小尖峯
宝掌山（小尖峯）
大尖峯
太坪

日光微隐，白云遮天，远处朝山香客，念佛声喧，九老钟声，隐约可闻。9:20，3.25哩上坡至尽头，地名九岗子，适与去万年寺之大路汇合，是一垭口。北向一览，另见山脉起伏，有小路引向东北以去万年寺，向西行则引达洗象池，系自东南方向而来之登山路也。

予以诗画示冀斋，承立见和如下：

白云淡雾绕仙峰，鸟语微风瀑布声，
龙沟桥畔天然画，好句高吟一色青。

为此游添一段佳话。

10:20，3.75哩过莲花寺，寺以莲花石得名，石似莲花供之殿内，寺小无可观，外缘诸山，亦较平淡。因思同是山丘，同是林木，何其差别有如此。绘攒天坡图。

上攒天坡，汗流浃背，而小风不止，盖已高出海面二千米矣。坐歇片刻，食糖饼子五枚，价二元五角，时已11:10，行4.5哩矣。茶座中人云，已爬坡三里，再二里至坡顶处，即洗象池，正当攒天坡尽头，有铁杉数株丛篁片片，寺门北向，门联曰"怖鸽攒天处，香象渡河来"，张国玺书。

攒天坡长五里，危蹬直立，丛篁夹道，别有一番境界。与前昨两日行经之猴子坡、寿星坡大不相同。北望华岩，则一峰独立，远在脚底，遇仙寺则一径蜿蜒，引入山底，实则仍在山峰之一侧耳。

洗象池为峨山十景之一，曰"象池夜月"。地高海拔2150米，温度最高为20℃，最低−14℃，十月即积雪，翌年始化，多东北风。

庙为铁瓦，殿三层，前殿祀欢喜佛，中祀释迦，后祀观音，佛像极佳。现正修理中殿。庭有积雪未消，寺僧谓前三日尚满山积雪，游人难登，予之来何其幸哉。山居士猴曾留此一周之久，才去三日，又何其不巧也。和尚云："此间山居士一群共六、七十个，小者半尺，大者五尺有余，自初二来此，居十日始去。"

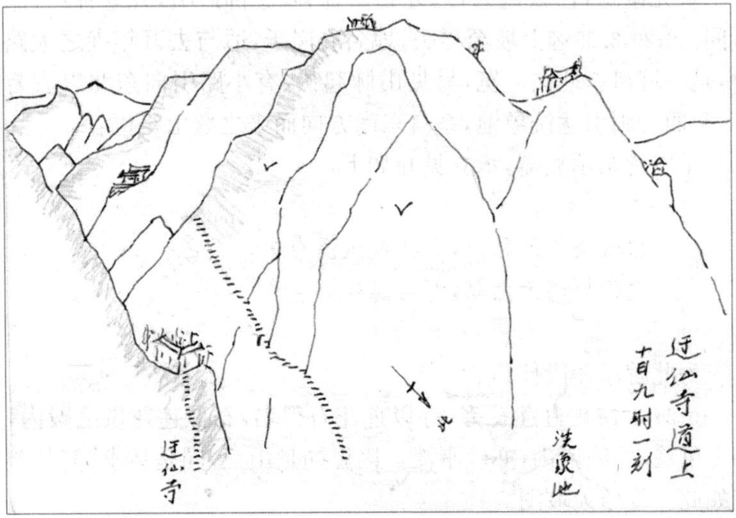
迓仙寺道上
十日九时一刻
洗象池
北
迓仙寺

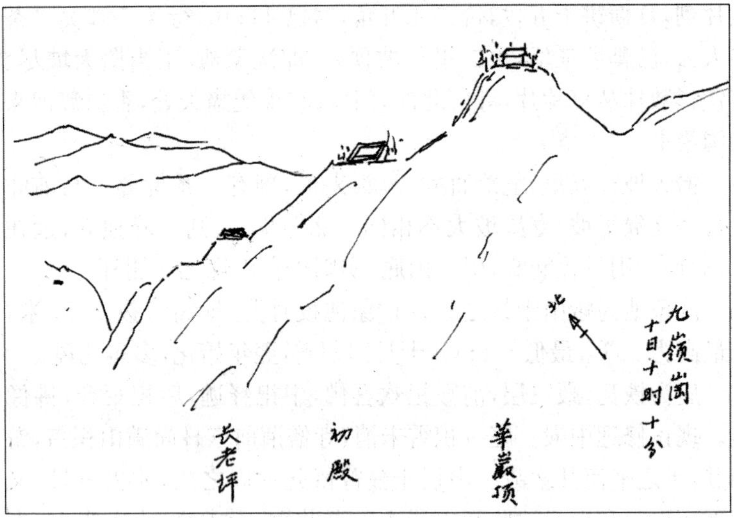
九嶺崗
十日十时十分
北
華嚴顶
初殿
长老坪

殿壁上字画有吴敬恒条幅，太虚对联，如下：

驮佛西还象去久，苦无健翮早东飞，
澄波空洗池中月，应遣灵猿促象归。

民国第一乙亥国历四月两宿洗象池。越三年戊寅国历六月既尽，偕薛先生明创族祖宪公重登金顶，还过旧游，胜华大师敦属留题，因戏占二十八字，并请 胜瑞大师同正。

弟　吴敬恒　时年七十有四

洗象池联　太虚

洗髓尽时金体露　象王行处绝狐踪

知客僧名胜果，殷勤招待。

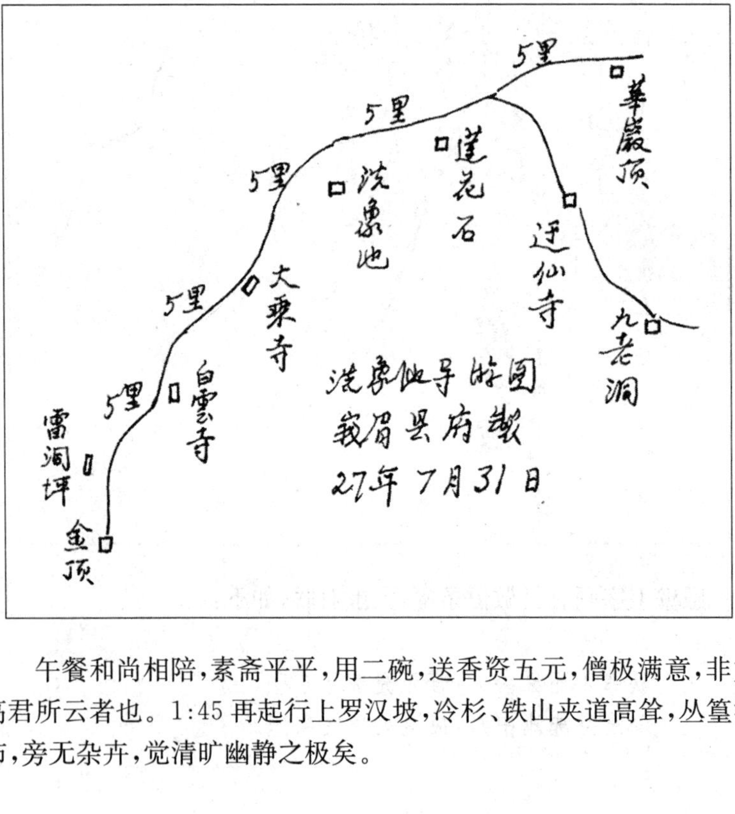

午餐和尚相陪，素斋平平，用二碗，送香资五元，僧极满意，非如高君所云者也。1:45 再起行上罗汉坡，冷杉、铁山夹道高耸，丛篁满布，旁无杂卉，觉清旷幽静之极矣。

途遇和尚，头戴斗笠，身穿袈裟。与之问答云，今晨自峨眉县城来者。半日功夫，登高如许，心甚折服。吾人因饱览山光，缓步慢行，若与和尚比捷足，难以取胜也，必矣无疑。

1:35，6.5 哩到大乘寺不远处，罗汉坡之尽头。远见松杉杂列，以为寺在眼前，路转三旋，仍不见到达，再二折则大乘寺豁然在目矣。路边小铺售豪猪毛，有似鹅翎。遂以五角钱购得八只，归以送友人留作游峨薄赠。

路旁丛竹下，积雪未消，罗汉坡两侧倭竹夹道，如行胡同中，旁无其他花木，盖已高处不胜寒矣。大乘寺老主持僧法名照莲，自云系清咸丰四年生人，今已八十七岁，四川富顺人，十二岁即出家为僧，本寺经其一手建成。伊有时住在南关脚庙菩提庵中。寺中悬油画一幅，是长老画像。

寺高海拔 2300 米，温度最高 19℃，最低－14℃，十月降雪，次年四月始开化。殿名木皮殿，因山高无瓦，虽用瓦，又雨雪严寒，多遭冻裂，特以木皮盖殿，故以木皮名殿，其后山即木皮岭。殿二，后殿祀释迦、文殊、普贤。

释迦佛生于印度迦毗罗卫国，净饭王子，其母名摩耶。王子七岁从师，读书习武，靡不通达。十岁与兄角力，掷象城外，射穿铁猪铜鼓。年十七纳妃三人，一名瞿夷，二名椰输，三名鹿野。十九岁出家，游历五年，苦行六载，三十成道。谈经三百余会，说法四十九年。七十九岁示寂于拘尸罗婆罗双树间。此乃如来之略历也。释迦此云能仁，牟尼此云寂寞，即佛教之主也。

悲华经云，阿弥陀佛为转轮圣时第三王子，名曰王众，即文殊师利菩萨……

悲华经云，有世界名删提岚劫名善持有佛号宝藏如来，时有转轮圣王名无净念即阿弥陀佛王有第八王子名泥图即普贤菩萨菩萨证穷法界，久成正觉，见如来不思议境界经为辅弼释迦，度脱众生，隐本垂迹，现菩萨身，其德无量无边，不可思议，名号亦无量无边，不可思议如华岩经如来名号品所说。今且称普贤二字以示其概……华岩大疏云，体性周遍曰普，随缘成德曰贤……

寺有铁碑立殿侧，篆文也。惜已断。

僧云初八夜开始降雪，至初十始止，十一日昙阴，十二日阴，十三日始晴也。当时有中大校长来游，寒不可耐，吾人则又幸又不幸，幸者天气温暖如春，不受寒袭，不幸者未能一赏银世界耳。饮茶三杯，清香可口，送五角而出，时已 2:30 矣。

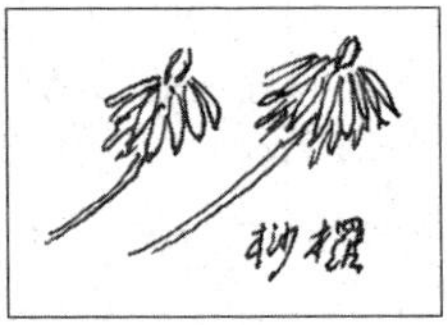

凌空远望，云气满山，再上阎王碥，又名凌云梯，乱石为阶，坡度稍缓，丛竹之外，青松密布，崖上积雪消融，滴淅有声，空气中有一种清新气味，恰似家乡冬日雪后初晴时节矣。阎王三坡已登其二，气喘腿酸，坐息片刻，展阅导游。再行则日影疏淡，系为云气遮掩。此坡导向西南与正西方向，坡尽处回顾，北望洗象池，大乘寺皆呈眼前，乃写景而行。远处大山高入云表，若隐若现，恐即大雪山也。登毕第三级坡，松林青翠，树皆冷杉，空气清鲜，舒适无比。再上一小坡已达白云寺，举头望金顶，迎面立云端正南方向，地上雪消未尽，杂伴青林 3:50，7.75 哩。过寺路转，可览金顶，再绘白云寺眺金顶图。4:10 再转沿石崖行，左手即崖边，下临万丈，不可俯视。有缺口三处，稍进探视，涧底深不可测，急回行。松石竹树杂陈，树名桫椤，含苞未放，叶下垂，苞作黄白色，叶色浅油绿而无光泽，较一般树叶为肥厚也。此时日光虽淡，以风微弱，颇感温暖，实则地高已达 2500 米矣。4:30，8.75 哩过雷洞坪，仅一殿，无可观赏。过此冷杉枝干上均蒙挂一层茸藓，怪木奇古，石径横斜起伏，有如人造园林，矮竹益矮，青松片片。在桫椤坪上，环顾四面白云，真有出尘之感也。

5:05，9.5 哩到达接引殿，寺甚宏大，寺门匾为赵尧生所书者。此地高度为海拔 2500 米，最高温度 20 ℃ 最低为－4℃。多东北风，十月降雪，四月始融化，多积云，多雾，每日日照仅三四小时。入寺安排宿处毕，偕赴大殿诸处参观，名人字画不少，抄二则如下：

问余何事栖碧山，笑而不答心自闲，
桃花流水杳然去，别有天地非人间。

圣钦和尚属书　林森

万嶂氤氲涌翠流，阳炎亘古不能收，
山灵偶尔开峰闼，仙驭依然下玉钩，
疑是广寒营别墅，莫嫌云海隐娇羞，
嗟余尚负平生志，无那偷闲事漫游。

民国二十七年六月八日游峨眉
接引殿得句　合浦陈铭枢

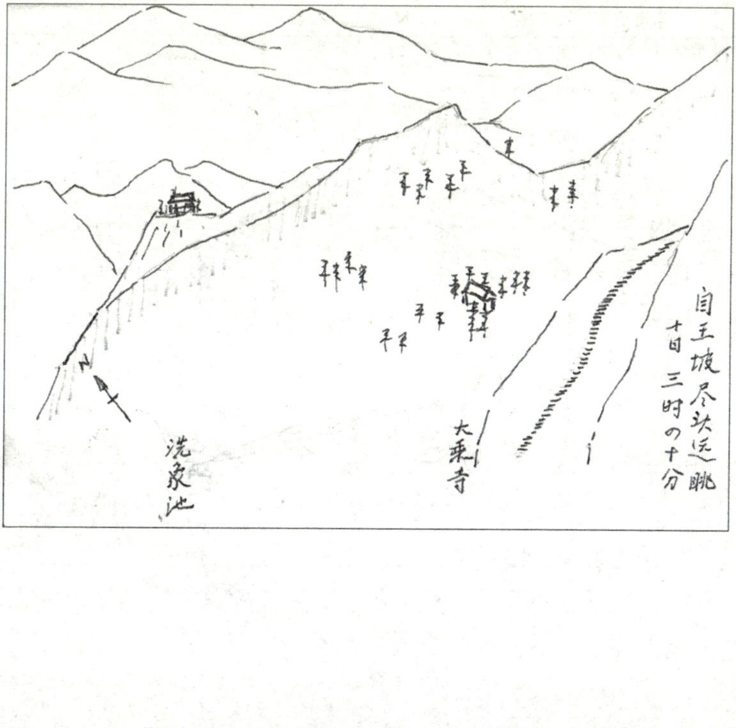

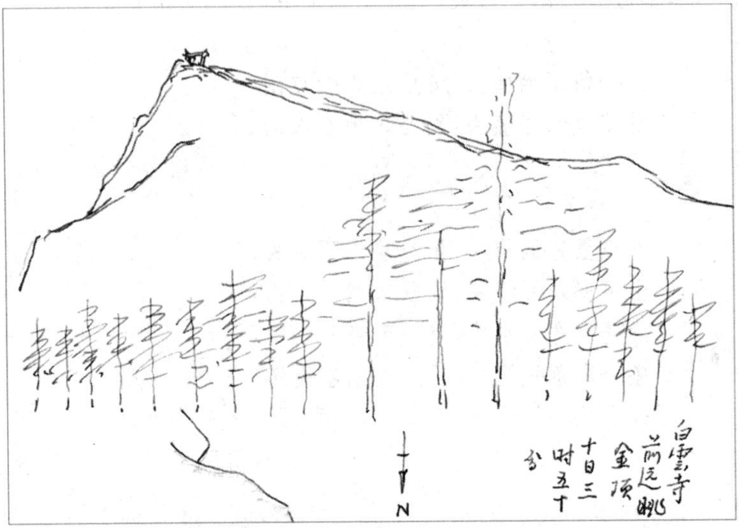
白云寺前远眺金顶
十日三时五十分
N

七天桥前远望远山
十一日九时
雪山
雪山

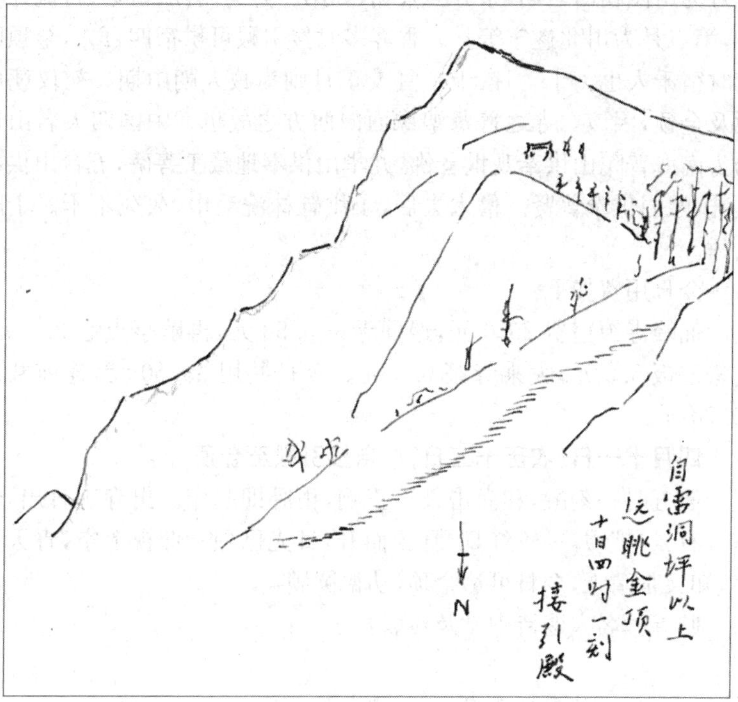

6:30 晚膳，菜中有“洋大冬”者为咸菜小碟子，产自山中，味美而甜，较大头菜佳百倍也。另有“猪皮孔”菜，据云可助消化，予试之，不合口味。再有冻豆腐者，极似家乡风味，业已八载不尝此美味矣，未料在峨山得之。干饭稀粥双上，冀斋大欢快，因三日以来总念念苦无粥食也。接引和尚真可人意，予各用二碗始罢，冀斋多进一粥始止。

殿外积雪未消，檐溜滴浙，身穿毛衣三件，犹感微寒。俯视云雾迷漫脚底，仰见月华初上，明夕为十五月满，当更清亮，所谓佛灯者，恐无缘观赏矣。七时返室，炭火熊熊，室暖如春。和尚来伴，闲叙山上神话，姑妄听之，亦游山宿佛寺所获之一，特别风趣也。僧云：山上各寺和尚于每年十冬腊月下山收缘；二月二十一日普贤会后，至农历九月为川民朝山之期，系分县来朝，如第一月为内江、富顺、自流井等处，第二月为川北遂宁等县。香客多时接引殿可供宿四百人，金顶则有时宿千人也。十一月、十二月及正月则为藏人朝山期。初仅朝砖殿及金顶，因该二寺之普贤塑像面向西方之故也。中国四大名山道场为南海普陀山供奉观世音佛，九华山供奉地藏王菩萨，五台山供奉文殊，峨眉供奉普贤。僧人去后，予烘鞋袜洗毛巾，久久不干。十时始睡。

今日用费如下：

仙峰寺饭宿费 25.0 元，遇仙寺茶 0.50 元，再歇亭点心 2.5 元，洗象池饭 5.0 元，大乘寺茶 0.5 元。今日共用 33.50 元，连前共用 90.70 元。

四月十一日(农历十五日)　自接引殿至金顶

晨五时一刻醒，和尚击鼓声正响，稍卧即起床。出寺观日出，惜东方有云，俄顷，一轮红日，腾云而升，日光已烈。仰视上空，青天一片，知又是晴天，今日可达金顶，功德圆满矣。

归寺抄名人题诗中堂及对联：

万山结翠迎西极，一杖挑云卧上清。

峨眉绝顶雨中　赵熙

竹梢凉月挂西檐，大壑风微欲动帘，
清晓何人还不寐，万山楼阁诵华岩。

二十五年前宿华岩顶作　赵熙

地接灵山顶，门开净土宗，晴雪下方雨，吟铎六朝风
八十四盘外，高高天路穷，老僧手圆觉，云意与天崇

辛酉接引殿奉赠　云崇大师　甲戌追录中秋　赵熙

六时半出寺，上七里坡，坡不甚峻。清晨登高，积雪未消，云气满远空，除弓背山及白云寺及近崖近寺外，一无所见。日光虽好，云消尚有待。予向西上坡，日光自背后照射，颇觉温暖，人影在地，长可丈许。气候寒冷，持笔手指颇觉木强，惟以爬山之故，尚觉温暖之气散自自己身体中。

朝山香客，男女结队下山，下身系黄裙，百人如一，皆面现喜色。遇人辄念阿弥陀佛，亦不知何所谓而然，予亦随声报之，则喜。俄见大石在道右，上刻大字"峨眉天下秀"，冀斋倩留一影(8,1/25,16)。坡级为乱石砌成，颇不易行。兼之山势已高，气压渐弱，空气比较稀薄，爬坡行不数武，气嘘喘，心跳速，只得坐息，以待杨兄。昨日上攒天诸坡时，尚无此现象也。7:20,1.25 哩至七里坡顶，西南一望，层峰出云表，白云片片，半隐山头，恐即大雪山也。路左折南行，俄见云端有白银世界，三峰并列，中峰最高，为日光反射，清明美丽，其下则云海里白云朵朵，琼楼玉宇，海上仙山，已非尘世矣。至太子坪，寺已古老，前殿倾斜。僧云：明万历皇帝即自此处求去者，故送一太子来，亦神话耳。

在寺前遇五通桥来之男女香客五人，亦即前同宿洪椿坪者，下山归去。承告昨宿顶有云未见佛光，但云海雪山，已得饱赏。今日天气晴朗之至，予二人或与佛光有缘，得到观赏之机，则心中不禁神驰矣。

自太子坪斜径行来，路宽而坡缓，颇为易行。回首西望则云涌波涛，净白如絮，都在脚底。近观则松竹满目，一片静雅竹皆二三尺高之矮丛竹，松是冷杉，令人心无俗念。

过永庆寺，寺前山王庙对联文曰：

日昍晶㬉成宇宙，
月朋朤𣊫镇乾坤。
横幅：赫赫威灵

颇奇。老僧哺日，头披红呢风帽，甚有古意。介绍此寺原名盘龙寺，有铁头和尚系清嘉庆时人，曾打死一虎，归寺院之大钟旁，该僧年已七十有二。另有常仑和尚者，河北深县人氏，原在重庆兵工厂工作，来游峨眉，遂出家为僧，业已二年，原姓谢，亦智人也。又南行二百步许，过祖师殿，东折拾级再上，积雪未消，石级泥滑，遇一僧人，面甚凶恶，延予二人入祖师殿，谢而应之，俟归时再来参拜。及其过后，予回首见其臂下藏有匕首，颇觉骇异不已。坡上首为沉香亭太子坪之分寺供沉香娘娘，万历皇帝之母也。

蔚蓝天色，晴无片云，日光下彻，照人温暖，远处则有微云。过天门后见有外人桥滩西溶于民国甲寅三年所献之大匾“天门石”三字。天门石宽约五尺，二石对立，高丈余，无何景致，遂穿过山寺9:00,2.75哩。再过七天桥寺，名七天禅院，寺不大，有僧五人坐围炭火盆以取暖。予面西临缓坡举目一望，丛竹满地，青杉林立，白云冉冉，穿林北飞。远眺雪山，高耸入云，倘不细赏，则不识其为云抑为山也。绘留一图写实。自天门石以上，道路全为天然碎石，较前难行。过普贤塔，正在动工整修，无可观，遂前行。9:30,3.25哩抵金顶正殿。

殿九楹，二层，坐东面西，极壮观雄伟，匾为林森所书。入寺先进潮米一碗，礼也。继引入卧室，雪山直立目前。和尚送来花生及豆腐干，食之甚美。坐息时许，乃赴后殿即大雄宝殿，佛像庄严，经声入耳。穿殿而出登上舍身崖，崖前下临万丈，不知深几许，白云极厚，缕缕飞上崖来。崖边护以铁栏杆，有铁塔二，分置左右。乃与冀斋合摄一影。此崖右端更有一段险崖，有女香客数人并坐崖边，谈笑自若，予在高山铺所遇者，为摄一影。下望则稍见尖峰，白云飞渡，冉冉轻飘而过，不登金顶何由见此美景。正徘徊间，僧请用斋，遂返回客堂。此寺蔬菜与他处无异。惟有煮豆腐花一碗，蘸以上品酱油及香油，味美无比。峨山绝顶之名刹，固应保有出众佳肴异味也。晚间与知客僧闲叙，询问豆花煮法，答以今日为十五日，月半之期，寺规是日供佛，特加制豆花，以其余供客，若平日来，不得尝也。闻之颇引为快。

午餐毕与僧稍叙，承告观看佛光各事。出寺赴千佛顶，白云缕缕，左右飘来左为悬崖，右为缓坡，自上而下如御轻绡，信手可拈，真可谓驾云而行矣。回望金顶，已为白絮所蔽西南方向，云自西来，风云变幻，顷刻万千，非可以笔墨记者。十二时抵千佛正殿，亦名万寿禅院，壁上有“天展鹫峰”四字。松下有路碑，实为木牌，上书：

来朝万寿禅院，不远万佛顶现，路途不长不短，相隔三里有半，

居士贵客登岭，群山排列眼见，虔呈一炷信香，诸佛菩萨灵验，

福禄寿喜祈得，人人回家欣羡，到此切勿吝步，阿弥陀佛如愿，

敬书指路告牌，接驾欢迎照看。

亦民间通俗文字也。

4.5 哩至千佛正顶，殿向正东，后殿之后即象鼻石。由此有台远眺，则见一片白雾，笼罩太空，有匾书“银色世界”，诚非虚誉。

四川省立高山测候所在焉。主任顾侠君，江北人。吴德明君，贵州人，年二十一岁。千佛顶高度 3093 米，气压 524.50，最低温度 3.4 ℃，最高温度 11.5℃，最大风力 9 级，湿度毛发表 78，蒸发量 5.2。设备有气压表及自记气压表、最高最低温度表、干湿球温度湿度表及自记湿度表、雨量筒、蒸发量皿、风向指示、班森氏篦状测云器。日前降雪，初九日之晨最低温度－12.2 ℃。

入正殿与顾君及大佛寺僧名嘉兰者谈一刻时许，抄壁上题诗：

峨眉绝顶少人行，但觉乾坤一气清，

照耀梵王宫殿好，雪峰三面玉为城。

甲戌千佛顶一

睹光深夜此凭空，阴壑秋林数点红，
明灭随风何所似，两三星影落云中。

千佛顶二

踏阁攀林兴自闲，浩然长啸出尘寰，
西南徼外凭谁问，多少鸿蒙未辟山。

千佛顶三

执楼昆仑莫与京，丹崖翠嶂郁峥嵘，
山灵夙抱居夷志，故浪嵩华擅岳名。

千佛顶四

雨后逍遥曳短筇，又来歌凤访仙踪，
浮云静敛牛心石，落日高悬宝掌峰，
矍铄五旬还健步，繁华一念不萦胸，
何当化作山中鹤，朝饮清泉暮宿松。

甲戌大峨寺雨后

白龙池水黑于铅，明月庵云白似绵，
夜脯吹镫宁怯魅，夏炉煨芋好参禅，
自从开辟无斯境，能住高寒便是仙，
几度曰归归未忍，山花山鸟且流连。

甲戌明月庵　丽江

殿内更陈牌四，文曰“大峨眉山”“万寿禅院”“千佛正顶”“圣寿无疆”。

一时一刻再向东南行，上万佛顶，渐觉日光不见，云浓成雾矣。上一小山，有引路木牌，文曰“朝了圆满山，佛保你平安，上走万佛顶，下走明月庵”，颇通俗易懂。1:30，5.0哩到达万佛正顶，大雾浓如细雨矣。殿西向，登其后台即万佛绝顶，据介绍知在此可远眺龙池，今日雾浓，无由得见。急入殿参观镇山之宝，玉印一方。盖有清光绪中叶万佛顶僧了明由川督鹿传霖保荐，入京请藏经，蒙敕封护国禅师，赐藏经一部，象钮玉玺一颗，文曰“敕赐峨眉山正殿万佛顶普贤愿王法宝”。印重四十八两，色呈碧绿，确是名山之宝。乃印购五纸，归赠同好。饮茶一杯，赠僧三元，而出殿赴明月庵，庵小无可观。2:20，5.5哩归返金顶途中，雾浓迷漫，百步外不见人树，雾气拂面，既湿且冷。3:05，7.0哩抵古明心寺，寺在金顶殿前，即锡瓦殿也。再到祖殿舍身崖即晨间摄影处，其左为卧云庵，寺虽不大，而其客室极为小巧精致，逼近崖岸岩边，下临无地，远眺云海，睹光睹灯之最佳处。予深以昨夕未宿此间为憾。四时回到金顶宿处，濯足烤火，今日共计行走九哩整。

和尚来室陪话，谓：“此处高寒，六月犹着棉衣，雪降之际，坡滑难行，下山之人率溜滑而下。”予闻之咋舌不下久之。所谓“金顶祥光”者，介绍同导游所述而简，兹不重记。另说“有‘出光’之名，亦为日光返射太空，空中有光，若煤气灯千百盏星布，更不易得见”云云。导游书中有清人刘光第诗一联“云海楼台含日气，雪山鳞甲是江源”，足以状金顶所见雪山之奇观。

予独出寺，读铜牌。北风吹来夹雾而过，触面湿寒，不可久留。本拟与冀斋上舍身崖，以风大，室内静坐火畔，窗外灰云世界，一无所见。人际此时，尚何为耶，亦只有静坐耳。

5:30雾散去，虽有风，仍强登舍身崖。崖上有木牌，文书：“睹光崖，深莫测，魔鬼窟，虎狼穴，欲成佛，跳不得，快回去，勿自贼。”抄毕，指已僵直。下眺华岩顶，回看千佛、万佛顶均清晰目前，俯览则万丈深崖，稍远一路蜿蜒，乃乐西公路耳。金顶之高于此可见，群山低首矣。山风太烈，不可久留，乃下顶归室，业已六时一刻矣。

六时半晚膳，一如午餐，八时，三上舍身崖看佛灯，以雾浓一无所见，只好回室。又晚膳时有同游客无锡吴明德君同桌进食，谈知为唐山交大毕业生，近在乐西公路石工第二队工作。遂到其室中一叙，亦山中一巧遇也。

八时半入寝，炭火盆稍有炭气，熏人不舒。

回顾五日以来游山所见，各有不同。自县城至报国寺一段，平路引至山脚，田畴遍野，白蜡树成行，屏山迎客，愈近愈青，以迄报国寺乃登山，初犹平缓，继乃渐峭。报国至清音一段，沿山麓行，地势起伏，蜿蜒回转，渐入渐深，诸寺林立，各依山形水势，或在诸山环抱中，或当溪流汇合处，除自慧灯寺前可以仰视金顶外，在其他寺间均难以远眺，因寺建山谷中耳。山路逶迤，每当峰回路转，古寺钟声，游客之怀引起佳兴，不识近前古刹有何等美景有待观赏也。

清音以上溯黑水，行涧底，古奥幽深，如到尘世以外，峭壁高崖，直与天接，流水潺潺，一清见底。清音至牛心寺，坡路无奇。自牛心寺上大坪，路险坡峻。自大坪远眺金顶、象池、华岩、九老，则屏列西南上下，有似天开画图，风光佳胜，无与伦比。所谓峨眉天下秀之美誉岂非由此而得耶。下大坪高峰，以达洪椿晓雨，寺在山凹宝地。

自洪椿坪至洗象池一段，为峨游所见风景最佳处。傍山小径，回环宛转，四壁云山，晦明万变。加之花香鸟语，古刹梵音，高僧香客，时现道间。溪流轰雷作响，峭壁迎面高悬。回首则层峦叠嶂，苍翠如油，远山含霭，淡没云端。予伫立四望，目不暇给矣。

洗象池上至金顶，地高于海面二千米以上，高处不胜寒。山花杂树渐次消踪，满地丛篁冷杉为伴，此外只有百云石径而已。太古荒凉幽邃，令人生尘外之感，寺堂抱火，犹如严冬季节。天门石外，远望雪山，仿佛海外仙山。金顶远眺则群山在脚底，半掩云雾中，白云自崖(舍身崖)下飞来，有如白银世界，风吹万缕，沾人衣袂，玉宇琼楼，高处将与天接矣。

总观登山路程可分为三段，自山脚以迄清音阁为第一段，以寺庙竹树花草胜；自清音阁至洗象池为第二段，以山峦峭壁远景胜；自洗象池到金顶为第三段，更以高寒白云荒凉胜。各尽其美，无分轩轾，真可称集山水之妙境，俱天地之奇观，得此一游，不负平生矣。

今日用费如下：

接引殿饭宿 12.00 元，太平坪包子 0.40 元，万佛顶茶、印纸 3.00 元，共用 15.40 元，连前共用 106.10 元。

四月十二日(农历十六日)　自金顶至万年寺

一夜盖双棉被，温暖非常。五时半醒，檐水滴滴作响，初以为降雨矣，推窗一望，浓雾满山，不见一物。六时起，坐火盆前写记山景，旋吴君来拜别下山，冀斋久卧不起，数促始应。雾气自窗隙侵入，触面甚寒，与杨兄对坐火盆取暖，谈说山景，以候浓雾散去。予着毛衣四层，尚感寒冷不止，此情此景，不能忘矣。八时天光忽亮，不知下午能转晴否？俄顷大风吹过，六出飞降，片片鹅毛，布满殿前。询之和尚承示，此雪若继续飞降，则封坡路敝，路难行矣。时已 8:30，冀斋仍欲进食吃面，予促之起。付和尚 25.00 元膳宿后，匆匆下山而行。四望除白雪飞扬飘舞外，只见青松耸立而已。九时二十分行到三倒拐坡坡顶，雪势渐小，变为霰，触衣上沙沙有声。下望见白云寺隐约目前，再前进全庙毕呈，山道风景极佳，为杨兄再留一影 4,6.3,1/10。白云寺以上诸寺屋顶，非锡即铁即竹枝树皮等，因砖石瓦均不用，经雪即粉碎，木皮可经用二十年许。

下坡路滑，失足半跌。朝山香客结队口唱阿弥陀佛迎面而过。此时霰变为雨，滴淅而下，诗意油然，触景生怀："七里坡中雨纤纤，流连山色不妨癫，愧他虔敬龙钟叟，一路佛声金顶尖。"合平仄否，非所计也。"最难山色雪中看，松径烟云写更难"，未成篇时抵接引殿。

9:30,2.5 哩到接引殿，衣物半湿，围炉取暖，窗外风声不止，天色沉阴，雨则稍停，又变为雾。午膳吃洋大冬及咸菜，进饭三碗，付资五元而行。一路白云封路，树林颜色万变，山路倾斜，极烟云苍茫之致。11:40 至阎王坡上端，下视白雾茫茫成海，有如大气蒸涌。为冀斋留一影，以示云松。树杪风声依然怒吼，虽名怒吼，终不似北方之烈也。前日来程都无寻处，诚然天台路迷矣。下坡与冀斋闲话间，偶一失足，杨兄跌倒，急扶而起，相与大笑不止。蹬陡且滑，无怪其跌。予之左膝殊痛，亦不良于行，扶杖仍小心翼翼，与老翁无异。12:20，5.0 哩抵大乘寺，骤雨突降，淅沥有声。急入寺，炉畔饮茶，顿忆围炉取暖承欢之乐，儿时旧事，八年来早已忘怀，未意在峨眉山寺涌上心头，意恋恋何忍骤去。如此风味，意外得来，“窗外浓云挟细雨，寺中红火杂青烟”正为此时写照。

一时一刻，冒雨下山，白云渐失，雨亦旋停。徐步罗汉坡，远望弓背山，新雨洗山，清新无比。二时过洗象池，山居士仍不见。乃下攒天坡。左足不良于行，自洗象池即感不适，甚觉疼痛而未言。3:20，1.50 哩抵九岭岗时稍感体热，路面已干，回望弓背，仍笼罩于白云中，东望则彤云密布，九老、大坪风景依然，惟已别后二日矣。

稍息片刻，直登华岩，3:40，2.0 哩抵寺，顶高海拔 1800 米（县府导游牌），入寺绘留一图，以记山形庙位，他无可观者。寺外桫椤花已谢，即在九老洞所拾落花，僧人谓之杜鹃花者。南望（回望）金顶，云封无踪。下“上天梯”坡陡峻，因下坡行，不觉甚苦。途中景色似王维诗句“空山新雨后，天气晚来秋”二句所状，只是现非秋天也。

4:30，3.0 哩过开山初殿，无可观。冀斋见长穗稠梨树，嘱予详记说明，不知有何用处。5:00，4.0 哩至长老坪，寺无可观。一路行来，经万寿坡，百树杂陈，与洪椿九老一带相似，外缘诸山屏列西方，苍翠可观，但不如峨眉之美。坐石阶上，稍息片刻，东望万年寺近在眼底，以地较长老坪为低，一径回环直引而去。身畔水声轰鸣，不知何水，岂自清音传来欤？再下经放光坡 5:20，4.25 哩过观音桥，两侧下临无地，惟两侧树木丛生，安人恐惧之心，此后一路下坡均甚险峻。抵息心所前在一石梁上，西南偏南一望，大小尖峰均在面前。天际金顶隐约可见，白云飞渡，知顶上云雾当极浓厚也。匆匆绘制一图而行。路旁有树名七角槭又名七裂槭，Aceraceac 科植物，名字甚奇。

5:55，5.0 哩过息心所，询诸老僧谓至万年寺尚有十里之路，天黑以前可以抵达，心始安。山色渐暝，知近黄昏矣。僧人劝食热粽，以赶路，谢辞而行。冀斋缓步后随，筇声嗒嗒，知相距不远。6:15，5.5 哩至观心坡，则万年钟声断续传来。予腿痛不能强步，乃坐候游伴（步表回到 0 哩）。久之仍无踪影，遂徐起下山坡，斜径无遮，俯视危险。6:45 行抵一茅舍，天已昏黑，不复进，坐候冀斋半时之久，会齐后，倩乡人以灯火引路送至万年寺，则又缓步相扶，行半里矣。

入寺僧人呱呱不休，甚减游兴，况复身疲腿痛，亟待卧息，乃登榻不语，时已八时有余矣。晚膳粗劣，仅以豆腐佐饭，辛辣非凡，客堂亦非所称，九时入睡，臭虫扰人不安。

今日费用如下：金顶宿膳 25.00 元，接引殿饭 5.00 元，大乘寺茶 0.5 元，华岩顶茶 0.2 元，乡人引路 0.4 元。本日共用 31.00 元，连前共用 137.20 元。

四月十三日（农历十七日）　自万年寺至峨山旅行社

四时许即醒，殿上经声不绝，六时起，天气阴。白水寺新寺现分作新万年寺、砖殿、毗卢殿三寺。新万年寺无可观，付和尚八元，尚不足其意，俗僧可憎。转游砖殿，殿为砖拱形建筑，颇为新巧，内供普贤骑象金身，像高三丈六尺，庄严肃穆。寺外有匾，文曰“圣寿万年寺”。毗卢亦大寺，铜佛像一尊，雕刻精致，庭有铜鼎，古朴可观，西院为居士寮。修慧堂系“唐李白听僧浚弹琴处”，匾上有诗一首，联一副。

一雨初晴宿雾收，芒鞋踏遍乱峰头，

参圆法相山俱静，入定禅心水不流，
树色连云茂佛寺，钟声催月上僧楼，
我来绿绮琴音杳，谡谡松清万壑秋。
光绪辛卯秋七月既望偕友游峨访古杂句因以志之　湘南李肇沅
爽气晴浮青菡萏，惠风春上碧琅玕。　淮水　朱润

庭前牡丹一株高达三尺，茶花作红色，鲜艳可观，确是雅静之处，十方丛林也。中国佛教会峨眉名山区佛教会所在焉。山门匾为圣寿万年寺，康熙丙午都御史刘格题，道光十八年孟夏上浣吉日，字极佳。佛殿前桂树二株，亭亭如盖，八月中秋不知香闻几里。僧人华痴大师赠予字拓二幅，送值不受，实儒雅之僧也。寺前树木葱茏，有树名“百晴”，又名罗汉树。稍下在极乐寺前购手杖六只共四元，心极喜之。食面一碗聊作晨餐耳。昙云薄日，晓气清新，8:30 再行。清晨山景，有种菜田农户，别有风味，非复如洪椿九老一带，山路平缓易行。9:00,2.0 哩过金龙寺，寺无可观，惟寺前松竹杂陈，可以望见清音阁，花红叶绿，处处可见。再行里许过白龙洞，翠竹万竿，桐楠高耸，蝉鸣(初闻)鸟语，溪流有声，恍如世外桃源。此时寺僧数人正在赌博，恶其俗，未入寺。

9:15,2.25 哩过岔道，南行则引清音阁，东出则为赴龙门洞之大道。道平坡缓，漫步易行，兴致佳胜，非复昨晚将到万年寺前之疲乏。惟以即将出山，回望层峦，不能尽睹，别绪满怀，恋恋不舍，心情难以解慰，不知将来何日重拜此灵山也。

9:45 已过清音阁下，回首西南一望，再看清音阁背后诸峰，遂绘留一图。行行重行行，过桥渡至右岸，频频回首，举目仰见金顶一角高在天畔，大坪九老分列其下，青山染翠，有若画屏。再片刻路转山回，灵山渐渺，惟闻涧底清泉，轰隆作响，蝉鸣鸟语，送我出山。检视手表，正指十时另五分，已行 3.5 哩。

此后则农舍稻田，俨然川中乡景矣。10:25，4.0 哩过五显岗，下岗过明月桥，在道边一老妪茶店休息，减去毛衣一件，身上只剩一件了，回想在金顶四层在身，气温相差如此之甚。老妪和蔼可亲，闲叙片刻而别。又过清风桥，上缓坡。左膝仍痛，恐系受寒所致，非跌伤也。11:00，5.0 哩行经石船子，有船形巨石在溪中而已。11:30，6.5 哩过龙门洞，四面溪山风光秀美，石呈断层，山上有匹练飞降而下。山僧在此辟龙门精舍，售茶待客。四川水利局之熊公堰事务所亦设此，引水灌田五千亩。过黄湾上小道，直达报国寺。12:45，9.25 哩到寺，急入北平餐馆，食打卤面三碗充饥。

转到伏虎寺，寺匾“伏虎寺”三字为大清康熙壬子孟冬谷旦华阳史氏蒋超熏沐书，门联只存上联，文曰“千山坐拥横双玉”，下联不见。入门过虎溪桥而进寺，上高阶数百级，万木森天。有正枋曰“布金林”，正殿“花雨诸天”，有陈西唐书联“镇安星主，解脱风尘”，前殿匾曰“初地诸天”，皆令人寻味。

出寺，赴报国寺访范继曾君，川大教授，坐茶座谈逾一小时。叙知范君为北京师大同学，且与二弟极熟，真幸会事。

四时起行，回峨山旅行社，五时四十分到达。视步表，今日共行15.75哩矣，但不觉劳累。坐忆几日山行，极慰平生，而明日即将离去，心神惆怅，别绪萦怀不已。

七时入城，见有售鲜樱桃者，尝之极香甜可口。更以豆浆稀饭充饥。归社沐浴，九时入寝，床软被洁，一睡甚酣。

今日费用如下：万年寺宿饭8.00元，极乐寺饭1.20元，报国寺饭6.90元，峨眉县晚饭2.40元。本日共用18.50元，连前共用155.70元。

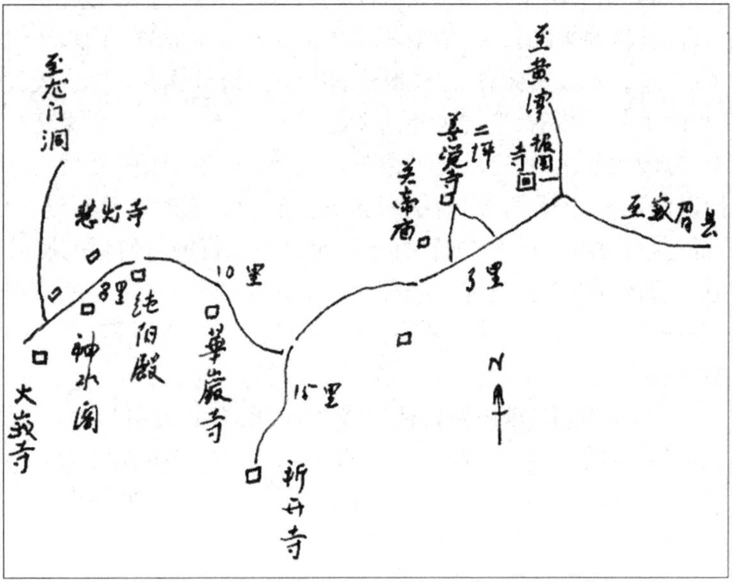

第四节 自峨山旅行社至嘉定归途

四月十四日(农历十八日)

一夜酣眠,晨六时醒,天气晴朗,日光满窗。起即入城,晨餐于合兴园。冀斋购手杖一只付价一元七角,店主仍争持不休,较予山间所买者价高三倍。峨茶则十二元一斤,予未购。九时起程回乐山县,出城后,回首峨峰半隐云中,依依不忍骤去。十二时抵高山铺,计程已行10.0哩。坐茶馆休息,以俟冀斋,伊迟迟其行,落后多时。天气转热,二时十分抵苏稽,坐赏冀斋所购之峨茶,清鲜解渴。又吃豆花饭一碗,每碗取价四角,比峨眉城内价高一倍,糖饼一张价二角。自高山铺以后,倩人代负行囊,释去负担顿觉轻快。五时正已行走19.5哩,抵达草鞋渡口,搭上航船,直赴嘉定。下水行船,舟行如驶,心甚快适。若路行则五公里许,今兹乘舟,船资每客才一元耳。六时许到达,舍舟经水西门到黄河水利委员会办事处,已行二十哩有奇。峨眉之游圆满完成。

今日费用如下:峨山旅行社沐浴2.00元,峨山旅行社房费7.00元,合兴园早餐4.80元,脚夫至苏稽2.40元,苏稽茶饭糖2.25元,至糖房小孩脚夫1.00元,草鞋渡至嘉定船2.00元,脚夫至嘉定城里1.50元。本日共用22.95元。

连前共用178.65元,每人分摊89.33元。

附 录

峨山十景

圣积寺　圣积晚钟
伏虎寺　罗峰晴云
清音阁　双桥清音
太坪寺　太坪霁雪
洪椿寺　洪椿晓雨
九老洞　九老仙府
洗象池　象池夜月
金　顶　金顶祥光
万年寺　白水秋风
灵岩寺　灵岩叠翠

峰寺坪顶坡拔海高程(米)

峨眉县城	475	报国寺	545	伏虎寺	750	善觉寺	980
凤凰坪	980	华岩寺	894	纯阳殿	970	大峨寺	850
广福寺	831	清音阁	853	会佛寺	1140	太坪寺	1400
仙峰寺	1779	遇仙寺	1782	洗象池	2100	大乘寺	2305
白云寺	2452	接引殿	2539	七里坡	2800	太子坪	2841
永庆寺	2912	七天桥	2950	金顶	3035	万佛顶	3047
华岩顶	1950	初　殿	1783	长老坪	1669	息心所	1533
观心顶	1300	万年寺	1041	五显阁	672	凉风岗	655

诗文联语

晋王右军与周益州书：

要欲及卿在彼，登岷岭峨眉而旋，实不朽之盛事。

唐人郑谷诗：

万仞白云端，经春雪未残，夏消江峡满，晴照蜀楼寒；
造境知僧熟，归林认鹤难，今须朝阙去，只有画图看。

宋范成大峨山行纪称：

峨眉有三山为一列，大峨、中峨、小峨。

李白登峨眉山诗：

蜀国有仙山，峨眉邈难匹，周流试登览，绝怪安可悉。青冥倚天开，彩错疑画出，冷然紫霞赏，果得锦囊术。云间吟复箫，石上弄宝瑟，生平有微尚，欢笑自此毕。烟容如在颜，尘景忽相失，倘逢骑羊子，携手凌白日。

《列仙传》称周威王时，有葛由者刻木为羊，骑以见人。蜀中王侯，追入绥山，不复返，皆得仙道。故李白登峨眉山诗用此典。

明释梦鋧诗：

峨眉高，高插天，百二十里烟云连，

盘空鸟道千万折，奇峰朵朵开青莲。

宋白诗：

菩萨悲深居此地，峨眉名重镇南洲，
不知立处高多少，只见星辰在下头。

唐曹松送僧入蜀过夏诗：

师言结夏入巴峰，云水回头几万重，
五月峨眉须近火，木皮岭上袛如冬。

峨眉特殊之五大风物

峨眉每年春雪初融，游客渐至，阴历三月至六月香会期中，朝山进香者有波起云拥之势。其号召力有如此伟大者，一则为宗教信念所感召，一则实源于峨眉本身具有特殊之形胜与风物。如一登仰徘徊，即有令人流连忘返之概。匡庐之奇，黄山之峭，峨眉盖兼有其胜。山中具寒温热三带气候，尤以植物一项，生至万种之多，超过全欧所有，直世界天然伟大之植物园，森林苗圃之试验场也。兹就特有之胜，略为称述。

九老洞之珙桐

珙桐产西康及荥经大山中。美人罗斯福之子入川采集，以其花为世界罕睹之品，曾移植美洲，后竟枯死，出重价求之，而珙桐之名遂传播人间。枝叶似油桐，花冠对生二瓣甚大，半开互抱如覆钟，满开披离如凤蝶，纯白如雪，于万绿丛中，现数片或数十片白羽，最为晶莹夺目，一若山川均为之靓装淡抹矣。九老洞至遇仙寺一带，分布甚广，树大盈抱，枝柯交接。游人倘能于五月初入山，正值花期，绿树枝头飞来片片白羽，正似惊起一滩鸥鹭，惜开谢仅十日耳。游人倘能及时往游，并可于九十九道拐等处，兼玩玩红如火之木莲，桐白莲红，山青树碧，极五色纷披之致也。

白云寺以上之桫椤

峨眉山花，四时不谢，品种众多，更仆难数，内以桫椤花为最著。由八十四盘以至绝顶三峰，崖前石壁，路角林边，处处可见。花管状四出如吊钟，丛聚一群，外托绿叶，浅紫深红粉白三色为常见。树高五尺，花期甚长，二月即著花，五月最繁茂，八月尚能见之。每于路旁，远见云霞一簇，或嫣红满树者，即桫椤花开。林壑为之生辉，心情因而奋发，最足以鼓舞登山涉险，寻幽揽胜之勇气。此外尚有杜鹃花。花可五色，小于桫椤，常与桫椤并放争妍也。

洗象池之猴群

峨眉动物，大坪、二坪、伏虎寺一带皆常见虎，近数十年来，虎已销声匿迹，不能为害矣。中峰寺、黑龙江、大坪、寿星桥一带，则为山蛙所布，鸣声阁阁，响彻岩壑，每当静夜清晨，回声尤大，山中称之为仙姬鼓琴。九老洞、遇仙寺、华岩顶、洗象池一带，则为猴之领域。洗象池前有石栏。周绕冷杉，枝干干霄，猿来据之，大小常以百计。游人如一饷杂粮，可竟日不去。猴群极有组织，年老率群，少壮任斥猴俗呼望山猴，老者高可三尺。习近人，每于游客手中取物，食则无争，先老后幼，任斥猴者，须更番始得食。母猴脂脸，小猴长可五寸，毛色牙黄而洁泽，头面俨如西人，常紧附母猴腹毛中，微露眼鼻，久视乃能辨之。有时母猴于柯枝交错中，提掷小猴，小猴凌空下，手扶枝如荡秋千，如翻架栏，娇小玲珑，极生动活泼之至。有时任斥猴者啾啾高叫，发为警号，群猴咸作戒备。如有伤其一猴，则群起作狞恶状佥来报复，人少反受其厄。游人欲研究猴之生活状况，及猴群之组织，舍峨眉莫属也。

大峨寺之神水

峨眉饮料，山下多泉，取汲皆便，山腹则渐感困难，至如绝顶，则终年雪冰之汁，不能热物，炊饭如碎粒，未易消化。昔年金顶全盛时，饮用之水，下山三十里汲于洗象池，以供游客，今则限于物力，未能远汲矣。山中饮水，以洗象池、洪椿坪、大峨寺三处为洁，尤以大峨寺之神水，最为清冽。水由神水阁石缝渗出，如经沙滤，澄洁宜生饮，香甜可口，以较江南曾经品题之第一泉、第二泉，质味皆过之。神水即玉液泉，相传隋智者大师住荆州玉泉，偶患病思饮此水，龙女取以供养，故有神水过楚之说。智者大师曾住中峰寺，习饮此水，故远去荆楚犹相念也。近时西人游峨眉者均必下榻大峨、中峰两寺，信宿乃去，盖为此水而来也。

绝顶三峰之云海

峨眉山中多雨，二十一年八月至二十二年八月一年度内，共得雨量九二二六毫米，足抵宁沪一带十年雨量。发散为雾，蒸腾成云，而峨眉之云遂极宇宙自然界之壮观，尤以绝顶主峰，瞬息万变，为不可方物。陶诗“夏云多奇峰”未足以尽此山之奇特。以云景之变化，山顶风光遂不平凡。有时云浮如海，平远接天，绝顶高峰，恍若海中三神山然。有时云涌涛生，波澜壮阔，山崩水立，有若海啸龙吟。有时流霞成彩，五色鲜妍，光映岩谷，满布金沙，似入琉璃世界。有时随风作势，泼墨翻棉，苍狗白衣，变化诡谲，人立危崖，又虑天地之翻覆；刹那雨过天青，则又了无一物，锦绣河山，涌现眼底，俯瞰嘉峨城郭，直如黑子弹丸。正欲指点形胜，而晴岚渐合，缕缕云浮，环望四面诸峰，又如出水岛屿，仅露峰头，丘壑为平也。一时烟瘴大起，天际云封，咫尺之间，伸掌莫见，天地闭塞，六合混沌，吾身不有，人物两忘，见仁见智，各发深省。因云物变化之无穷，而游人之兴趣亦为之有加无已。山中兴致，决无寂寞，晨兴看日出，夜坐看月华，午后看长虹，瞻佛光，皆有待于云之构成与陪衬，如许大块文章，惟峨眉能独拥其胜。

怀峨 释觉知

谒罢峨眉岭，常怀第一峰，台高常见月，山静独闻钟；古雪摇琼蝶，飞泉挂玉龙，何时再蹑屐，散步倚云松。

光绪乙酉仲夏朔与易公子实甫由甫伯仲于庶常若晦江秀才叔晦会于嘉州 越二日同游峨眉长男房生从焉登绝顶而萧丞月林忽至诚盛会也记之以诗

行行访灵迹，历险心弥坚，信宿洗象池，蹬道经钻天，异哉雷洞坪，洞口千岩悬，咳唾风雨生，似有雷霆专，一线天门石，门谓神人鞭，入门渐衍夷，殿宇森巍然，霄汉气氤氲，浑沦形蜿蜒，乃知地势尊，五岳难比肩，平生不佞佛，长揖参普贤，大暑衣重裘，偎炉拥被眠，默祷山之灵，真面无藏焉。次晓东日升，清风扫八蜒，登彼最上台，听彼奔下泉，西望高昌国，云山多多颠，雪岭光皑皑，千里湾弓圆，青城瓦屋山，眉列于目前，回首顾嘉州，乌尤塔隐烟，铜雅双河水，平羌万井田，须臾忽变幻，云海茫无边，人在山以上，山与天相连，呼吸帝座通，冲举如登仙，缅怀七二君，论道羲皇年，阴消阳赫赫，妙理精元元，九鼎无秋藏，丹灶能烹煎，山僧解煨芋，肃客相周旋，萧郎飞空来，不后仍不先，于江与豪迈，公子度翩翩，围棋待佛光，息机空尘缘，吟诗继石湖，骚首追青莲，呼儿摩铜碑，绝顶堪题笺，草草游山屐，匆匆渡海船，风流吾未泯，名与山并传。

湘潭沈璠子粹民漫题 乌程丘宝德子钧氏书

峨眉绝顶放歌 邓少琴

昆仑远崛崦嵫西，南走青海结为岷，嶓蔡蒙郁，嵂挺峨眉。青城瓦屋源一派，雪山云岭皆近支。山连藏卫钟灵气，气通葱岭接须弥。层岚叠嶂碧波起，峰掀峦涌眼迷离。自昔鸿蒙未开辟，遗镇西南限蛮夷。坐令五岳皆称尊，封禅不及祀无祠。以此佛法入中国，普贤示化，眷属三千结住阐菩提。

峨眉在昔三皇仙经称“胜峰”，“七洞天”兮仙人丛，“灵陵太妙”道者语，“羲皇人山”山海宗。宋皇坪，九老洞，传述轩辕访道天皇真人于其中，平定蚩尤奠海宇，开我民族四千余年之丰功。宋皇坪上已原田，九老洞口何穹窿；九老仙人归不归，年年洞口仙桃红。歌凤台兮楚陆通，长老坪兮汉蒲翁，狂歌避世掉头去，入山探药随鹿踪。牛心岭兮思邈茂，真尊者兮过从，九转丹成不再世，药炉丹灶今为空。壁山庙里七相公，化身杀贼歼群凶，麻城获全活，民庆神功隆；亚子战死为梓潼，相公与之将无同。嗟我国势日不竞，东西南北兴寇戎，频年惊丧变，四海长困穷。神仙神仙，我欲叩子之琼宫，宅心应念万民恫，畴昔犹为一人一姓护家国，今当民族颠危，竟欲坐视其凶终。莫辞浩劫众业造，旋乾转坤神所工。神如佑民人敬崇，神如尸食人将攻。吁嗟神仙不应世，空排血防敲鼓钟。翘首望苍穹，神仙何处云蓬蓬。

峰高秀拔一万一千二百尺，遥接武功太白何雄奇。滇南鸡爪护其足，贵筑梵净承其脽，葱茏盘礴三百里，别为二峨三峨四峨环侍如诸姬；拥出大峨益秀绝，云发鬓黛美丰姿，余态犹未了，拖地结龙池。龙池水碧千顷明如镜，故嵌山坳将以整容仪。青衣来束带，罗目旋银丝，岷江如环远作佩，铜河绕裙盘纹□。淡扫蛾眉礼大佛，三江落影水涟漪。遥睇嘉州烟几点，凌云乌尤马鞍拱揖迎其姨。

绝顶三峰相匹伍，千佛万佛来兹宇。华藏明月连卧云，金殿锡瓦足风雨。云蒸腾兮露凝，枝盘曲兮树舞。我欲乘佛光之华轮，泛云海之瑶圃，餐飞霞之玉英，饮清现之琼乳。放舟南海问普陀，浮槎吴越访天姥，南巡罗浮谒曹溪，北登泰岱狩齐鲁。如此佛法如此僧，如何向背各有祖；如此世界如此人，如何尔我群相侮。只今一片大地发干戈，人心心兮尽城府。更于何处得清凉，炎趋火扑正当午。惟此峨眉境幽绝，六月披裘恰和煦。山深尘净天宇新，烟霞明灭足吞吐。晴宵万盏飘明灯，飞向普贤来朝聚。三伏幸无夏二子，恬然坐卧梦栩栩。忽闻夜半钟声动，圣积已告非净土；黄髯碧眼来远客，门户洞开无防堵。或为采集或探险，山中自是有豺虎。嗟我居士尽巢父，其如人之货我土地而行贾，宁能仿佛低眉熟识其无睹。雷殷殷兮击鼓，人不奋发图强兮天神怒。

山中何所有，洗象池前多群猴。山僧巧护畜，食缺时相周，一呼应声至，大小声啾啾。老猴人立如佝偻，来就人手取豆粦。壮猴树杪任斥猴，母猴怀团红脸眸。惟有小猴无所事，东西攫食项垂瘤。群动有秩序，皤老尊为酋，得食即欢呼，临变齐吃咻。一猴染病一猴守，救死扶丧心力周，以此族类有生理，无一肯作阶下囚。山中亦有虎，二坪大坪虎之邱。咆哮一世攫人食，食即争夺欺其俦。丛薄无敢过，居人怀百忧，士性为立尊胜幢，自是无患虎全收。僧更利虎供点缀，塑出黄斑威崖陬，吁嗟猛虎仇俦灭其类，何如猴猿有群能运谋。

入山胜丽知多少，铜塔铜钟夸老鸨。砖殿愿王丈六身，灵岩叠翠浮香稻。伏虎清幽万年雄，大坪拔地何飘渺。飞泉喷渎泻龙门，岩合潭深含浑灏。普贤船上发清音，双虹曲影溪山佼。黑白二水濯牛心，琴韵悠扬喧石脑。大峨寺古松张盖，树老龙虬枝回抱。神水一脉昔通楚，智者大师神为保。泉甘味洌发清香，式歌式饮怯烦恼，先皇台下笋千峰，碧玉森森秀可饱。猴狲坡兮蛇倒退，峭峻凌云盘鸟道。莲花峰下数峰尖，寿星坡拐九十倒。雷洞闻雷雷在底，天门中分峙云表。洪椿晓雨淡含烟，华岩出岫云中岛。卧云庵下白云平，云雾昙光幻神巧。所伤金殿几刦灰，劫余碑鼎珍坛宝。山中四季茁奇葩，满丘满壑盈芝草。普贤发鬘拖碧丝，栱桐花开凝素缟。木兰绿伞荫行人，冷杉宝塔出丛葆。三月桫椤花欲红，八月山枫黄如袄。山月清辉照人白，岚雨如烟身可澡。到此应令发遐思，尘心尘虑为荡扫。噫嚱峨眉胜丽由天造，地可埋忧兮天不老。可惜子美东坡屐未涉，合令山川蕴文藻。

我来绝顶礼愿王，普贤胜愿广无疆。菩提原自悲心发，心能平等愿益皇。别无性族与种类，乐利一切为慈航。众生根叶佛华果，根叶繁茂佛资粮。众生欢喜我生喜，众生烦恼我心创。众生疾苦我代受，众生供养我承将。一切饶益利有情，剥皮折骨我何妨。众生业尽我无尽，念念相续无疲忘。我诵普贤行愿品，恍如灌我醍醐浆。我愿受持历劫海，无边劫海我为梁，回向有情尽圆满，无垢无破无余藏，我心礼佛便如是，何用自了求安康。

今我放歌归去也，云开日丽见旷野。山灵为我祖行程，权就龙池捧玉斝。盈盈酌我玉露浆，祝我健旺受纯嘏。众生颠倒应扶持，一切有情君莫舍。满发菩提即道场，愿君珍重故倾泻。我辞山灵敬拜谢，作礼不语默如哑。四海鼎沸我何之，中原创伤伤未瘥。火起炎洲燕巢焚，楼台歌舞犹风雅。栋梁朽腐屋将摧，谁堪一木擎大厦。云为车兮风为马，扶摇而下山之下。云升云落见峰青，峰峰送翠何艳冶。山下人间炊烟生，别矣峨眉到炎夏。

《中国近现代稀见史料丛刊》已出书目

第一辑

莫友芝日记
汪荣宝日记
翁曾翰日记
邓华熙日记
贺葆真日记
徐兆玮杂著七种
白雨斋诗话
俞樾函札辑证
清民两代金石书画史
扶桑十旬记(外三种)

第二辑

翁斌孙日记
张佩纶日记
吴兔床日记
赵元成日记(外一种)
1934—1935中缅边界调查日记
十八国游历日记
潘德舆家书与日记(外四种)
翁同爵家书系年考
张祥河奏折
爱日精庐文稿
沈信卿先生文集
联语粹编
近代珍稀集句诗文集

第三辑

孟宪彝日记
潘道根日记
蟫庐日记(外五种)
王癸避难日志　辛卯年日记
嘉业堂藏书日记抄
吴大澂书信四种
赵尊岳集
贺培新集
珠泉草庐师友录　珠泉草庐文录
校辑民权素诗话廿一种

第四辑

江瀚日记
英轺日记两种
胡嗣瑗日记
王振声日记
黄秉义日记
粟奉之日记
王承传日记
唐烜日记
王锺霖日记(外一种)
翁同龢家书诠释
甲午日本汉诗选录
达亭老人遗稿

第五辑

袁昶日记
吉城日记
有泰日记
额勒和布日记
孟心史日记·吴慈培日记
孙毓汶日记信稿奏折(外一种)
高等考试锁闱日录
东游考察学校记
翁同书手札系年考
辜鸿铭信札辑证
郭则沄自订年谱
庚子事变史料四种(外一种)
《申报》所见晚清书院课题课案汇录
近现代“忆语”汇编